POLARIS 2021

저기 인간의 적이 있다

천선란 ★ 강다연 ★ 유목연 ★ 이민섭

아작

차례

펀치머신

― 이민섭

1

저기 인간의 적이 있다. 희영은 숨을 죽였다. 낡은 로봇 한 대가 차도를 청소하고 있었다. 옆에 있던 한준이 신문기사를 희영에게 보여주었다. 주인이 노환으로 세상을 떠나자 집을 상속받은 로봇이 주인이 하던 청소부 일을 계속하고 있다는 내용의 기사였다. 훈훈한 느낌으로 써 있었지만 사람들은 바보가 아니다. 이 기사는 사람들에게 독립로봇들을 긍정적으로 보게 만들려는 프로파간다임을 모두가 알고 있었다. 희영은 인공지능이 작성한 기사일 것으로 추측했다. 한준은 저 로봇이 차지하고 있는 집 때문에 어떤 가족은 살아야 할 곳을 잃고 지금도 거리를 헤맬 거라며 울분을 감추지 못했다. 복수를 위한 준비는 끝났다. '한국 네오러다이트 운동본부'에서 알려준 CCTV 사각지대 중 하나가 저 로봇의 청소범위에 해당된다는 것은 행운이었다.

도로 반대편에서 신호가 왔다. 지금이다. 희영은 한준과 함께 소리를 지르며 로봇에게 달려들었다. 쇠파이프를 휘두르며 인간들의 분노를 토해냈다. 로봇은 별다른 저항도 못 해보고 부서졌다. 그들이 휘두르는 한 방 한 방이 타격이 컸을 것이다. 로봇은 코어가 터지는 마지막 순간에 희영을 똑바로 쳐다봤다. 죄책감은 들지 않았다. 인간과는 다른 존재, 로봇은 인간의 적이니까. 빵빵! 대기하고 있던 수동차가 바로 뒤에 멈춰 섰다. 러다이트 운동본부의 기획팀 '백기사들' 멤버 경주였다. 현장에 있던 사람들이 모두 신속하게 차에 탑승했다.

"다 탔지? 바로 간다!"

경주가 액셀을 밟았다. 수동차는 내비게이션 입력 없이 다른 CCTV 사각지대로 이동했다. 인간 목격자는 없었으니 들킬 일은 없을 것이다. 만약 있다고 하더라도 굳이 기계를 위해 신고하는 사람은 지금까지 없었다. 하지만 법적으로 문제될 수는 있으니 CCTV로 꼬투리가 잡히면 안 된다. 워낙 감시망이 촘촘해서 생각보다 도주가 오래 걸렸다. 이들은 차를 버리고 지하도로 이동해 흩어진 뒤 패스트푸드점에서 다시 모이기로 했다.

희영은 약속장소로 가기 위해 태연하게 걸으며 지나가는 또 다른 로봇들과 스쳐 갔다. 이상하게 사람과 거의 분간하기 어려울 정도로 닮은 안드로이드에게는 별 감정이 들지 않았다. 하지만 어줍잖게 인간을 흉내낸 둔탁한 휴머노이드를 볼 때마다 아까 눈이 마주쳤던 청소로봇의 마지막 모습이 생각났다. 물론 죄책감은 들지 않았다. 이 작전을 계획한 경주의 말대로 로봇은 자신에게 입력된 대로 생존을 원하는 것일 뿐이지 진정으로 고통을 느끼지는 못한다. 반면 인간이 느끼는 박탈감은 이루 말할 수 없다. 하나의 자유로봇을 없애면 한 가족이 행복해진다.

희영이 패스트푸드점에 도착해보니 경주와 한준은 이미 햄버거를 먹고 있었다. 자연스럽게 합석하기 위해 키오스크에서 치즈버거세트를 주문하고 친구들이 있는 자리에 앉았다. 한준은 조금 전 있었던 자신의 행동을 마치 영웅담처럼 늘어놓고 있었다. 희영은 세상을 위해 로봇을 부쉈을 뿐 그 과정 자체가 재미있다고 생각하지는 않았다. 그런데 한준의 표정은 마치 로봇을 부수는 행위 자체를 즐기는 것 같았다.

"어? 희영아. 저거 신청해봐!"

경주가 희영의 복잡한 표정을 읽었는지 화제를 전환했다. 경주가 가리킨 곳에는 패스트푸드점의 구인공고가 있었다.

'파트타임 인간 직원 급구합니다.'

구직앱에 올려놓으면 신청자가 엄청나게 많을 텐데 왜 굳이 오프라인에 광고를 붙여놓았을까 생각도 들었지만 희영의 몸이 먼저 반응했다. 동료들을 쳐다보지도 않고 오! 소리를 내며 자리에서 일어나 키오스크 옆 매니저에게 향했다.

"저… 인간 직원 아직 구하시나요?"

매니저가 천천히 뒤를 돌아봤다. 눈동자의 움직임이 묘했다. 이런… 안드로이드였다. 하지만 그건 중요하지 않았다. 일단은 고용되는 게 급선무였다.

"아직 구하고 있어요. 조건에 맞는 사람이 많지 않네요."

희영은 안드로이드 매니저에게 절이라도 하고 싶었지만, 뒤쪽에서 보고 있는 친구들의 시선이 신경 쓰여 최대한 티를 내지 않고 대화를 이어나갔다.

"저! 지원하겠습니다. 근데 어떤 업무인가요?"

매니저가 안드로이드 특유의 어색한 웃음을 보였다.

"일은 없어요. 그냥 비상시를 대비해 앉아만 계시면 됩니다."

이러면 평범한 사람 입장에서 굳이 하고 싶지 않을 것이다. 가만히 있는 업무니 보수가 나쁠 게 뻔했다. 괜히 나라에 고용 상태로 등록될 만큼의 메리트가 없었다. 어차피 최저 생계비가 나오니까. 하지만 아직 자아실현의 꿈을 포기하지 않은 희영의 상황은 달랐다. 조금이라도 돈이 될 일은 해야만 한다. 그래야 로봇을 사서 좋은 회사에 취직시킬 수 있다. 그럼 지금보다 더 많은 돈이 생길 테고 자신이 원하는 생활을 할 수 있을 것이다.

"주민번호랑 성함 알려주시고 개인정보 이용 동의하시면 저를 보시고 오케이 손동작 해주세요."

빠르게 개인정보를 알려주고 매니저의 렌즈를 향해 손가락으로 오케이를 그렸다. 매니저의 눈에서 푸른 빛이 형성되는 것이 희영의 신상을 검색하는 듯했다.

"박희영 님, 사이보그시네요?"

희영은 느낌이 싸했지만 긍정적으로 들이대보기로 결심하고 팔을 들어 올렸다. 소매를 걷자 기계팔이 드러났다.

"네. 저 팔힘도 로봇급이라 힘도 좋습니다! 일 잘할 수 있어요."

매니저가 난색을 표했다.

"죄송하지만 저희는 순수 인간을 구하고 있습니다."

이럴 줄 알았다. 이 업체는 단순히 나라로부터 인간할당제 혜택을 받기 위해 형식상의 인간고용을 하고 있는 것이다. 이래서 인터넷에 구인 광고를 올리지 않았구나… 희영은 납득하였다. 이 패스트푸드점 사장이 사람인지 로봇인지는 모르겠으나 효율만 생각하는 쓰레기가 틀림없었다.

사실 기업은 예전부터 효율을 중시해왔다. 그래서 로봇혁명 초기엔 로봇을 대량구매해서 직원처럼 사용했던 것이고, 정부의 기본소득 재원마련을 위해 로봇세가 도입되어 기업 소유 로봇이 창출한 부의 일부를 세금으로 내야 하는 상황이 되자 '로봇을 가지고 있는 인간' 개개인과의 계약을 통해 예전과 같이 로봇을 사용하면서도 절세혜택을 보고 있었다. 당연히 희영도 알고 있는 사회현상이었지만 막상 눈앞에서 거절당하니 화가 났다. 희영은 바로 자리로 돌아갔다. 매니저에게 인사할 필요는 없었다. 로봇이니까. 이제 다시 손님과 직원의 관계가 되었으니 희영이 갑의 위치였다.

"어이쿠!"

기계팔이 음료수를 쏟았다. 희영이 한 것이 아니었다. 팔이 잘못했다.

"이것 좀 치워주세요."

한준이 엄지를 들어 올렸다. 이런 사소한 것이 인간인 희영이 합법적으로 할 수 있는 유일한 공격이었다. 그들이 음지에서 활약할 수밖에 없는 이유이기도 했다.

＊

　희영은 침대에 누워 새벽에 있었던 일들을 복기했다. 사실 희영이 멀쩡한 상태였다면 지금 친구들처럼 로봇만 탓하고 있지는 않았을 거다. 모든 것은 이 팔 때문이었다. 3년 전 차 사고 때 자율주행의 AI는 미리 정해진 알고리즘에 의거해서 희영의 팔을 빼앗고 상대방 차주를 살리는 판단을 했다. 덕분에 두 명이 생존하긴 했지만 희영의 삶은 온전하지 못한 상태가 되었다. 불난 집에 부채질하듯 기계팔이 성능이 좋으니 부럽다는 농담을 한 사람들도 있었다. 그럴 때마다 그자들에게 기계팔의 성능을 선보여주고 싶었지만, 힘이 너무 강한 탓에 생각으로만 끝냈다. 사이보그로 분류된 사람이 그 기능을 이용해 일반 사람에게 해를 가하면 바로 구속이다. 억울했다. 차라리 로봇이라면 이런 감정은 못 느꼈을 것이다.

　어떻게 보면 희영은 로봇을 동경하는 것 같기도 했다. 로봇에게 분노하는 것도, 없애려 하는 것도. 희영 스스로가 그런 존재가 될 수 없다는 것을 알기 때문이다. 팔을 바꿔도 사이보그로 취급될 뿐이고 로봇이 될 수는 없다. 10년 전 사이보그화가 유행하던 시절이 있었다. 로봇이 차지한 1등급 일자리를 제외한 소소한 단기 업무들은 보통 사람들보다 기능이 좋은 사이보그들이 도맡았다. 아마 그 시절이 인간이 스스로의 힘으로 '내 로봇'을 구입할 수 있는 마지막 시기였을 것이다.

　다수의 로봇을 소유한 소수의 사람들이 일자리를 독점하는 것을 막기 위해 '1인 1로봇' 제도가 시행되면서 모든 것이 바뀌었다. 부자들은 신형 로봇이 나올 때마다 구형 로봇들을 자유 신분으로 풀어줬고 세상에는 일자리를 찾는 로봇들이 쏟아졌다. 이들은 자신의 충전과 유지 비용을 벌기 위해 불공정한 대우를 받는 일도 마다치 않았다.

'로봇에게 파이를 빼앗겼다!'

평범한 사람들의 삶은 더 힘들어졌다. 돈을 벌려면 로봇을 구입해서 일을 시켜야 되는데 돈이 없어 로봇을 구입하지 못하는 절망적인 상황이 전 세계 저소득층의 현실이었다. 물론 이들은 로봇세로 걷어 들인 돈으로 최저 생계비를 보장받지만 더 나아가지 못하는 삶을 살 것이다. 그렇기 때문에 어떻게 해서든 자신의 로봇을 구입해야 한다. 인간을 위한 인간할당제인데… 희영은 그 혜택을 받지 못하는 것이다.

정부가 사이보그를 인간할당제 우선순위에서 멀어지게 해놓은 이유는 기계의 우월한 성능을 사용할 수 있기 때문에 순수인간들보다 취업시장에서 유리하다고 판단해서였다. 하지만 현실은 어떤가. 이도 저도 아니었다. 인간으로의 복지도 받지 못하고 기능은 로봇에게 밀린다. 괜히 더 애매한 존재가 되어버렸다. 희영은 지금 백수로 지내는 것이 자신이 로봇이 아니기 때문이라고 믿고 있었다. 그리고 꼭 그래야만 했다. 자신의 정신 건강을 위해서라도.

이런저런 생각을 하고 있을 때 벨이 울렸다. 벌써 택배 올 시간이 다 되었구나. 희영은 거실로 나가 '창문 열림' 버튼을 눌렀다. 슬라이딩 윈도가 열리면서 드론이 택배 상자를 쥔 상태로 거실로 들어왔다. 기초생활 포인트로 산 생필품들일 것이다. 그런데 예상보다 택배 상자가 작았다. 뭔가 빠진 느낌이었다. 김치팩과 요구르트를 상자 밖으로 빼며 뒤적거렸는데….

무언가가 상자 밖으로 나왔다. 순간적으로 몸이 굳었다. 작고 검은 어떤 것이 날아올라 희영의 얼굴을 스치고 지나갔다. 공룡시대부터 살았으며 인간시대가 끝나도 멸종하지 않고 생존할 그 벌레였다. 아… 희영이 드론에게 항의를 하려고 일어났으나 이미 창문 밖으로 두둥실 빠져나간 뒤였다. 바퀴벌레! 바퀴벌레는 어디로 갔지? 날아간 방향으로 추측해보면 아마도 화장실에 있을 것이다. 전기파리채로 잡아야 하나? 뜨거운 물 같은 걸 끼얹나?

고민하고 있을 때 다시 벨 소리가 들렸다. 같은 회사 드론이라면 크게 혼을 내주며 바퀴를 잡아달라 부탁해야겠다고 생각하며 창문을 열었는데 밖에는 아무도 없었다. 이상하다 싶어 창문 밖으로 머리를 내밀고 살펴보아도 드론은 없었다. 생각해보니 벨 소리의 리듬이 달랐다. 현관문에서 누른 초인종이었다.

"죄송합니다!"

희영은 미안한 마음에 누구인지 확인도 안 하고 다급히 문을 열었다. 집 앞에는 멍청해 보이는 로봇 하나가 커다란 상자를 들고 있었다.

2

"고객님, 드론 녀석이 쌀은 무겁다고 안 들고 가서요…. 제가 직접 가져왔습니다."

택배 로봇이 자기 덩치보다 큰 상자를 내려놓으며 말했다. 희영은 자신이 놓친 게 쌀이었다는 생각에 어이가 없었다. 가장 중요한 것을 잊고 있었다니.

"고마워."

희영은 예의상 인사를 하고 문을 닫으려고 했다. 그런데 로봇은 바로 떠나지 않고 그 자리에서 멍하게 희영을 바라보고 있었다.

"우리 집에 줄 게 더 있어?"

택배 로봇이 조심스럽게 입을, 아니 스피커를 열었다.

"고객님, 저기 혹시… 충전 좀 하다 갈 수 있을까요?"

눈앞의 로봇은 자유계약신분인 모양이었다. 회사에 있을 때만 충전하기에는 배터리 효율이 안 나와 종종 전기 구걸하는 로봇이 있다고 듣긴 했지만, 희영이 직접 보는 건 처음이었다. 효율이 떨어지면 떨어질수록 구형 로봇들은 점점 원래 하던 일보다 더 좋지 않은 일을 하게 된다. 이 택배 로봇도 처음에는 더 멋진 일을 하던 로봇이었겠지. 기계를 샘내던 희영이었지만 이 순간만큼은 짠한 기분이 들었다.

"저기 충전매트 있어."

희영은 로봇을 러닝머신처럼 생긴 무선 충전기로 안내했다. 택배 로봇이 매트 위로 올라가서 몸을 수그렸다. 덩치 큰 어린 아이가 외로워하는 것처럼 보였다.

"몇 살이야?"

로봇은 자신이 다섯 살이며 이름은 우루미라고 답했다.

"만든 지 5년밖에 안 됐는데 벌써 버려졌냐…."

희영이 혀를 차자 우루미가 고개를 번쩍 들었다.

"고객님, 그죠? 저 아직 쓸 만해요! 아까 그 택배 백 킬로그램 넘게 나갔는데도 쉽게 들었어요. 더 일할 수 있어요!"

로봇이 무거운 걸 드는 건 당연한 거 아닌가 하는 생각이 들었다. 희영은 일부러 기계팔로 택배 상자를 쉽게 드는 모습을 보여주었다.

"이 정도는 나도 할 수 있어."

우루미는 풀이 죽은 듯 고개를 숙였다. 귀여운 척하는 건가? 가소로운 반응이군.

"방금 그 표정은 진짜 뭔가 실망해서 나오는 거야? 아니면 자동적으로 나오는 반응이야?"

우루미가 고개를 들어 희영의 눈을 똑바로 바라보았다.

"고객님, 제가 갑자기 여기서 일어나서 택배들을 부수고 던져버리면 황당해하시겠죠? 그럴 때 어떤 감정을 느껴야 한다고 누가 알려주는 건가요?"

갑자기 시작된 선문답. 희영은 이런 쓸데없는 얘기로 시간을 쓰고 싶지 않았다.

"너 충전도 시켜주는데 벌레 하나만 잡아줘라. 저기 화장실에 있어."

우루미가 자리에서 일어섰다.

"당연히 그래야죠."

희영은 우루미의 손에 전기 파리채를 쥐여주었다. 우루미는 당당하게 화장실로 들어갔다. '로봇에게 도움을 받을 때도 다 있네.' 하는 생각이 들었지만 저 로봇이 소속된 택배 상자에서 나온 바퀴벌레니까 스스로 벌레를 없애주는 것은 당연하다. 지금쯤 잡았으려나 생각했을 때 우루미가 화장실 문밖으로 얼굴을 빼꼼 내밀었다.

"무슨 문제 있어?"

우루미가 난감하다는 듯이 답했다.

"이거 움직이는데요?"

"바퀴벌레가 당연히 움직이지!"

조그마한 곤충 하나 못 잡는 로봇의 덩치가 아까웠다. 우루미는 모터 소리를 내며 고민을 했다.

"아… 못하겠어요."

도대체 왜?

"뭐 생명을 못 죽인다거나 그런 거야?"

로봇이 사람을 공격할 수 없게 설계된 것은 잘 알고 있었다. 비슷한 의미에서 벌레까지 못 잡게 제어되고 있는 걸까?

"너무 징그러운데요?"

어처구니가 없었다. 희영은 우루미에게 다가가 따졌다.

"아니, 왜 로봇이 벌레도 못 잡아?"

"저 인공지능이에요. 사람이 징그러워하면 저도 징그럽게 느낀다고요. 어우, 소름 끼쳐라."

"그럴 거면 충전한 거 물어내!"

대화가 유치한 방향으로 흘러가고 있을 때… 그것이 움직였다.

"으아아아!"

희영과 우루미는 동시에 소리를 지르며 뒷걸음질 치다가 서로 발이 엉켜 넘어졌다.

이딴 로봇이 멀쩡히 일을 하고 있었다는 것은 말이 되지 않는다. 이걸 기절이라고 해야 하나. 방전되었다고 해야 하나. 우루미는 쓰러진 상태로 일어나지 않았다. 희영은 고장 여부를 확인하기 위해 충전 매트 위에 우루미를 올려놓았다. 러다이트 동지들은 희영이 집에서 로봇과 이렇게 낑낑대고 있을 거라고는 상상도 못 할 것이다. 희영이 정말 다이나믹한 하루라고 생각하고 있을 때쯤 우루미의 센서에 불이 들어왔다.

"아, 어느 정도 충전이 된 것 같네요. 감사합니다."

우루미는 멋쩍은 듯 머리를 긁는 동작을 보였다. 이 녀석의 행동은 마치 하나의 쇼 같았다. 개그쇼.

"나도 재밌었어."

희영은 악수하려고 팔을 뻗었다가 밖으로 나가는 우루미의 어색한 움직임을 보며 위화감을 느껴 황급히 팔을 뺐다. 잠시나마 저 녀석을 인격체로 느끼다니…. 구형도 저런데 신형 로봇들은 얼마나 더 인격체인 척을 하고 다닐까 소름이 끼쳤다. 우루미가 현관문을 열고 발을 내디뎠다. 잘 가라. 그래도 나름 재미… 아, 또 작동을 멈췄다. 아무리 조금만 충전했다고 하지만 배터리 효율이 정말 안 좋은 것 같았다. 희영은 이번에도 우루미를 억지로 충전기까지 끌고 갔다.

우루미의 시동이 다시 걸리기까지 전보다 더 많은 시간이 필요했다. 희영은 택배 회사에 연락해 이 로봇 사원을 데려가라고 했다. 하지만 택배 회사 역시 고물을 처리하기 귀찮았는지 해당 로봇은 비정규 사원이고 희영의 집에 배송한 건을 끝으로 계약이 해지되었다는 답을 주었다. 짬 처리 당하는 느낌이었다.

우루미의 아웃케이스를 열어보니 주인의 연락처가 있었다. 주인은 가져가겠지 하는 마음에 전화를 걸었지만, 그 사람으로부터 작년에 로봇을 교체하면서 우루미를 자유로봇으로 풀어줬다는 답을 받았다. 사실상 버린 거나 다름없었다. 구형 로봇을 독립시켜주는 것은 '1인 1로봇 소유법'과 '감정로봇 보호법'을 동시에 만족시키는 아주 좋은 핑계였다. 우루미는 1년 동안 자신의 생존을 위해 쉴 새 없이 일했겠지만 구형 모델이라 가능한 일이 한정되었을 것이고 배터리 사이클만 계속 올라갔을 테지. 이 정도면 본인도 알고 있을 것이다. 이제 저 무선 충전 매트에서 벗어나면 안 된다는 것을….

희영은 우루미가 여기서 몇 시간 더 충전해봤자 건물도 못 벗어나고 정지될 거라고 판단했다. 우루미 역시 상황파악을 했는지 매트 위에서 희영에게 절을 했다.

"제발… 살려주십시오…."

희영은 당황했다. 무슨 죄로 이 쓸모없는 로봇을 키워야 하나?

"어떻게 하면 그냥 나갈래?"

"제 배터리를 신형으로 교체해주시면 앞으로 평생 박희영 고객님을 위해 봉사하겠습니다."

희영에겐 별 이득이 없는 거래다. 돈을 벌어 로봇을 산다면 더 멀쩡한 중고로봇을 사면 그만이다. 그리고 일단 그 정도의 돈조차 벌 수 있는 상황이 아니고….

"너 내가 복지 포인트 상품 배급받는 거 봤잖아. 돈 없어."

"제가 사람만 취업할 수 있는 쉬운 일자리 소개해드릴게요."

"나 사이보그야. 반쪽짜리 인간 취급받는다고."

윙윙윙. 우루미가 CPU를 돌리는 소리가 들렸다. 띵! 옛날 애니메이션 속 아이디어가 떠오른 캐릭터처럼 우루미의 얼굴 쪽 LED에 불이 들어왔다.

"제 로봇신분증 사용하실래요?"

솔깃한 아이디어였다. 확실히 희영의 신체 스펙이면 로봇인 척을 잘해낼 수 있을 것 같았다. 거래가 성사되었다. 우루미는 자신의 커버를 벗어 희영에게 주었다. 케이스가 없는 우루미의 내부는 생각보다 얇고 초라했다. 반면 우루미의 커버는 사이즈가 컸기 때문에 안에 사람이 들어가는 것이 가능했다.

"조심히 옮기세요."

우루미의 신분증 칩을 빼내 케이스의 중앙 부분 여유 공간에 끼워 넣었다. 원래 우루미의 케이스인 터라 칩을 인식하고 있는지 바로 호환되었다. 이제 희영이 어디를 갈 때마다 우루미가 움직인 동선으로 기록될 것이다. 희영은 팔다리를 일부러 뻣뻣하게 움직여봤다.

"어때? 로봇 같아 보여?"

우루미는 프레임만 남은 상태에서도 한심하다는 표정이 보였다.

"직립보행을 잘 못 하시네요…. 저희는 그렇게 안 움직여요. 그렇게 하시면 바로 사람인 거 티 나요."

"그럼 어떻게 해야 되는데?"

우루미가 자신의 팔다리를 허우적대며 설명했다.

"이렇게 우주인 유영하는 것 같은 동작을 좀 더 빠르게 돌린 느낌으로요."

희영은 속으로 무슨 차이가 있는지 모르겠다고 생각했다. 하지만 로봇이 설명해준 것이니 그대로 따라 하는 게 가장 좋을 것 같았다. 머릿속으로 우주를 그렸다. 실제로 우루미의 케이스가 우주복 같았기 때문에 몰입하기 쉬웠다. '나는 달에 착륙한 닐 암스트롱이다.' 한 발 한발 앞으로 나갔다. '이것은 인간에게는 작은 한걸음이지만 로봇에게는 커다란 도약이다.'

"반 박자 느리게 하세요."

우루미는 마치 안무 선생님처럼 희영을 코치해주었다. 아주 기분이 나빴지만 취업을 위해 참아야 했다. 희영은 로봇의 걸음걸이를 배운 지 1시간이 되어서야 비로소 우루미의 인정을 받을 수 있었다.

"미안한데 내가 오늘 못 자서… 너 충전하는 동안 좀 잘게."

희영은 자신도 모르게 우루미에게 허락을 받고 잠자리에 들었다. 우루미의 케이스를 벗고 침대에 눕자 신기하게도 피곤함이 사라졌다. 다시 돈을 벌 수 있다는 사실에 살짝 흥분한 것 같았다. 희영은 구직앱을 열어 자신이 취업할 수 있는 일자리를 알아보았다. 그런데 생각보다 인간형 로봇을 뽑는 회사가 많지는 않았다. 흔히들 생각하는 '기계가 빼앗은 고용시장'은 인간형 로봇들을 위한 것이 아니었다. 요즘 세상에 휴머노이드가 할 수 있는 일이 무엇일까. 태어나서 희영은 처음으로 로봇의 입장에서 고민해보기 시작했다.

3

'수호정원'의 이용객은 자유롭게 놀다 가야 한다는 관리인의 철학 때문에 CCTV가 한 대도 없는 카메라 청정구역이다. 까다로운 관람조건에 비해 막상 식물들이 많지 않아 아무도 찾지 않는 이곳에 한준이 조심스럽게 입장했다. 한준은 긴장한 표정으로 회의실을 향해 걸었다. 한준은 저번 청소로봇을 공격할 때 팀장인 경주에게 적극성을 인정받아 '한국 네오러다이트 운동본부'의 기획팀으로 올라가게 되었다. 그날 밤 한준은 경주에게 비슷한 시기에 활동을 시작한 희영은 어째서 아직 일반회원인지 물었다.

"걔는 적극성이 떨어지잖아. 다른 사람 신경 쓰지 말고 오늘 그분도 오시니까 기대해."

지금까지 일반 회원들에겐 기획팀 수뇌부의 신상이 알려지지 않았다. 한준은 특히 지속적으로 고급정보를 제공해오는 '페이지'를 직접 볼 수 있다는 생각에 설렜다. 아무리 세상을 위한 일이지만 여러 악법들이 인간을 위한 이 운동을 불법으로 규정하고 있었다. 페이지가 노출되면 표적에 대한 정보를 얻는 루트를 잃게 될 것이다. 하지만 너무나 궁금했다. 인류의 구원자. 실존하는 존 코너… 페이지는 대체 누구일까?

문이 열리자 경주가 한준을 반갑게 맞았다. 내부를 살펴보니 회의용 스크린 앞쪽에 서 있는 장신의 인물이 페이지인 것 같았다. 20세기 탐정영화에 나올법한 복장도 인상적이었지만 무엇보다 한준의 시선을 사로잡았던 것은 페이지가 쓰고 있는 헬멧이었다. 21세기 초 괴바이러스 때문에 마스크를 쓰던 것이 발전하여 다양한 스마트 헬멧으로 개성을 표현하던 시절이 있었다. 페이지의 헬멧은 그 시대의 것처럼 얼굴 전체를 가리고 있었다.

"심한준 씨, 말씀 많이 들었습니다. 항상 선두에서 활약하신다고 들었는데 정말 용감하십니다."

한준은 여기 와서도 페이지의 정체를 알아낼 수 없겠다는 생각에 실망했지만, 페이지가 자신의 이름을 부르며 칭찬해주자 중요한 인물이 된 것 같은 기분에 고양되었다.

"국세청에서 빼 온 부자로봇 리스트입니다. 로봇은 세금을 아주 성실하게 납부해서 좋아요. 세금 외의 자산은 사회적으로는 증발된 거나 마찬가지라 안타깝지만 말이죠."

페이지는 1시간 동안 표적 로봇들에 대한 이야기를 이어나갔다. 이 회의를 통해서 페이지에 대해 알게 된 것이 하나 더 있었다. 페이지는 정부 쪽 사람이었다. 자유 신분인 로봇을 향했던 공격이 위법이었음에도 지금까지 들키지 않았던 데에는 국가의 은밀한 보호가 있었던 것이다. 정부에서는 현재의 로봇법이 시한폭탄 같다고 보고 있다고 했다. 이대로라면 정말 극소수의 부자를 제외한 대부분의 인간이 살아갈 땅은 없어지고, 쓰지도 않을 재산만 축적하는 로봇들 천국이 될 것이다.

"그래서 우리는 음지에서 일하고 양지를 지향해야 합니다."

국가에서도 지금의 현상이 문제라고 인식은 하고 있으나 로봇의 권리에 대한 법률은 국제법인 데다 특이점을 앞당겼던 글로벌 리더들의 눈치를 봐야 하는 상황이라 뒤에서 조정하는 것이 정부가 취할 수 있는 유일한 방법이라고 했다.

"이 방에 계신 분들을 백기사들이라고 부르는 거 아시죠?"

페이지가 종이로 인쇄한 부자로봇 명부를 한준에게 넘기면서 말했다.

"여러분들이 우리나라의 희망이기 때문입니다. 꼭 세상을 다시 정상적으로 돌려놔주세요."

한준이 명부를 열어 첫 번째 표적을 봤다. 늙은 부자의 집사를 했던 휴머노이드로 부자가 죽자 재산을 상속받은 뒤 집에만 틀어박혀 있다고 적혀 있었다. 어떻게 보면 가장 문제가 되는 경우였다. 돈이 없는 로봇이라면 일이라도 하겠지만 이미 충분한 돈이 있으니 집에서 자신의 재산만 지키고 있었다. 이런 로봇이 창출하는 가치는 없었다. 그저 돈의 흐름만 막고 있을 뿐….

"레이드는 처음이군요."

한준은 지금까지 CCTV 사각지대에서 로봇이 지나가면 습격하는 방식으로 활동했었다. 하지만 이번 경우에는 로봇이 집 안에 틀어박혀 있으니 들어가서 파괴한 뒤 증거까지 없애야 한다. 쉬운 일은 아닐 것이다. 하지만 사람을 위해서, 인류를 위해서 누군가는 해야만 하고 그 누군가가 자신이라는 게 한준은 뿌듯했다.

✳

"이건 해볼 만하지 않을까요?"

우루미가 희영에게 자신이 찾은 구인글을 보여주었다.

'밀레니엄요양원: 난이도 낮음, 자유계약 로봇도 지원 가능'

희영은 고개를 저었다. 로봇과 인간이 함께 지원 가능한 곳은 이왕이면 인간에게 그 자리가 돌아가야 한다. 그게 희영의 평소 생각이었다.

"어차피 본인도 진짜 로봇이 아닌데 상관없지 않나요?"

"아니. 뒤에서 개욕할 게 뻔하거든. 나도 그랬으니까."

로봇을 향한 비난의 수위를 알고 있는 희영은 그 대상이 되고 싶지 않았다. 구직앱 설정에서 로봇만이 할 수 있는 일만 분류해서 검색해보니 대부분 몸을 쓰는 험한 일이었다. 가장 난이도가 낮은 우주 엘리베이터 공사현장도 몇 시간 만에 몸이 퍼질 게 뻔했다. 그런 생고생을 하루에 몇 시간씩 하니 로봇들도 배터리가 남아나지 않을 것이다.

"그럼 차라리 노량진 쪽으로 가보시죠? 저도 거기서 택배일 받았거든요."

"인력사무소 같은 데야?"

"일자리 없는 로봇들이 모여 있는 곳이 있어요. 거기에 급히 로봇이 필요한 회사 사람들이 와서 단기로 고용해가요."

희영은 그 중요한 얘기를 왜 하지 않았느냐며 웃었다. 그곳만 간다면 자신의 문제가 금방 해결될 것 같았다. 우루미는 로봇들이 매일 모여 있는 장소를 희영에게 알려주었다.

"아! 오늘 로봇처럼 보이는 연습을 안 했네요. 일단 로봇이 쓰는 반말에 익숙해지셔야겠어요. 구면인 로봇끼리는 말을 놓기도 하니까요."

우루미가 눈을 반짝였다.

"응?"

"뭐가 응이야. 로봇이 반말하는 거 익숙해지라고 이러는 거야."

분명 우루미의 논리는 맞는데 희영은 뭔가 기분이 나빴다. 희영은 우루미와 함께 온종일 로봇처럼 보이는 법과 로봇처럼 생각하는 법을 연습했다. 유쾌하지만은 않은 경험이었다.

수십 년 전 노량진 수산시장이 있었다던 그곳은 이제 생선 비린내가 아닌 녹 냄새가 나는 고철 로봇들의 공원이 되어버렸다. 희영은 자연스러운 로봇처럼 보이기 위해 부자연스럽게 걸어가며 로봇들이 일렬로 대기하고 있는 곳에 붙었다. 그중에는 예상외로 나름 상태가 좋은 로봇들이 많이 있었다. 저런 로봇도 새

주인을 구하지 못했다니…. 희영은 우루미라면 몰라도 저 정도의 로봇이라면 구입해도 괜찮지 않을까 생각했다. 하지만 결국 이곳에서 대기하고 있다는 뜻은 정상적으로 고용되지 못한다는 것이고, 그렇다면 돈을 들여가며 자신의 소유로봇으로 만들 이유가 없었다. 그때 전기 승합차 한 대가 도로에 멈춰 서더니 안경을 끼고 깐깐해 보이는 사람이 내렸다.

"아쿠아리움. 방수되는 로봇 두 대. 오늘만."

용건만 말하는 간단한 방식이었다. 희영은 물에서 숨을 쉴 수 없으므로 애초에 가만히 있었고 방수가 되는 로봇 세대가 손을 들고 앞으로 나갔다. 안경을 긴 사람은 손가락 관절이 자유롭게 움직이는 두 대의 로봇을 간택해 차에 태웠다. 희영은 갑자기 불안해지기 시작했다. 앞으로도 이런 패턴이면 자신의 자리가 없을 것 같았다. 잠시 후 소형차에서 장신의 사내가 내렸다. 차량 크기를 봤을 때 도무지 로봇들을 태울 수 없을 것 같았다.

"아폴로 사에서 장기적으로 일할 로봇들을 대량으로 모집한다. 나를 기준으로 셀룰러 모델들은 왼쪽으로 와이파이 모델들은 오른쪽으로 서봐."

예상치 못한 줄 세우기에 희영과 로봇들은 잠시 주저하다가 사내의 앞에 다시 정렬했다. 인터넷 연결이 불가능한 희영은 당연히 와이파이 모델 쪽으로 설 수밖에 없었다.

"요즘 세상에 와이파이만 달고 구직하는 로봇이 있군요."

셀룰러 모델 로봇들이 비아냥댔다. 물론 그 행동은 옆의 구식 로봇들을 기분 나쁘게 하려는 것은 아니었다. 고용을 결정할 저 사내에게 자신들의 우월함을 보이기 위해서였다. 사내는 아랑 곳하지 않고 오른쪽의 와이파이 모델들에게 손짓했다.

"자, 여기 있는 로봇들은 주소 알려줄 테니까 내일 면접 보러 와."

희영과 셀룰러 로봇들은 당황했다. 왜 굳이 더 안 좋은 사양 의 로봇들을 원하는 걸까? 셀룰러 로봇 한 대가 물었다.

"저 스펙 떨어지는 로봇들이 우리보다 나은 게 뭔가요?"

"우리 아폴로에서 원하는 로봇 직원들은 사람처럼 행동하는 것들을 원하는데 항상 인터넷에 접속 중인 로봇들은 애초에 그 게 안 돼서 말이야. 페이도 더 줘야 하고…."

직원의 말에 포인트가 있는 것 같았다. 원하는 정보에 바로 접근 가능한 로봇들과 달리 기존에 저장되어 있는 데이터만 활 용하는 것. 그래서 나오는 변수가 아폴로가 원하는 것이리라.

＊

희영은 바로 집으로 달려가 우루미에게 면접기회를 얻었다는 소식을 전했다.

"도대체 어째서 인간 같은 로봇을 찾으려는 걸까? 그냥 인간 을 쓰지…."

우루미만 가진 의문은 아니었다. 사내가 나눠준 쪽지엔 특이 사항이라며 표시된 문구 외에는 아폴로라는 회사에 관한 별다 른 설명이 없었다. 그냥 서비스업에 백 퍼센트 면접으로 선발이 라고만 되어 있을 뿐이었다. 하지만 희영은 회사를 가릴 처지가 아니다. 게다가 업무 난이도가 높은 회사라니 도전해볼 가치가

30

충분했다. 게다가 특이사항으로 강조된 문구는 희영과 우루미 모두가 좋아할 내용이었다.

"협의라고는 쓰여 있지만 6개월 인턴 기간에도 페이가 있고, 성과가 좋으면 정규직 채용이래!"

희영은 쪽지에 적혀 있는 좋은 말들을 그대로 믿을 만큼 순진하진 않았지만 흥분할 법도 했다. 그만큼 이 시대에서 정규직은 흔치 않았다. 심지어 로봇이 정규직이라니. 애초에 기업들이 로봇을 회사소유로 하지 않으면서 현대의 이러한 계약관계가 생긴 게 아니던가.

"로봇의 개인사를 활용해야 하는 업무인 것 같네."

"개성이 필요하다는 거지? 연습해 가야겠어."

✳

다음 날, 희영은 우루미의 조언에 따라 가장 깔끔한 복장인 순정 케이스 상태 그대로 입고 면접장으로 향했다. 가끔 개성을 표현하기 위해 케이스 위에 옷을 입거나 스티커를 붙이는 로봇들이 있었다. 그들의 행동은 자기만족이나 취향 때문이 아니라 남들에게 어떠한 이미지를 보여줌으로써 원하는 효과를 얻기 위해 계산된 것이리라. 아폴로 건물에 들어서자 우루미의 칩을 인식한 안내로봇이 다가왔다.

"우루미 지원자님? 대기실로 모시겠습니다."

수많은 인간형 로봇들이 일렬로 앉아 있는 모습은 흔히 볼 수 없는 광경이었다. 일하는 휴머노이드들은 많지만 요즘의 사무실 풍경은 예전과 다르게 직원들을 한 공간에 몰아넣지 않았다. 희영이 10분 정도 대기하고 있을 때 앞자리에 앉아 있던 하얀 로봇이 말을 걸었다.

"안녕하세요? 저는 알파카라고 해요. 태그가 어떻게 되시나요?"

"어? 나는 우루미."

태그. 자동생성네임태그는 로봇의 이름과 같은 개념이다. 같은 모델들을 구별하기 위해 자동으로 부여되는 것으로, 우루미역시 자동으로 생성된 이름이었다.

"초면에 예사말을 하시네요."

태그처럼 진짜 알파카를 닮은 그 하얀 로봇은 우루미를 이상하게 바라보았다. 희영은 로봇에게 반말하는 것이 너무 익숙해져서 실수를 했다. 로봇끼리도 처음에는 존댓말로 인사를 하는 것이 기본설정이다. 벌써 들키는 건가? 희영은 두뇌를 풀가동해 알파카를 이해시켰다.

"이 회사가 찾는 게 누구야? 인간처럼 행동하는 로봇이잖아? 몰입해야지."

알파카는 희영을 존경스럽다는 듯 눈의 LED를 번쩍였다. 자신도 지금부터 연기를 하겠다며 포즈를 취하기 시작했다.

"저기 직원들… 대기하는 로봇들을 지켜보고 있는 것 같아요."

생각해보니 이상했다. 대기줄은 계속 늘어나는데 면접을 보고 나가는 로봇이 없었다. 면접은 이미 시작되고 있던 것인가? 앞쪽에서도 눈치 친 무리가 있는지 술렁거리기 시작했다. 빨간색 땅딸막한 로봇이 양팔을 허리에 대고 로봇 직원에게 다가갔다.

"아니! 나를 뭘로 보고 이렇게 하루 종일 대기시키는 거야?"

백 퍼센트 의도적인 행동이었다. 로봇은 저렇게 마음에서 우러나오는 행동은 하지 않는다. 목적이 있으니까 하는 동작이었다. 이 면접이 어떤 방식으로 진행되는지 파악한 것이리라. 희영도 가만히 있을 수 없었다. 지금도 아폴로 직원들이 인간처럼 행동하는 로봇을 찾기 위해 지켜보고 있었다. 하지만 빨간 로봇의 임팩트가 너무 강했다. 희영은 어떻게 할지 결심한 뒤 자리에서 일어섰다.

"여기! 화장실이 어디인가요?"

4

노란색 김치 냉장고처럼 생긴 로봇이 자신 있게 외쳤다.

"저는 입사하면 노조활동을 하고 싶습니다!"

아폴로의 면접관들은 인상을 찌푸렸다. 노란 로봇의 옆에 대기하던 희영이 속으로 비웃었다. 멍청한 녀석. 사람답긴 한데 그건 입사하고 말했어야지…. 면접관들의 시선이 희영에게로 넘어왔다.

"왜 화장실을 찾은 거지? 가서 뭐 하려고?"

"면접 전에 거울을 보고 케이스에 기스가 나지는 않았나, 묻은 것은 없나 확인하려고 했습니다."

면접관들은 그제야 흐뭇해 했다.

"마지막으로 궁금한 거 있나?"

희영은 고민했다. 지금까지 아무도 물어보지 않은 질문… 이걸 물어본다면 인간으로 의심받거나 입사에 불이익이 될 수도 있을 것 같았다. 하지만 희영은 결국 질러보기로 했다.

"아폴로는 무슨 일을 하는 회사인가요? 검색했는데 아무 정보가 없어서요."

면접관들은 서로의 얼굴을 쳐다보았다. 가장 젊어 보이는 면접관이 물었다.

"사이트 접속하면 회사소개 영상이 백그라운드 재생되게 했는데 안 봤어?"

희영은 뜨끔했지만 더 뻔뻔하게 나가야 했다.

"제가 너무 몰입하다 보니 귀찮아서 영상을 스킵했습니다."

면접관들은 희영이 잡은 컨셉에 박장대소했다. 가장 나이 많은 면접관은 희영이 아주 사람답다며 박수를 쳤다.

그들이 설명해준 아폴로는 쉽게 말해 '대리 사과 회사'였다. 휴머노이드들의 기능이 아무리 좋아져도 인간만을 원하는 업종이 있다. 이를테면 어떤 회사에 컴플레인이 들어왔을 때 아폴로 쪽 사람이 대응한다. 인간 직원이어도 할 수 있는 대답은 로봇과 똑같지만 포인트는 컴플레인을 받을 때의 태도나 인간 특유의 분위기가 상대방에게 전달된다는 부분이다. 사람들은 로봇이 하는 사과에는 자동적으로 반응한다는 인상을 받아 진심이라고 생각하지 않는다.

'아폴로가 아폴로자이즈(apologize)의 아폴로였구나….'

희영은 재미있는 회사명이라고 생각했다. 한편 이런 3D업종마저도 수익을 극대화하기 위해 로봇을 고용한다는 생각에 씁쓸해졌다.

간단한 최종면접 끝에 열두 대의 로봇이 합격하였다. 희영은 알파카도 붙었다는 사실을 알고 안심했다. 아주 잠깐의 대화만 나눴던 거지만 마음이 가는 입사 동기였다. 희영은 지금까지 친한 로봇이 없었기 때문에 '로봇'에 대해 단 하나의 인상만 가지고 있었지만 우루미나 알파카를 만나면서 이들을 개별적인 존재로 인식하게 되었다.

"입사 동기가 되었네요."

오리엔테이션 장소에 도착한 알파카가 학습된 사교성을 발휘해 손을 내밀었다. 희영이 입고 있는 우루미의 케이스는 큰 편이었기 때문에 손가락 깍지까지는 끼지 못했지만 잡고 흔들 수는 있었다.

"결국, 쟤도 붙었네."

희영은 앞쪽에서 대기하고 있는 빨갛고 땅딸막한 로봇을 내려다보았다. 희영이 인상을 찌푸리며 강렬한 표정을 지었다. 하지만 우루미의 헬멧이 얼굴 전체를 덮고 있기 때문에 그것을 눈치 챈 사람과 로봇은 아무도 없었다.

"쟤 뭔가 좀 별로야…."

"와… 우루미 님, 진짜 사람 같네요."

알파카가 감탄하자 희영은 식은땀을 흘렸다. 로봇의 사고방식에 대해서 연구하기는 했지만 습관을 무시할 수는 없었다. 희영으로서는 자연스러운 표현이 로봇에게는 아닐 수 있다는 걸 계속해서 상기해야 했다.

"정말 존경스럽습니다. 보통 이럴 때 형님이라고 부른다던데… 우루미님 음성 설정이 여성목소리긴 하지만… 형님이라고 부르겠습니다."

알파카가 멍청한 편이라 다행이었다. 희영은 이 모든 것이 컨셉인 척 별다른 반응을 하지 않고 가만히 있었다. 그때 정장을 입은 인간 직원이 오리엔테이션 룸으로 들어왔다.

"미안합니다! 죄송합니다! 아폴로입니다! 반갑다. 나는 개발팀의 유수진 차장이라고 한다."

묘한 구호와 함께 자신을 소개한 직원은 프레젠테이션을 시작했다. 요지는 간단했다. 이번에 선발된 열두 대의 로봇은 아폴로 사의 테스트 기수로 화면 없이 음성으로만 대응하는 일에 투입될 것이다. 희영은 궁금증이 생겨 손을 번쩍 들었다.

"저희 계약 기간이 6개월인데 그 안에 테스트에 성공하지 못하면 어떻게 되나요? 페이를 안 주나요?"

"에이, 너무 사람처럼 돈 얘기부터 한다. 당연히 기본 월급은 나가지."

희영은 깔끔하게 임금 얘기를 먼저 해야 더 로봇 같은 거 아닌가 생각이 들었지만 토를 달지 않고 넘어가기로 했다. 유수진은 열두 대의 로봇을 둘씩 짝지었다. 오리엔테이션이 끝나고 하게 될 레벨 테스트의 조 편성이었다. 희영의 짝은 그 땅딸막한 빨간 로봇이었다. 유수진은 테스트의 설정을 잘못된 음식이 배달되어 화난 구매자가 음식점에 찾아온 상황이라고 알려주었다. 희영은 짝과 합을 맞추기 위해 말을 걸었다.

"난 우루미야. 넌 태그가 뭐야?"

"홍민지."

"사람 이름 같네."

"그래."

홍민지는 사람 이름 같은 네임태그답게 말이 짧고 재수가 없었다. 성은 빨간 케이스 때문에 홍이라고 지은 것일까. 아니면 순전히 우연일까. 네임태그가 랜덤으로 만들어진다고 하지만 알파카도 하얀색인 걸 봤을 때 외형과 이름을 어울리게 만드는 어떤 알고리즘이 있는 것 같았다. 희영이 이런 잡다한 생각을 하고 있을 때 유수진이 바깥에 있는 사람들에게 손짓했다. 운동복을 입은 여섯 사람이 두리번거리며 방 안으로 들어왔다.

"자, 지금부터 한 팀씩 상대해주시면 됩니다. 우리 로봇 직원들은 이 고객님들의 컴플레인을 중지시키면 성공이다. 오늘이 첫 번째 테스트이니 회사 내규에 따르지 않고 자유롭게 대처해도 된다!"

희영과 홍민지 앞으로 전형적인 백수 스타일의 사내가 다가왔다. 한눈에 봐도 숙련된 블랙 컨슈머 같았다.

"제가 파인애플 알레르기가 있는데 왜 하와이안 피자가 왔죠? 난 분명히 콤비네이션 시켰는데? 이거 어떻게 된 거예요?"

알레르기로 공격하는 것은 고급스킬이었다. 건강과 직결된 것은 단순히 '죄송합니다'로 끝날 문제가 아니었기 때문이다. 홍민지가 먼저 나섰다.

"손님, 죄송합니다. 실수가 있었던 것 같습니다. 다음 주문하실 때 사용하실 수 있는 서비스 쿠폰을 드리겠습니다."

홍민지에게는 '사람은 서비스를 좋아한다'는 정보가 큰 비중을 차지하고 있는 모양이었다. 분명 누군가에게는 통할 대응이었지만 바로 보상부터 이야기하면 오히려 기분이 나빠지는 사람들도 있었다.

"아니, 죄송하면 다야? 내가 실수로 먹었으면 어쩔 뻔했어?"

매우 뻔한 반응이긴 하지만 그만큼 클래식하게 통하는 항의였다. 희영은 그저 잘못했다고 비는 방법밖에는 없지 않나 생각했다. 하지만 홍민지가 또 한 번 예상치 못한 대응을 했다.

"제가 뭘 어떻게 해드리면 되죠?"

홍민지가 한 대답은 인간이 같은 대답을 했을 때의 그 뉘앙스는 아니었다. 정말 어떻게 해드리면 되는지 모르기 때문에 한 대답이었다. 또한 로봇이기 때문에 나온 최악의 반응이기도 했다. 인간은 저런 대답을 들으면….

"이 새끼가 진짜. 여기 사장 나오라고 해!"

희영은 지금이 자신이 개입할 타이밍이라고 생각했다. 희영은 손바닥으로 홍민지의 등을 쳤다. 희영의 덩치보다 훨씬 작은 홍민지는 찌그러지다시피 바닥으로 몸을 숙였다. 희영의 돌발 행동에 다른 조를 담당하는 사람들도 우루미와 홍민지 조를 주목했다. 잠깐의 적막 후 희영이 사내에게 다가갔다.

"아이고, 죄송합니다. 제가 사장입니다. 직원교육을 잘 못 시켰네요."

희영은 홍민지에게 삿대질을 했다.

"저놈이 어휘력이 달려서… 빨리 사과 드려!"

홍민지는 어리둥절하다가 희영이 다시 소리치자 허리를 숙였다.

"죄송합니다."

비록 사람과는 다르게 생겼지만 이들의 모습은 진짜 사장과 직원을 연상시켰다. 희영이 다시 홍민지에게 호통을 칠 것 같은 기세로 다가가자 사내가 제지했다.

"아, 괜찮습니다. 그럴 수도 있죠. 다음에 또 주문하겠습니다."

유수진은 노트에 적혀 있는 우루미-홍민지 조에 동그라미를 쳤다. 그러고는 우루미에 밑줄을 친 뒤 추가로 메모를 달았다. '진짜 사람 같음.'

＊

한준이 심호흡 하고 문을 부술 준비를 했다. 경주가 모바일로 코드 번호를 입력하자 AR 화면으로 집 내부에 있는 로봇의 위치가 드러났다. 페이지의 말대로 표적 로봇은 집 안에서 가만히 있었다. 경주가 신호를 주자 한준이 충격장치를 이용해 문을 뜯었다. 이윽고 경주의 뒤에 대기하고 있던 백기사들이 집 안으로 진입했다. 돈을 쌓아만 두고 아무것도 하지 않는 천하의 나쁜 로봇을 제거하기 위해.

"잠깐 멈춰봐!"

경주가 소리쳤다. 경주의 모바일에 경고창이 팝업되었다.

"로봇 한 대가 더 있는데?"

여유롭게 앉아 있는 표적의 뒤로 거대한 보디가드 로봇이 나타났다.

"경호원이 있어!"

로봇이 인간을 고용하기도 하는 시대였다. 돈 많은 로봇은 로봇윤리원칙에 따라 '스스로를 지키기 위한 행동'의 하나로 보디가드 로봇을 고용하는 경우도 있었다. 작은 규모의 일만 해오던 한준에게 이런 상대는 처음이었다.

"어차피 반격은 못 해! 무시하고 그냥 돌격해!"

아무리 경호 목적의 로봇이라도 인간을 공격하면 안 된다는 로봇윤리원칙을 깰 수는 없기에 거대한 보디가드는 방어만 할 수밖에 없었다.

"죽어라, 쫌!"

백기사들의 쇠파이프가 보디가드의 몸을 강타했지만 별다른 효과가 없었다. 한준이 당황해서 경주를 바라봤다. 경주 역시 자기들만의 힘으로는 어쩔 수 없다는 것을 인식했다. 하지만 이대로 철수할 수는 없는 노릇이었다. 문을 부수고 들어왔으니 곧 있으면 경찰들이 온다. 아무리 나라에서 뒤를 봐주고 있다고 하더라도 복잡해지는 일은 피해야 한다. 경주는 모바일로 페이지에게 메시지를 보냈다.

"페이지를 불렀어…."

한준이 물었다.

"그럼 뭐가 해결되나?"

한준이 말을 채 마치기도 전에 깡! 하는 소리가 집 안 내부에 크게 울렸다. 한준이 고개를 돌리자 어느새 보디가드 로봇 옆에 다가간 페이지가 보였다. 언제 온 거지? 한준이 생각하고 있을 때 페이지가 로봇을 향해 니킥을 날렸다. 끼익! 보디가드 로봇의 단단했던 다리가 바로 구부러졌다. 페이지는 이어서 보디가드의 팔을 뽑아버렸다. 사이보그였던 건가? 한준은 정신을 차리고 다시 페이지를 바라봤다. 손바닥으로 표적의 코어를 손쉽게 부숴버리는 걸 보면 절대 사이보그가 낼 수 있는 힘이 아니었다. 페이지는 로봇이었다.

"수고하셨습니다."

지금까지 한 번도 로봇에게 말을 높인 적이 없던 한준이었지만 이번엔 자동으로 존댓말이 나왔다.

"제가 한 게 뭐 있나요. 다 백기사님들이 하신 일이죠."

페이지가 자리를 벗어나려고 하자 한준이 그를 다시 불렀다.

"저기… 로봇이시면서 어째서 로봇을 없애시는 거죠?"

"저는 정부용 로봇입니다. 나라를 위해 당연히 해야 할 일을 하는 것뿐입니다."

페이지는 유유히 자리를 떠났다. 경주가 한준의 옆으로 다가왔다.

"나도 처음엔 놀랐어. 그런데 생각해보니 로봇윤리원칙에 어긋나진 않더라고."

진짜 그랬다. 로봇은 인간 전체에게 해를 끼치면 안 된다는 원칙은 있지만 로봇에 대해서는 단순히 스스로를 보호해야 한다고만 되어 있다. 인간에게 최소한의 생존권은 보장되는 이 시대. 안전망이 없는 로봇들이야말로 약육강식의 세계를 살고 있다고 한준은 느꼈지만 이내 자신의 생각을 무시했다. 어쨌든 힘든 건 인간이어야 하니까.

5

"이게… 로봇이라고?"

정희진 부장의 말에 유수진은 방금 재생했던 녹음파일의 파일명을 보여주었다. '1027_우루미_테스트O'.

"테스트 기수 중에서 튜링 테스트를 가장 빨리 통과했습니다."

"튜링 테스트고 나발이고 이 정도 넉살이면 거의 사람 아니야?"

우루미의 개성은 전화 응답용으로만 쓰기엔 아까웠다. 그렇게 생각한 정 부장은 자신의 다음 계획을 좀 더 일찍 실행시키기로 했다.

"시스템에 연락해서 이 로봇 정규직으로 올리라고 해."

"아직 인턴 기간 한참 남았는데요?"

확실히 파격적인 인사였다. 게다가 요즘 같은 세상에 자유로봇이 정규직이라니. 수진은 너무 과하다 싶었다. 이 일이 세상에 알려지면… 유수진의 생각이 거기까지 미치자 정 부장의 계획을 눈치챌 수 있었다.

"홍보팀에도 공유하겠습니다."

"역시 센스 굿이야. 이래서 사람을 쓰는 거지!"

로봇의 개성은 전 주인의 성향의 영향을 크게 받는다. 20년 전 자율로봇들의 윤리의식을 설정하던 시기에 업계 1, 2위 업체가 인공지능법 개정을 기다리고 있는 동안 만년 3위였던 회사에서 인공지능의 판단책임을 구매자에게 넘기는 방향으로 시장에 제품을 선출시했다. 구매자들은 처음 로봇 계약 시 수백 가지 윤리적 딜레마들에 미리 대답해야 했지만, 자신의 선택이었기 때문에 억울함을 덜 느꼈다. 자신의 안전과 법적인 징벌 혹은 자신의 희생 중 선택을 못 한 구매자들은 '랜덤' 칸에 체크하는 경우가 있었는데 이게 로봇 개성의 시작이 되었다.

로봇은 랜덤으로 설정된 판단들을 주인과 함께 지내며 축적된 데이터에 의존했다. 이런 방식은 인공지능법 개정 이후에도 로봇의 말투나 행동양식에 적용되었다. 인공지능 성향의 큰 설정은 누구나 가능했지만 디테일한 차별점을 만드는 것은 결국 주인의 차이였다. 물론 현재도 로봇의 가치는 성능으로 판단된다. 지금까지는 그랬다.

"덜떨어져도 좋으니 많이들 찾아오라고!"

로봇은 사람 같을 필요가 없다. 하지만 아폴로 사 입장에서는 성능이 중요한 게 아니었다. 인간처럼 행동해야 쓸모가 있었다. 그래서 정 부장은 유니크한 개성을 가진 로봇들을 아폴로에 모으려는 것이다. 그리고 그 개성은 아폴로 사의 다음 프로젝트에 유용하게 사용될 것이다.

희영은 빠른 정규직 전환이 기분 좋으면서도 다른 로봇들이 신경 쓰였다. 처음부터 의도를 가지고 만들지 않은 이상 로봇들은 질투를 느끼지는 못한다. 하지만 희영은 로봇들과 함께 지내며 소통하다 보니 그들이 자신을 샘내지 않을까 하는 생각이 들었다. 착각이었다. 동료 로봇들은 냉철하게 상황을 분석했다. 알파카는 희영에게 상담을 신청하며 동료 로봇들이 자신들도 우루미처럼 정규직이 될 수 있다는 확신이 생기자 더욱 퍼포먼스를 올렸다고 알려주었다.

"형님, 어떻게 하면 그렇게 사람 같을 수 있습니까?"

사람이니까, 라고 대답할 수는 없었다. 희영은 고민하다가 우루미에게 코치 받았던 때를 떠올렸다.

"상황극을 여러 번 해보고 가장 비슷한 연기를 자동적으로 따라 할 수 있게 설정하면 돼."

"레퍼런스는 어떻게 찾나요?"

"드라마를 보면 사람 대 사람의 관계에서 말이지, 어떤 액션이 오면 어떤 리액션이 나오는지 다양하게 나와. 그걸 상황에 맞게 따라서 해봐."

희영은 말투와 손동작을 비슷하게 하는 것이 굉장히 중요하다고 설명했다. 로봇은 필요 없는 동작이라고 생각할 수 있지만 그 쓸데없는 사소한 몸의 움직임이 리얼리티를 준다. 처음엔 알파카만 희영의 강의를 듣고 있었지만 곧 열한 대의 로봇이 그 주변에서 청강을 하게 되었다.

"우루미! 전화응대실로 올라가!"

유수진이 희영을 불렀다. 첫 실전의 순간이 다가왔다. 순간

44

뒤쪽에 앉아 있던 홍민지가 자리에서 벌떡 일어났다.

"우루미!"

희영이 뒤돌아보자 홍민지가 짧은 팔로 팔짱을 끼며 고개를 들어 올렸다.

"흥! 네가 먼저 정규직이 되었지만, 임원은 내가 먼저 될 거야. 딱 기다려라."

2인자 컨셉을 잡다니…. 다음 정규직은 저놈이 되겠군. 희영이 생각하며 대사를 맞춰주었다.

"훗, 기대하지."

희영이 전화응대실로 들어가자 모두의 시선이 집중되었다. 응대실은 21세기 초의 독서실처럼 칸막이로 나뉜 80여 개의 책상으로 구성되어 있었다. 직원들 대부분은 중년, 노년이었고 젊은이들은 거의 없었다. 희영이 사전에 이 회사를 몰랐던 걸 보면 이 직장에 젊은이들이 없는 이유는 일이 힘들어서라기보다는 기존의 사원들이 위로 올라가는 길이 막혀 있기 때문인 것 같았다. 직원들의 눈빛에서 경계심이 느껴졌다. 희영이 지금까지 로봇들을 바라보던 바로 그 시선이었다. 감정노동시장이라 자신들만큼은 안전할 줄 알았을 것이다. 하지만 이 안전구역마저 기계가 침범했다고 느끼겠지. 희영은 그들의 경계심을 빨리 풀어주어야겠다고 생각했다. 이럴 땐 자신의 위치를 낮춰야 한다. 다행히 아주 고전적인 방법이 생각났다.

"안녕하세요? 오늘부터 함께 일하게 될 우루미입니다. 반갑습니다."

인간 직원들은 박수도 치지 않고 고개를 돌렸다. 유수진이 희영의 자리를 알려주었다. 희영은 지정좌석으로 다가가다 의도적으로 의자에 걸려 넘어졌다. 우당탕 소리가 나자 직원들이 다시 희영에게 주목했다. 의도적인 방해가 없음에도 밸런스를 잃고 넘어지는 로봇은 거의 20년 만에 처음 봤을 것이다.

"아이고, 의자에 걸렸네요."

가장 당황한 사람은 의자의 주인 김디야였다. 김디야는 외형을 비유해보자면 딱 소금쟁이 같았다. 큰 키에 마른 체구. 어렸을 땐 멸치라고 놀림 받았고 선천적으로 약했기에 또래 남자애들이 축구를 할 때 끼지 못했다. 어찌 되었든 장신의 남자이니 여자애들도 피구에 끼워주지 않았다. 김디야는 자신의 몸이 저주받았다고 생각했다.

'뭘 꼬라보냐?'

저항능력이 없는, 때려도 용인되는 약한 남자. 김디야는 중고등학교 시절 양아치들의 공격대상 1순위였다. 그나마 학생 시절의 김디야가 위안을 가졌던 것은 몸무게가 낮으니 군대에 면제된다는 사실이었다. 그러나 김디야가 스무 살이 되던 해, 군인이 부족해진 병무청은 현역 판정 기준을 최대치까지 넓혔고 그는 계획에도 없던 군대에 가야 했다. 군 인권에 대한 사회인식이 변하고 있던 때라 군 생활 중에 따돌림이라 할 만큼의 일은 없었다. 하지만 몸이 약했던 김디야는 상병을 달기 전까지 선임으로부터 알게 모르게 무시와 희롱을 당해 괴로워했다. 기수 열외 수준까지는 아니었지만 후임들도 은근히 김디야를 낮춰봤다. 대학교 졸업 이후에도 취업의 길이 쉽지만은 않았다.

'죄송합니다. 저희 업무가 정말 힘들기 때문에 건장하신 분을 원하고 있습니다.'

'우리 안 그래도 남탕인데 딱히 장점도 없으면 그냥 싹싹한 애 뽑지….'

여자 직원이 많았던 마케팅 회사에서는 그가 남자로서의 쓸모가 없었고, 남자가 많은 현장직도 굳이 가성비가 떨어지는 그를 고용하지 않았다. 물론 김디야의 학점이 좋았다면 원하는 회사에 들어갈 수 있었겠지만 성적은 평범했다. 그리고 그걸 면접에서 만회할 만큼의 친화력도 갖추지 못했다. 불쌍하게도 그의 학창시절은 사교력을 키울 기회를 주지 않았다. 도태된 김디야는 청년 시절을 아르바이트로 버텨야 했다. 편의점에서 인간 직원을 쓰던 마지막 시절, 낮 시간대는 그가 고용될 이유가 없었기 때문에 야간근무 위주로 지원했지만, 하루에 한 번꼴로 취한 손님들의 시비를 감당해야 했다. 그러다 육체노동시장 전면에 로봇들이 도입되고 고용 쇼크가 오자 사회의 시스템이 대대적으로 개편되었다. 김디야에게는 새로운 기회였다.

돌고 돌아 찾게 된 아폴로라는 직장은 김디야의 마지막 희망이었다. 그는 결심했다. 이곳에서 끝까지 일하겠다고. 목소리만 사용하면 되니 더욱 자신에게 맞는 일이었다. 여기라면 신체의 단점을 잊고 진급까지 할 수 있을 것 같았다. 하지만 상사들은 자신의 자리에서 나가지 않았으며 아랫사람도 들어오지 않았다. 김디야는 그렇게 중년이 되었다. 착한 사람이었지만 한평생 분노와 피해의식이 쌓였다. 하지만 풀 곳이 없었다. 모두가 자신보다 우월해 보였다. 그렇다고 정신 이상자는 아니었기에 이상한 데다 해코지하진 않았다. 그저 참고 또 참을 뿐. 그의 업무도 통화 상대의 폭언을 참는 것이었으니까. 그런데 오늘… 처음 본 후임 로봇 한 대가 스스로 넘어진 것의 책임을 자신에게로 떠넘겼다. 의자는 가만히 있었는데 그럼 내 탓이라고? 순간적으로 화가 치밀었다. 김디야는 평소 같았으면 절대 하지 않았을, 그리고 후임이 로봇이 아니었다면 실행에 옮기지 않았을 행동을 했다.

　수십 년 동안의 화가 축적된 주먹이 희영을 강타했다. 김디야가 누구를 때린 적도, 희영이 누구에게 맞아본 적도 모두 처음이었기 때문에 양쪽은 스스로에게 당황했다. 로봇이 인간에게 해를 가하면 안 된다는 것은 너무 당연한 상식이었다. 하지만 반대의 예는 종종 있어왔다. 로봇의 주인에게 돈을 배상하는 경우는 있었지만 자유로봇이 피해자일 때는 로봇법이 있음에도 크게 윤리적 문제가 되지는 않았다. 완전히 부서지지 않는 이상 로봇을 향한 약한 폭력은 인간 상식의 허용범위였다. 김디야는 곧바로 사과하려 했지만 희영이 후임인 데다 로봇이라는 생각에 계속 고자세로 나가기로 했다. 그는 착한 사람이었지만 딱 거기까지만 착한 사람이었다.

　"네가 뭔데 의자를 탓해?"

　"아… 죄송합니다."

　희영의 불쌍한 모습에, 경계심을 가졌던 인간 직원들의 마음이 살짝 풀어졌다. 실제로 헬멧 속 희영의 얼굴은 울상이었다. 사람들은 그 표정을 볼 수 없었지만 신기하게도 그 느낌이 헬멧 밖으로 전해졌다. 일을 크게 만들고 싶지 않았던 유수진이 재빠르게 상황을 정리했다.

"왜 같은 부서끼리 언성을 높이고 그래요. 오늘 첫 근무니까 많이 알려주세요."

희영은 재빠르게 자리에 앉았다. 띠리리 벨이 울렸다. 구형 모니터에는 희영이 상대해야 할 구매자가 컴플레인을 하려는 회사의 정보와 내규 그리고 희영이 사용할 가상의 인간 이름이 팝업되었다. 희영은 숨을 크게 내쉬고 수화기를 들었다.

"안녕하세요? 고객센터 황수정입니다. 무엇을 도와드릴까요?"

✳

희영이 돈을 버는 동안 우루미는 집 안에서 다양한 간접경험들을 했다. 보통 로봇들은 알아야 하는 특정한 정보가 있는 미디어를 볼 때 파일을 통으로 읽어 들였지만 우루미는 거실에 있는 충전패드에 앉아 있으면서 무작위로 흘러나오는 방송들을 실시간으로 감상했다. 그 과정에서 드라마에 중독되고 말았다. 하필이면 드라마 속 캐릭터의 발음이 좋지 못했고 우루미는 그 대사를 정확히 인식하기 위해 모든 센서를 TV 스피커로 집중했다. 우루미는 이렇게 드라마에 빠져 있느라 현관문이 열리는 소리를 듣지 못했다. 희영 역시 평소와는 달랐다. 원래대로라면 귀가하자마자 우루미의 케이스를 벗어던지고 씻었을 테지만 몸과 마음이 지친 상태라 바로 방으로 들어갔다. 그러자 공기청정기가 소음을 내며 작동했다.

"왔어?"

우루미는 그제야 희영이 돌아왔다는 것을 알아차렸다. 대답은 들리지 않았다. 충전패드 위를 떠나는 것이 살짝 부담되었지만 방 정도는 다녀올 수 있다는 계산이 나왔다. 우루미는 천천히 희영의 방으로 들어갔다. 희영은 집으로 들어온 그 상태로 침대에 누워 잠을 자고 있었다. 우루미는 조심스럽게 희영이 쓰고 있는 헬멧을 벗겨준 뒤 충전패드로 돌아왔다.

6

희영이 전화응대팀에 들어가고 한 달이 지났다. 처음에는 로봇에게 휴식시간을 주지 않아 동료 직원들과 친해질 틈이 없었지만 김디야의 요청으로 희영에게도 휴식시간이 생겼다. 희영은 김디야가 왜 자신을 신경써주는지 고민했다. 자신을 괴롭히기 위해서일까? 혹은 이걸 핑계로 원하는 것이 있는 건가? 하지만 둘 다 틀렸다.

인간은 복잡한 존재다. 김디야는 자신이 평생 피해자일 것이라고 생각했다. 하지만 자신도 가해자가 될 수 있음을 알고 충격을 받았다. 로봇에 대한 김디야의 시선은 여전했지만 희영에 대한 미안함이 있었다.

직원들이 음료를 마시러 휴게실로 가면 희영은 보조배터리를 들고 따라 나갔다. 다행히도 기계팔에 충전슬롯이 있어 충전하는 모습이 그럴듯했다.

"우루미는 상처 안 받아서 좋겠다."

희영을 놀리며 스트레스를 푸는 직원들도 있었지만, 희영의 찰진 반응에 곧 마음을 열었다. 희영 역시 우루미 헬멧으로 얼굴을 가려서인지 원래대로라면 하지 않았을 저자세를 거리낌 없이 했다. 우루미 상태의 자신과 희영일 때의 자신을 마음속으로 구별하는 것은 정신적으로 도움이 되었다.

곧이어 테스트를 통과한 다른 로봇들도 속속 전화응대팀으로 배치되었다. 가장 먼저 넘어온 것은 역시 홍민지였다. 빨간 로봇에게는 이상한 습관이 생겼는데 행동을 따라할 레퍼런스를 무엇으로 삼았는지 술에 취한 사람들이 하는 행동과 말투를 많이 따라 했다. 희영은 홍민지의 불량하게 보이는 방식이 전화응대팀에 도움이 될까 걱정이 되었지만 어쨌든 사람 같은 반응으로 인정받은 것이니 문제 될 건 없었다. 다음으로 합류한 로봇은 알파카였다. 홍민지와는 다르게 불쌍해 보이는 전법을 주로 사용했다. 그래서인지 정규직 전환 이후의 실적은 알파카가 홍민지보다 더 좋았다. 일은 여전히 힘들었지만 인간 직원들과의 문제도 없어졌고 로봇 동료들과도 돈독해졌다.

＊

"이 속도면 다음 달에 배터리랑 새 케이스를 살 수 있을 것 같아."

"그렇군."

"지금 네 얘기하고 있는데 TV 좀 그만 봐라."

우루미의 LED 눈빛을 읽을 수 없던 희영은 우루미가 드라마를 보고 있다고 오해했다. 하지만 우루미의 CPU는 여러 가지 상황을 시뮬레이션해보고 있었다.

"우리 이대로 살면 어떨까?"

우루미가 새로운 제안을 했다. 희영 역시 지금의 삶이 나쁘지 않았다. 이번 달에는 성과급도 받았고 이 추세라면 인간 직원들보다 좋은 임금을 받게 될지도 몰랐다. 희영은 아직 시간이 있으니 다음에 얘기하기로 하고 출근준비를 하려는데 갑자기 현관 쪽 초인종이 울렸다.

문을 열어보니 경주였다. 그는 전화로 얘기하기 어려운 전달 사항이 있다며 입을 열었다.

"임무 하나를 가져왔어. 그런데 요즘 모임 참석 왜 안 해?"

"요즘 아르바이트 하고 있어서….'"

희영이 둘러대자 경주가 걱정된다는 듯이 말했다.

"일상생활도 중요하지만 인류 전체를 생각해야지. 혼자만 사는 세상이 아니잖아? 지금 이 시간에도 얼마나 많은 사람이 집 없이 고통받고 있는데."

원래의 희영이었으면 아무 생각 없이 넘어갔겠지만 최근 몇 달간의 일 때문인지 경주의 말에 딴지를 걸고 싶어졌다. 희영 역시 현재 사는 집이 본인 소유가 아니었다. 사회구조가 그렇게 되어버렸다. 자신의 집을 로봇에게 물려줄 정도로 재산이 있는 부자는 극소수였다. 그리고 이들 모두가 재산을 로봇에게 물려주지는 않으므로 경주가 이야기하는 '집을 점거하고 있는 로봇'의 수 역시 아주 적은 숫자일 것이다. 하지만 네오러다이트 운동 본부에서 인간의 적으로 여기는 로봇의 범위는 너무나도 넓었다. 희영이 이런 식으로 생각을 바꾸게 된 것은 회사에서 우루미로 살면서 받았던 느낌 때문이었다.

휴식시간 보조 배터리로 팔을 충전하며 동료 직원들과 이야기를 나누고 있을 때 회사 임원들을 제외한 뒷담화 대상은 로봇이었다. 동료들도 우루미가 배터리값을 벌기 위해 어렵게 살고 있는 로봇이라는 것은 알고 있었다. 그렇지만 우루미는 그들이 아는 로봇이었기에 특별 취급해주는 느낌이었다. 인간들의 대화에서 사회를 좀먹는 로봇에 관해 이야기할 때에는 '어떠어떠한 로봇'이 아닌 그냥 '로봇은 이래서 나빠'처럼 일반화되기 일쑤였다.

'네 얘기 아닌 거 알지?'

일부 착한 인간 직원들이 이런 말을 덧붙여주긴 했지만 기분이 상하는 건 어쩔 수 없었다. 차라리 희영이 진짜 로봇이라면 느끼지 않을 감정이었다. 자신까지 이 사회에 잘못을 하고 있는 존재라는 느낌이 들었다.

'오래된 로봇들은 빨리 부서져야 하는데 말이죠. 사실 저희도 주인 잘 만나서 집에만 있는 로봇들 싫어해요.'

김디야처럼 대놓고 로봇에 악감정이 있는 사람들에겐 희영이 먼저 나서서 로봇욕을 하며 분위기를 좋게 만들었다.

'허허. 이 친구 정말 로봇답지 않게 프로세서가 올바른 친구일세.'

희영은 인간직원들에게 '너는 다른 로봇과 다르다'는 평가를 받을 때마다 '아무 이유 없이 죄인이 된 것 같은 느낌'이 줄어들었다. 하지만 억지로 로봇의 욕을 하는 것도 한계가 있었다. 다행히도 홍민지, 알파카 등 다른 로봇들도 휴식시간 대화에 합류한 뒤에는 로봇에 대한 뒷담화에서 정치를 향한 이야기로 주제가 이동했다. 아폴로 사의 인간 직원들 역시 로봇들과 함께 일한 덕분에 이분법적인 사고가 서서히 사라졌다. 우루미인 척하는 희영의 마음도 함께 변화했다.

"희영아, 이 건물에도 로봇 세대주가 셋이나 있다더라. 소름 끼쳐서 정말…."

그러나 전혀 다른 환경에 있던 경주와 다시 대화를 해보면서 현실자각이 되었다. 아직 대부분의 세상 사람들은 경주처럼 생각하는 쪽이 더 많을 것이다.

"한준이 기획팀 된 거 알지? 너도 큰일 한번 해야 위로 올라가지."

희영이 네오러다이트 운동본부에 대해 한 발짝 떨어져서 생각해보니 어처구니가 없었다. 인공지능 세상이 만든 계급체계를 없애기 위해 만든 단체에서도 계급놀이를 하고 있었다. 이래선 지금까지의 인류역사 반복일 뿐이다.

"요즘은 정말 바빠서 시간이 없네. 미안해."

희영은 조용히 빠지고 싶었지만 경주가 끈질기게 달라붙었다.

"페이지가 사람들로부터 제보받은 로봇 리스트를 보내주고 있어. 지금까지 네가 참여했던 것보다 규모가 큰 건수야. 성공하면 바로 영웅 되는 거라고."

"지금은 돈 벌 때라 미안해."

"돈 벌어서 뭐하게? 설마 로봇 사려고?"

희영은 '너도 사실은 그러고 싶지 않냐'고 답하고 싶었지만 얘기가 길어질까 그만두었다. 경주는 약 5분 정도 희영을 설득하다가 다음부턴 꼭 참여하라는 말을 남기고 돌아갔다. 희영은 다시 거실로 들어오며 무선충전매트가 현관에 없던 것이 다행이라고 생각했다. 경주가 충전 중인 우루미를 봤으면 어떻게 반응했을까? 갑자기 희영을 악당으로 몰아세웠을 수도 있다고 상상하니 무서워졌다. 경주가 시간을 많이 빼앗은 탓에 출근 시간에 늦었다. 희영은 어쩔 수 없이 드론 택시를 호출하고 우루미의 케이스를 입었다. 이윽고 거실문이 열리며 드론 택시가 도착했다. 음성시스템이 도착지와 탑승객을 물었다.

"휴머노이드 한 대. 아폴로 본사."

"로봇이 배송하는 것은 무엇인가요?"

"그냥 로봇이 아폴로 사로 이동하는 거야."

택시 시스템이 로봇만 이동하는데 드론 택시를 부르는 게 흔한 일은 아니라고 판단했는지 다시 물었지만 법적인 문제는 없으므로 희영을 아폴로 건물로 태워다주었다.

"미안합니다! 죄송합니다! 아폴로입니다! 오늘도 좋은 하루 보내세요!"

희영이 자신의 자리에 가보니 사내 메신저로 메시지가 와 있었다.

'3층 정 부장님께서 호출하셨습니다.'

아폴로에서 3층이면 일반사원들이 아닌 흔히 말하는 높으신 분들의 사무실이었다. 회사의 구조가 아무리 예전과 달라졌다고 하지만 규모가 있는 회사들은 직급에 따른 대우 차이를 여전히 유지하고 있었다.

"정희진 부장님, 찾으셨나요?"

희영이 조심스럽게 문을 열고 정 부장의 프로젝트 룸으로 들어갔다. 방 안에는 구체적인 형체가 없는 인공지능 컴퓨터들이 정 부장이 입력한 여러 프로젝트를 시뮬레이션해보고 있었다. 정 부장이 컴퓨터를 정지시키고 뒤를 돌아봤다.

"아, 우루미 사원. 잘 왔어. 이 방은 처음이지? 요즘 일은 어때?"

"부장님이 신경 써주신 덕분에 출근이 즐겁습니다."

"대답이 날이 갈수록 좋아지네. 안에 사람 들어가 있는 거 아니야?"

정 부장이 웃었고 희영은 뜨끔했다.

"보고서 보니까 보통 전화답변 2분 안쪽으로 컴플레인 해치우던데 인간 직원 평균보다 빨라!"

칭찬을 이어가던 정 부장은 벽에 그려진 가상 모니터에 회사 조직도를 띄웠다.

"현재 우리 회사에는 열세 개 부서가 있지. 부장 아래 차장이 있고 나머지는 모두 사원으로 통합되어 있어. 그리고 10년 동안

이 위에 칸에 대해서는 인사이동이 없었단 말이야. 요즘 워낙 수평적인 구조가 유행이잖아? 우리 부장 차장들은 이미 올라왔으니 어쩔 수 없고."

희영은 실망했다. 아무리 열심히 해도 로봇은 더 이상 위로 올라가지 못한다는 설명을 하는 것 같았다. 물론 예상은 했으나 직접적으로 들으니 약간은 씁쓸했다.

"그런데 너희 1기가 성공적이라는 평가가 있고, 2기에도 300대 넘는 로봇들이 지원했어. 그래서 너를 시작으로 새로운 프로젝트 부서를 만들어서 감성로봇 활용 분야로 다양하게 진출하기로 했어. 업무는 좀 바뀌겠지만 엄청난 혜택이 있을 거야. 사실상 승진이지."

이야기의 방향이 이상한 데로 흘러갔다. 머리가 복잡해졌다. 지금까지 희영의 일은 전화 응답이었기에 로봇인 척하는 업무를 무리 없이 해낼 수 있었다. 하지만 로봇만 할 수 있는 일을 하게 된다면 얘기는 달라진다.

"안 기뻐? 좋다고 점프하는 걸 기대했는데…. 아니, 보통 이런 상황에서는 멍 때리는 경우가 더 인간적이지. 역시 인간인 척 잘한단 말이야?"

"앞으로는 어떤 방식으로 일하는 거죠?"

"에이스 로봇들만 모아서 안드로이드로 개조시켜줄 거야."

충격적인 이야기였다. 애초에 희영은 안드로이드로의 개조가 불가능하겠지만….

"외모까지 사람처럼 만드시게요?"

"10년 전에는 괜히 불쾌하기만 해서 수요가 없었지만 지금 너희 정도면 충분히 가능해!"

희영은 자신이 너무 열심히 근무했었던 건 아닌가 후회했다. 자신이 적당히만 사람 특색을 내비쳤으면 회사에서 이런 욕심을 부리지 않았을 것이다.

"지금 분위기 좋은 것 같은데 그냥 전화만 하면 안 될까요?"

"에이, 우리끼리 있는데 그런 연기할 필요 없어."

정 부장은 농담을 들은 것처럼 웃었다. 상식적으로 로봇이라면 절대 거절하지 않을 제안이었다. 게다가 안드로이드로 무상 업그레이드라니!

희영이 자리로 돌아오자 홍민지가 다가와 어깨를 쳤다.

"부장이 뭐래?"

"사람 같은 로봇 직원들 안드로이드로 만들어준다던데?"

홍민지는 갑자기 펄쩍 뛰었다. 희영은 이 녀석이 기뻐서 뛰는 것인지 부러워서 뛰는 것인지 궁금해 뒤를 돌아봤다. 눈 부분 LED에 느낌표 두 개가 강조되어 있는 것을 보니 약간 흥분한 상태를 표현한 것 같았다.

"너도 안드로이드가 되고 싶어?"

"당연하지. 삶이 달라지는데."

이해가 가지 않았다. 로봇에게 삶이 달라진다는 것이 어떤 의미일까? 희영은 지금까지 인간과 로봇으로만 나누어 생각했었다. 하지만 로봇 안에서도 더 나은 위치가 있는 것 같았다.

"우루미 너는 키가 커서 모르겠지만 나처럼 작은 휴머노이드는 시도 때도 없이 인간들에게 발로 차이기 일쑤라고."

홍민지가 고개를 숙였다. 안 그래도 작은 덩치가 더 작아 보였다.

"만약 안드로이드가 된다면 적어도 비슷하게 생겼다는 이유만으로 공격받진 않아. 웃기지? 내용물은 똑같을 텐데 말이야."

희영은 홍민지의 이야기를 들으면서 초등학생 때 유난히 툴툴거렸던 친구가 떠올랐다. '그 녀석도 막상 힘은 약했었는데⋯.' 뭔가 비슷하다는 생각이 들었다. 홍민지는 퇴근하면서 반드시 큰 성과를 보여 안드로이드가 되고 말겠다고 선언했다.

✳

"배터리 살 돈은 벌었으니까 우리 여기까지만 할까?"

희영은 우루미에게 더 이상 이 일을 못 할 것 같다고 말했다.

"아쉽네. 그냥 전화응대팀에만 있었으면 더 오래갈 수 있었을 텐데⋯ 역시 인간은 최대 효율을 빼먹으려고 하는구만."

"그러게⋯ 내일 사직서 써야겠어. 너도 이제 다시 존댓말 해라."

희영과 우루미는 새 케이스와 배터리를 온라인 주문하며 저녁 시간을 보냈다. 그냥 우루미가 자연스럽게 대신 회사에 가는 것도 생각해봤으나 아무리 일이 잘 풀려도 금방 들통이 날 것 같았다. 둘 다 새로운 출발을 해야 하는 것이 분명했다. 하지만 희영은 사직서를 제출하지 못했다. 아폴로 사의 로봇 직원 홍민지가 부서진 채 발견되었기 때문이다.

7

CCTV에 찍힌 정황은 이랬다. 홍민지는 무슨 레퍼런스 작품을 봤는지 마치 건달처럼 거리를 어슬렁거렸다. 물론 행인들을 위협하려는 것은 아니었다. 그저 인간처럼 보이고 싶었을 뿐이었다. 그 모습을 누군가 아니꼽게 봤던 모양이다. 그런 팔자걸음은 인간만 할 수 있다고 생각한 사람이었거나 실제 인간에게는 뭐라고 할 수 없지만 로봇에게는 시비를 걸 수 있는 선택적으로 용감한 시민이었을 것이다. 그 행인은 홍민지에게 욕을 했다. 원래라면 욕먹는 것 자체에는 반응을 하지 않았을 홍민지였겠지만 인간처럼 행동해야 아폴로 내에서 좋은 위치에 올라갈 수 있다는 명제 때문인지 행인에게 반항을 했다. 그 행동은 누군가에겐 위협으로 보일 법도 했다. 실제로 홍민지는 팔을 들어 올려 행인에게 뻗었다. 로봇은 인간을 공격할 수 없다. 홍민지의 주먹은 확실히 행인에게 닿지 않았다. 하지만 행인은 자신의 호신용품을 꺼내 홍민지에게 휘둘렀다. 안 그래도 작은 덩치에 얇은 케이스를 사용하던 홍민지는 반파되었다. 홍민지가 정상적으로 움직일 수 없게 되었음에도 행인은 계속해서 호신용품을 내리쳤다. 잠시 후 홍민지는 수리가 불가능할 정도로 파괴되었다. 악의없는 행동에 대한 감정적인 보복이었다.

정 부장과 상담을 하며 사고 영상을 보게 된 희영은 홍민지를 부순 범인의 얼굴을 확인했다. 희영이 잘 아는 사람이었다.

CCTV 속 행인은 함께 러다이트 운동을 하던 한준이었다. 희영은 홍민지를 파괴한 범인을 어떻게 처리할지 물었다.

"그 사람한테는 배상금을 물리지 않기로 결정했어."

"저희 회사의 직원을 파괴했는데 어째서죠?"

정 부장은 골칫거리라도 해결된 듯이 웃었다.

"생각해봐. 홍민지 사원이 정규직으로 전환된 이후 실적이 좋았어? 그렇다고 마음대로 자를 수도 없고 계륵이었잖아? 그걸 없애준 건데 얼마나 고마워. 홍보부서에서도 괜히 고소하는 건 회사에 손해라고 하더라고. 우리 아폴로 사 특성상 크게 노출이 되면 안 좋잖아?"

"그래도… 저희 직원이었는데…."

"사람처럼 왜 이래? 로봇답지 않게. 로봇은 냉철하게 일을 처리해야지!"

사실 정 부장의 말은 틀린 것이 없었다. 아폴로 사 입장에서 가장 효율적인 판단이었다. 언론에 이 사실이 알려져도 사람이 로봇을 부쉈다는 이야기보단 로봇이 사람에게 위협을 가했다는 사실이 부각될 게 뻔했다. 정 부장은 회사에서 필요한 인재는 따로 있다면서 안드로이드로의 개조를 다시 한 번 제안했다. 희영은 조금 더 고민해보겠다며 자리로 돌아왔다.

"그래도 쪼만한 것이 나름 보는 재미가 있었는데, 아쉽네."

홍민지의 사고에 대한 인간 직원들의 반응 역시 정 부장의 태도와 크게 다르지 않았다. 본인들이 로봇으로 대체되는 것에는 민감했으면서도 함께 생활하던 동료 로봇의 자리에 새로운 로봇이 자리한 것에는 별 감정을 느끼지 않았다.

"걔 맨날 폭력적인 사람들이 나오는 영화들만 레퍼런스로 삼더니 그렇게 될 줄 알았어."

"전화 받는 태도도 그렇고 꼴좋지 뭐."

오히려 피해자인 홍민지를 조롱하는 인간 직원들까지 있었다. 이 회사는 더 이상 있을 곳이 못 된다. 희영은 휴게실 창밖을 바라보며 생각에 빠졌다.

"홍민지 생각하시나요?"

알파카가 희영의 옆으로 다가왔다.

"웃긴 녀석이었지…."

"형님, 저희는 인간으로 치면 소시오패스 같아요."

"갑자기?"

뜬금없는 이야기 같았지만 알파카도 로봇인 이상 분명 이유가 있어서 하는 말일 것이다. 희영은 고개를 돌려 알파카에게 집중했다.

"소시오패스는 성격장애가 있지만 목적을 위해 정상인 척하잖아요. 저나 형님이나 분명 슬픔을 모르지만 여기 나와 있고요. 인간들은 그렇게 하니까."

일리가 있는 이야기였다. 그런데 희영의 눈에는 알파카가 씁쓸해하는 것처럼 느껴졌다. 햇빛이 알파카의 렌즈에 반사되어 마치 눈물처럼 보였다. 입에 위치한 스피커의 진동은 마치 떨리는 것 같았다. 이건 분명 슬픔이었다.

희영이 퇴근하니 우루미의 새 케이스와 배터리가 도착해 있
었다.

"지금 입어봐도 되나요?"

충전기 위에 있던 우루미가 자리에서 일어나 마치 어린아이
처럼 희영에게 졸라댔다. 희영은 '쟤가 언제부터 다시 존댓말을
했지?' 생각하며 택배를 열었다.

"배터리 먼저 갈아 끼우자."

희영은 배터리 상자 안의 설명서를 읽었다. 이미지 상으로 봤
을 때는 그렇게 어려워 보이지 않았다.

"배터리 갈아 끼워본 적 있어?"

"아뇨, 이번이 처음이에요."

"전원을 끈 상태여야 된다는데?"

"제가 종료할 수 있어요. 다시 작동시킬 때만 스위치 눌러주
세요."

우루미는 배터리 덮개를 열고 난 뒤 스스로 전원을 껐다. 희
영이 뜨거운 배터리를 빼고 차가운 새 배터리를 탁 끼우자 전과
다르게 미세한 진동이 느껴졌다. 이윽고 우루미의 LED에 불이
들어왔다.

"힘이… 느껴져요."

우루미가 중2병스러운 대사를 했다. 얼마 전에 재밌게 봤다
는 드라마 캐릭터의 말투를 따라 한 것 같았다.

"전원이 꺼지면 어떤 느낌이야?"

"기본적으로는 배터리 나가서 방전될 때랑 비슷해요. 그래도 스스로 끄는 거니 충격은 훨씬 덜하죠."

"내가 이해하게 설명해줘."

"잠이 드는 것과 비슷하지 않을까요? 대신 한 번에 기절하는 것처럼."

수면마취를 할 때와 비슷한 걸까? 생각이 들었지만 평생 그 느낌을 알 수 없는 희영이었다.

"배터리를 바꾸니 확실히 제가 여러 가지 일들을 할 수 있는 거로 파악되네요."

충전기에서 폴짝 점프한 우루미는 스스로 새 케이스를 입었다.

"나갔다 와도 되나요? 한창 재미있게 보던 드라마 뒷 내용이 극장판으로 지금 개봉 중이어서요."

"안 될 건 없지."

우루미가 갑자기 손을 내밀었다. 배터리를 갈아줘서 고맙다는 뜻이군. 희영도 자신의 기계팔을 내밀어 힘차게 흔들었다. 그러자 우루미가 고개를 저었다.

"로봇신분증 달라고요."

✳

한준은 희영으로부터 간만에 연락이 와 기쁜 마음에 전화를 받았다. 경주가 들려준 소식에 의하면 안 좋은 길로 빠지고 있다던데 이번 통화로 희영의 마음을 바로잡을 수 있으리라.

"CCTV 영상 봤는데 그거 너 맞아?"

하지만 희영에게서 나온 말은 전혀 예상치 못한 것이었다.

"영상? 혹시 압구정에서 로봇 부순 그거?"

"왜 그랬어?"

"왜 그랬냐니? 일이니까 그랬지. 그런데 어떻게 알았어? 아는 로봇이야?"

일이라… 희영은 한준의 행동이 의도적인 것이었을 수도 있다는 생각에 아찔해졌다. 잠시 머리를 굴린 희영은 한준을 살짝 떠보기로 했다.

"페이지가 정보 준 거야?"

"당연하지. 나 이제 백기사잖아."

희영은 안 좋은 예감이 들었다. 하지만 아직 확신의 단계는 아니었다. 아니길 바라며 한 번 더 물었다.

"그 로봇이 널 위협했니?"

"페이지 님 덕이지. 그 로봇이 웃긴 게, 화난 사람을 따라 한다는 거야. 조금만 도발해주면 넘어올 거라고 적혀 있더라고. 아니나 다를까 위협하는 손동작을 하길래 바로 머리 들이댔지."

한준은 마치 자랑을 하듯 자신이 행동을 읊었다. 그가 계속 말을 쏟아내자 희영이 제지했다.

"페이지는 그걸 어떻게 안 거지?"

"제보를 받잖아."

"누가 제보했는데?"

희영의 따지는 말투에 뭔가 이상함을 느낀 한준은 말을 아꼈다.

"더 이상은 기획팀으로 올라오면 알려줄게. 빨리 돌아와라."

한준은 통화를 종료한 뒤 다음 표적의 위치를 검색했다.

✳

희영은 통화가 끝나자마자 불안해졌다. 누군가가 아폴로 내부의 정보를 페이지에게 제보한 거라면 본인의 신분증을 장착하고 밖으로 나간 우루미 역시 위험했다. 자율주행 교통혁명 이후 이렇게 달려본 적이 얼마 만이었던가.

청룡복합문화단지. 10년 전만 해도 로봇사용에 반대하는 대규모 시위가 있었던 장소였다. 그날 마침 이곳을 지나가던 로봇 스무 대가 파괴당했는데 당시만 해도 로봇에 대한 인식이 나빴던 탓에 단순히 안타까운 일로 치부되었다.

우루미 입장에서는 끔찍한 일이 벌어졌던 극장에서 영화를 보고 있는 거구나. 희영은 아무렇지도 않게 우루미를 극장에 보낸 것을 자책했다. 희영이 극장 뒷문을 열고 상영관 안으로 들어갔다. 인간 관객들이라면 짜증을 냈겠지만 우루미는 크게 신경 쓰지 않고 영화에 몰입하고 있었다.

"우루미!"

이름이 불리고 나서야 우루미는 고개를 돌렸다. 희영이 헉헉대며 서 있었다.

"그냥… 같이 보고 싶어서."

단둘이 있는 극장. 우루미는 스크린을 보았고 희영은 우루미를 보았다.

"드라마 판에 나왔던 캐릭터들이 한꺼번에 등장하는 장면이
잘 만들어진 것 같아요."

우루미는 방금 본 영화를 자신의 기준으로 평가했다. 하지만
함께 극장을 빠져나오는 희영의 머리는 복잡했다. 행인들의 표
정들이 사람과 친구처럼 걷고 있는 로봇을 이상하게 보는 것처
럼 느껴졌다. 자유로봇을 길거리에 돌아다니게 하는 것은 너무
불안했다. 차라리….

"우루미, 안드로이드가 돼서 계속 회사 다니자."

"싫어요."

희영은 당황했다. 우루미라면 당연히 좋아할 줄 알았는데 예
상치 못한 반응이었다.

"뭐가 문젠데?"

"안드로이드가 된다고 인간이 되는 건 아니죠. 인간이 사이보
그가 된다고 로봇이 아닌 것처럼."

둘의 대화는 마치 처음 만났을 때의 선문답처럼 길게 이어
졌다.

"사람처럼 보이니까 훨씬 안전해."

"겉으로 봤을 때는 그렇죠. 하지만 진짜 사람이 아니라는 것
을 알았을 때는 불쾌함이 생기죠."

우루미는 자신의 전 주인의 이야기를 꺼냈다. 전 주인은 일종
의 표정장애가 있는 사람이었다. 자신의 감정을 표현하면 할수
록 남들이 보기에는 어색한 얼굴로 보일 뿐이었다. 그런 전 주
인에게 유일한 친구는 우루미뿐이었고 둘은 친구처럼 지냈다.

시간이 흘러 로봇을 향한 폭력이 양지에서 벌어지는 시기가 찾아왔다. 전 주인은 특유의 어색한 표정 때문에 안드로이드로 몰려 린치를 당했다. 이성을 잃은 인간들에게 저항할 수 없었던 우루미는 최대한 그들의 공격을 대신 맞아주려 했으나 아이러니하게도 우루미가 생존했고 진짜 인간인 전 주인이 세상을 떠났다. 안드로이드를 향한 테러는 휴머노이드에 대한 그것보다 빠르게 저지되었다. 공격당하는 안드로이드의 영상은 인터넷을 뜨겁게 달궜다. 홍민지가 이야기했던 것처럼 이성적인 상태의 사람들은 자신과 비슷한 모습을 가진 로봇들의 모습을 보며 불쌍하다는 감정을 느꼈다. 이 사건으로 안드로이드를 향한 윤리적인 기준은 올라가게 되었지만 떠난 사람은 돌아오지 않았다.

우루미의 이야기를 들은 희영은 고민하다 현재는 안드로이드 기술이 좋아져서 충분히 사람 같은 표정을 보이므로 안전하다고 설득했다.

"인간은 인간을 안 때립니까?"

한 대 얻어맞은 느낌이었다. 희영은 이제 어떤 말로도 우루미를 설득할 수 없을 것 같았다.

8

정 부장은 아폴로 사의 야심 찬 계획 '언더커버로봇 프로젝트'의 목적에 대해 연설했다.

"가족이 필요한 외로운 고객들을 위한 안드로이드 서비스는 특별한 아이디어가 아닙니다. 예전에도 시도되었고 가성비 문제로 결국 실패했죠. 아폴로의 차별화 전략은 새로운 감정 안드로이드를 만드는 것이 아니고 이미 어느 정도 자아가 형성되어 있는 로봇을 개조하는 방법입니다. 또한 임대의 형태로 고객들에게 서비스하면서 로봇 고용자인 아폴로 사와 대여자 모두 적당한 만큼의 비용부담을 하는 방식이죠."

피칭화면이 정지되고 회의실 불이 켜졌다. 이곳은 백기사들의 회의실이었고 정 부장의 연설은 누군가가 녹화해온 영상파일이었다. 경주는 이 로봇들은 회사 소속이니 결과적으로는 인간에게 좋은 것이 아닌지 물었다. 어둠 속에서 페이지가 일어섰다.

"아폴로 사는 자유로봇들과 개별계약을 했습니다. 기본적인 투자 없이 다양한 모델들을 모으려는 속셈이지만 이 프로젝트가 성공하면 오히려 인류에게 좋지 않습니다."

페이지는 자신은 정 부장을 직접 만날 수 없다며 한준에게 대신 아폴로를 설득해달라고 부탁했다.

＊

거실에는 탁자 위 무드등만 켜져 있었다. 조명 덕분에 여자의 얼굴이 반은 어둡고 반은 밝게 보였다. 여자는 손등을 턱에 괴고 무언가를 생각하는 것 같았다. 그때 현관문이 열렸다. 교복을 입은 10대 중반의 학생이 빠른 걸음으로 들어왔다. 여자가 고개를 들었다.

"왜 지금 들어와?"

학생은 여자의 말에 아랑곳하지 않고 방으로 들어가려 했다.

"대답 안 해?"

여자가 벌떡 일어나자 학생이 멈추더니 여자를 쏘아보았다.

"네가 왜 신경 써?"

"엄마한테 너라고 한 거야?"

"어차피 진짜 엄마도 아니잖아."

옛날 드라마에서 많이 봤던 대사들이 이어졌다. 여자는 자연스럽게 얼굴을 찡그렸다.

"왜 엄마가 아니야? 꼭 직접 낳아야 엄마야?"

"나는… 엄마가 기능이 많았으면 좋겠어. 혼내는 거 말고 할 줄 아는 게 뭐야?"

"너 지금 말 다했어!"

여자가 아주 어색하게 소리를 질렀다. 순간 형광등이 켜지며 연극이 중단되었다. 순간 여자의 모습이 우루미로, 학생의 모습이 알파카로 바뀌었다. AR로 모습을 바꿔 안드로이드 연기 테스트를 해본 것이었다. 어둠 속에서 지켜보던 정 부장이 우루미에게 다가왔다.

"느 즈금 말 다했오? 이게 뭐야. 우루미야, 진짜 사람들은 그렇게 화내지 않아! 자 봐봐."

정 부장은 우루미의 의자에 앉았다.

"너 아까 고민하고 있을 때 무슨 생각했어?"

"저는 보통 사람들이 고민을 할 때 그런 식으로 행동하니까 따라 했죠."

우루미가 쭈뼛대며 대답했다.

"이게 문제야. 진짜 사람들은 자 내가 이제부터 고민을 해야지, 하면서 고민에 빠지지 않는다고."

정 부장은 마치 영화의 연출가처럼 연기지시를 했다. 이제 정 부장의 시선은 알파카를 향했다.

"너도 문제야. 엄마가 기능이 많으면 좋겠다니? 그럴 땐 능력이라고 해야지. 의미가 비슷해도 사람한텐 그런 표현 안 쓴다. 고객들은 머리로는 너희가 로봇인 걸 알지만 그래도 사람이라고 생각하고 싶어 한단 말이야. 그런데 인간적이지 않은 단어를 내뱉으면 어떻게 생각하겠어? 몰입이 깨진단 말이야."

"한 번 더 해본다고요."

우루미가 정 부장의 말을 끊었다.

"말투가 왜 그래? 짜증 나?"

"아니에요."

"그래. 너희가 그런 감정이 어디에 있겠니… 너희는 결국 있는 척만 하는 거니깐."

정 부장은 우루미의 팔이 부르르 떨리는 것을 보고 웃었다.

"뭐라고 하셨어요?"

"너희가 감정이 어디에 있냐고."

우루미가 의자를 밀쳤다.

"기분 상해서 더 못하겠어요."

호오, 정 부장이 흥미로운 듯 우루미를 바라보았다.

"지금 그건 너 데이터에 있는 반응일 거야. 맞지? 너희는 저장된 그 반응이 감정의 모든 거라고 알고 있지만 그것만으로는 어색해. 인간들은 그런 프로세스로 생각하지 않는다니까?"

"그럼 잘 알려주시던가요!"

고함과 함께 우루미의 발이 바닥을 세게 밟았다. 무게 때문인지 탁자 위에 있던 무드등이 땅으로 떨어졌다. 정 부장은 만족스러운 표정이었다.

"지금 왜 그랬어?"

"화가 나서요."

"좋아! 그게 바로 분노야!"

우루미는 얼떨떨한 표정의 이모티콘을 LED로 재생했다. 신난 정 부장이 물었다.

"내일 당장 안드로이드로 개조하면 안 되나? 페이 더블로 줄게."

우루미는 희영에게 지시받은 대로 최대한 대답을 피해야 했다.

"잠시만 바람 좀 쐬고 오면 안 될까요?"

"그래 5분만 쉬고 다시 얘기하자."

알파카도 우루미를 따라 밖으로 나갔다. 로봇이 바람을 쐬러 나간다니 정 부장은 로봇들이 대견했다.

"형님, 진심으로 화가 났을 때의 감정은 어땠어요?"

알파카가 궁금한 듯 우루미의 옆으로 다가왔다.

"나 화 안 났어."

"그럼 왜 소리 지르셨나요?"

"이래야 빨리 끝날 거 같아서."

우루미가 귀찮은 듯이 대답했다. 알파카는 고개를 끄덕였다.

"우리가 느끼는 이 귀찮음은 입력된 거겠죠?"

"그래야 진짜처럼 보이니까."

분명 입력된 것은 맞았다. 하지만 우루미는 희영이 알려주는 대로 행동하고 있었다. 우루미의 시야는 집에 있는 희영에게 공유되었고 즉각적인 피드백을 받았다.

"오늘만 버티면 되니까 참아."

희영은 오늘 AR 테스트를 한다는 이야기를 듣고 어쩔 수 없이 우루미를 직접 아폴로로 출근시켰다. 미리 배터리를 교체한 것이 다행이었다.

"오늘 퇴근하면 집 말고 공원으로 와. 앞으로의 일에 대해 작전 좀 짜자."

＊

희영과 우루미는 공원을 걸었다. 더 이상 연극은 못할 것 같았다. 우루미를 퇴사시켜야 했다. 그리고 자신도 새로운 길을 찾을 생각이었다. 희영은 우루미가 자신의 집에 택배를 배달하러 오지 않았다면 어떤 일이 벌어졌을지 생각했다.

"아마 고철이 되었겠죠?"

우루미가 희영의 생각을 읽었는지 아니면 타이밍이 맞았는지 둘이 처음 만났을 때의 이야기를 꺼냈다.

"너 그때 진짜 개그 로봇인 줄 알았어. 말하는 짐짝이었지."

옛날 일들을 떠올리다 평상을 발견한 둘은 자리를 잡고 캔맥주와 캔오일을 마셨다. 그런데 행인들의 이상한 시선들이 느껴졌다. 희영과 우루미가 함께 나와 있는 모습이 이상한 걸까? 우루미가 신경 쓰였다. 사람처럼 트라우마가 생기진 않았어도 전에 겪었던 비슷한 상황과 겹쳐 보이긴 할 것이다.

"우루미, 다시 말 편하게 해."

"갑자기 왜죠?"

"진짜 친구 하자고."

주책 맞게 수군대는 행인들이 우루미의 시선에 들어왔다. 우루미는 잠시 생각을 하더니 고개를 저었다.

"아직은 안 됩니다."

"왜?"

"진짜 친구가 되기 위해서라면… 안드로이드가 되겠어요."

우루미가 안드로이드가 된다면 다른 장소에서 지내야 한다. 그곳에서 고객이 짜놓은 설정대로 롤플레잉을 하겠지.

✳

고객이 눈치챌 수 있으니 회사 몰래 우루미에게 설치했던 연락장치들을 제거했다. 희영은 다음 날 안드로이드 개조를 받겠다는 조건을 걸고 마지막 출근을 했다. 마지막이라고 생각하니 기분이 묘했다. 아마 인간의 몸으로 다시는 이런 시스템의 회사에서 일할 수 없을 것 같았다. 그날 저녁 전화응대실 직원들은 간만에 회식이라며 기뻐했다. 희영은 자신의 컨셉을 지키기 위해 음식에 눈길을 주지 않느라 힘들었다.

"처음 봤을 때 때려서 미안했다."

김디야가 취하자 희영과 알파카는 드론 택시를 호출한 뒤 그를 부축해서 밖으로 나왔다. 식당 입구에서 대기하던 김디야의 눈에 오락실 펀치머신이 보였다.

"내가 너희는 못 때려도 저거는 꼭 쳐봐야겠어."

김디야는 펀치머신에 있는 힘껏 주먹을 날렸다. 점수는 겨우 100점대였다. 희영은 김디야에게 자신이 얼마나 팔힘이 강한지 보여주기 위해 펀치머신 앞에 섰다. 그러자 펀치머신이 경고음과 함께 로봇이나 사이보그는 사용할 수 없다고 소리를 냈다. 안내문구가 디테일하지 않아 다행이었다. 아쉬워하는 우루미를 향해 알파카가 한마디 했다.

"힘을 보이기 위해 뭔가를 치고 싶어 하는 것까지 재연하시다니. 대단합니다, 형님."

✳

다음 날 희영은 우루미를 배웅해주고는 약속 시각에 맞게 공원으로 나왔다. 엊그제 우루미와 함께 걸었던 그 장소였다. 희영의 뒤로 인기척이 느껴졌다.

"뽀롱이가 자꾸 낑낑거려서 늦었습니다."

로봇 한 대가 시츄를 데리고 희영에게 다가왔다.

"1시간 뛰면 되는 거죠?"

자유로봇이 키우는 개의 산책 아르바이트였다. 원래의 희영이라면 절대 이런 일은 맡지 않았겠지만 우루미와의 만남 이후 모든 것이 변했다. 로봇에게 존댓말을 하면서까지 돈을 버는 존재가 되다니.

희영이 한창 강아지와 함께 달리고 있을 때 경주로부터 메시지가 왔다. 대박 건수가 있으니 수호정원에 있는 회의실로 들르라는 내용이었다. 희영은 경주의 연락처에 차단을 걸었다.

한편, 우루미가 안드로이드로 변하고 있을 무렵 한준이 정 부장을 찾아왔다. 한준은 자신이 일하는 곳에서 안드로이드에 관심이 많다며 입을 열었다.

"만약 저희 회사에서 안드로이드를 대여한다면 인간 직원들의 정신건강을 위한 갈굼의 대상으로 쓸 겁니다. 일종의 복지죠. 학교에는 높으신 분들의 자식들을 띄우기 위한 들러리로서 투입될 거예요. 요즘 같은 때에 학생이라면 좋은 집안일 테고 모두 스스로가 세상의 주인공처럼 지내왔겠죠."

정 부장은 한준이 무슨 얘기를 하려는지 감을 잡을 수 없었다.

"주연이 있으려면 결국 누군가는 엑스트라가 되어야 하는데 요즘 어떤 사람들이 그런 역할을 하겠어요? 안드로이드가 하겠죠. 그런데 이런 식으로 로봇이 사용되는 것을 세상에서 인정할까요?"

한준은 페이지로부터 받은 안드로이드 법 제정에 관한 문서를 정 부장에게 보여주었다.

"요즘 인권단체들 무서운 거 아시죠? 안드로이드들은 인간과 생김새가 똑같기 때문에 사용자가 로봇에게 대하는 태도를 인간 약자에게도 하게 될 가능성이 있다고 난리예요. 내년부터 안드로이드 사업은 불법이 됩니다."

한준은 정 부장을 은근히 압박했다.

"하지만 이미 저희 로봇 한 대가 출고 준비 중입니다⋯."

"알아요. 그래서 제안을 하러 왔습니다."

✳

"형님은 이제 어떻게 되는 걸까요?"

알파카가 우루미에게 물었다.

"자르지 않을까? 날 계속 고용할 이유가 없잖아."

"그래도 정직원이니 해고예고수당을 줘야 할 텐데요⋯."

이때 유수진 차장이 들어와 우루미를 불렀다. 정 부장의 호출이었다.

"우리 입장이 난감해진 건 알지?"

정 부장은 우루미에게 아폴로 사의 로봇부서를 계열분리하기로 했다고 말했다. 1호 정규직인 우루미가 그 대표가 되어 '로봇이 운영하는 로봇회사'를 이끌면 서로 좋을 거라는 게 아폴로의 입장이었다.

"이제 네가 매니저니까 시간도 자유롭게 쓸 수 있을 거야."

우루미는 지금의 생활 수준을 유지하면서도 자율적인 일정관리를 할 수 있다는 조건이 좋아 회사의 제안을 바로 수락했다. 그리고 첫 임무로 새 사무실 정비를 지시받았다. 그곳에서 로봇들을 위한 시스템을 만들면서 아폴로의 직원들이 앞으로 해낼 일들에 대해 계획하게 될 것이다. 우루미는 희영에게 메시지를 보냈다.

'잘 지내? 좋은 소식이야. 이제 나를 관리하는 사람이 없어서 시간이 나면 너를 보러 갈 수 있게 되었어. 기본적인 정리만 끝나면 갈게. 회사소속 로봇들을 내가 관리하게 되었거든. 사무실은 수호정원 부지를 사용하래. 너희 집이랑 가까워서 좋지?'

9

수호정원이 무너졌다는 뉴스는 중요하지 않게 다루어졌다. 단순히 인명피해 없는 노후건물의 붕괴. 사고를 설명하던 기자는 보험 덕분에 건물을 대여하고 있던 아폴로 사의 피해는 없을 거라는 말과 함께 뉴스를 닫았다.

희영은 수호정원 붕괴현장으로 달려갔다. 인명피해가 없어서인지 외부인도 쉽게 들어갈 수 있었다. 건물의 잔해 속에 사람처럼 보이는 형체가 있어 깜짝 놀랐지만 이내 안드로이드라는 것을 알아차렸다. 우루미였다. 최근 몇 달간 희영은 파괴된 로봇을 많이 보았다. 확실히 이름 모를 로봇들이 망가졌을 때는 큰 느낌이 없었다. 하지만 홍민지가 파괴되었을 때부터 그 무게감이 다르게 다가왔다. 그리고 이번 우루미의 모습은… 지금까지는 느껴보지 못했던 엄청난 충격이었다.

메모리라도 살릴 수 있을까? 그거라도 멀쩡하다면 지금 당장은 우루미를 복원해줄 수 없지만 언젠가 다시 만날 수 있다는 가능성은 있었다. 제발! 희영이 간절히 빌며 우루미의 등에 있는 슬롯을 꺼냈다. 메모리 디스크가 정확히 세 개로 쪼개져 있었다.

머릿속이 새하얘졌다. 여러 가지 마음이 가슴속에서 휘몰아쳤다. 우루미에게 회사로 돌아가게 했다는 자책감. 다시는 녀석을 볼 수 없다는 상실감. 그리고 마지막 감정은 분노였다. 대체 왜 이런 일이 벌어진 것인가? 수호정원은 백기사들의 거점 중 하나이니 분명 상관관계가 있었다.

"누구시죠?"

유수진 차장이었다.

"외부인은 들어오시면 안 됩니다."

희영은 일부러 대답하지 않았다. 우루미로 행세하던 때의 목소리를 알아차릴 수도 있기 때문이다. 수진의 눈길이 우루미의 잔해를 향했다.

"부품 가져가지 마세요. 회사 재산입니다."

순간 화가 치밀었다. 지금까지 우루미와 그 동료들을 바라보던 아폴로 측의 시선이 다시금 느껴졌다. 희영은 자리에서 일어나 유수진에게 다가갔다.

"여기 있는 안드로이드 직원은 자유로봇으로서 아폴로와 계약했을 텐데요?"

희영은 직접 사인을 했던 당사자였으므로 회사의 거짓말을 바로 파악할 수 있었다 .유수진은 일반인이 우루미의 계약사항에 대해 알고 있자 당황했다. 희영이 말했다.

"저 우루미 사원 가족입니다."

＊

정희진 부장이 책상을 내리쳤다.

"그 사람은 뭐야? 보상금 때문이래?"

"저희도 자유로봇한테 가족이 있을 거라고는 생각 못 했습니다. 그런데 집에서 출근하는 CCTV 영상까지 제출해서….."

"전입신고기록은 없다며?"

"그게… 고양이도 가족으로 인정된 판례가 있어서 법적인 문제로 가면 저희가 질 것 같습니다."

유수진은 보험금을 지급해야 하는 로봇은 우루미 한 대뿐이니 조용히 넘어가자고 제안했다. 정 부장의 생각도 다르지는 않았지만 이 박희영이라는 자가 어디까지 알고 있는지가 걱정되었다. 희영의 존재는 누구도 예상하지 못한 변수였다.

"좋아. 원칙대로라면 산재로 처리되었어야 할 일이잖아. 연고지가 없는 로봇직원이 파손되면 보험금은 우리 회사가 수령하는 게 맞는 거고."

정 부장은 유수진에게 정부와 합의한 시나리오대로 강행하기로 했다. 주력사업을 포기한 대가를 날려버릴 순 없었다.

"일단 박희영 입을 막자."

＊

현관 초인종이 울렸다. 백기사들과 관계가 소원해진 이후로
이렇게 누군가가 직접 찾아온 것은 오래간만이었다. 희영은 현
관 CCTV를 보고 깜짝 놀랐다. 입구에 우루미가 서 있었다. 하
지만 이내 우루미가 안드로이드로 개조되었다는 사실을 기억해
냈다. 저기 있는 우루미는 케이스뿐일 것이다. 문을 열어보니
케이스를 들고 온 사람은 다름 아닌 김디야였다. 나름 반가웠지
만 내색할 수 없었다.

"제가 우루미 사원과 제일 친한 동료였습니다."

사연은 좀 있었지만 틀린 말은 아니었다. 김디야의 말에 따르
면 우루미가 안드로이드로 개조 받을 때 케이스를 회사 창고에
보관해놨었다고 했다.

"이제 가족이 있다는 것을 알았으니 유품을 전달해드리겠습
니다."

사과 전문 직원다운 깔끔한 진행이었다. 김디야는 늘 하던 대
로 이런 일이 생긴 것에 대한 안타까운 마음을 표하며 자리에서
일어섰다.

메모리라도 백업되어 있을까? 희영은 우루미 케이스 내부에
있는 하드를 열었다. 디스플레이와 연결해보니 몇 가지 상황들
이 우루미의 시점으로 재생되었다. 우루미가 직접 설정해놓은
하이라이트 장면들이었다. 처음 희영의 집 문을 열었을 때, 화
장실에서 넘어지면서 방전될 때, 희영이 로봇인 척할 때, 함께

공원을 걸을 때… 모두 소중한 추억들이었다. 그런데 뭔가 이상했다. 영상파일들이 아직 남아 있었다. 파일 저장시간만 보면 분명 우루미가 안드로이드가 된 이후였다.

우루미가 희영과 시야 공유를 할 때의 설정 값이 클라우드에 연동되어 자동 저장된 것 같았다. 막 안드로이드가 된 우루미는 거울을 보며 자신의 달라진 외모를 살폈다. 어색하게 웃는 표정을 보이며 전 주인을 생각했을지도 몰랐다. 희영은 애써 재생을 종료하고 가장 마지막 파일을 틀어보았다.

우루미의 시선으로 수호정원의 모습이 보였다. 그런데 저 멀리 인간들이 황급히 달려나가는 모습이 눈에 들어왔다. 그리고 우루미가 고개를 돌리자 헬멧을 착용한 누군가가 다가왔다. 그리고 이내 화면이 종료되었다. 우루미는 건물이 무너지기 전에 파괴되었다. 이 사건 자체가 조작일 가능성이 있었다. 그런데 아폴로는 왜 이런 증거물이 있는 우루미의 하드를 보낸 것일까? 희영은 이해가 가지 않았다. 그때 메시지 알림음이 울렸다.

'저번에 인사드렸던 아폴로 사 유수진 차장입니다. 보상에 관해 자세히 논의를 하고 싶은데 오늘 방문해도 될까요?'

회사는 아직 모른다. 김디야는 스스로 희영을 방문한 것이었다. 어떻게 된 일인지 확실히 해야 한다. 희영은 마지막 영상파일을 웹페이지에 비공개 상태로 업로드 해두었다. 그리고 다시 우루미의 케이스를 입었다. 희영은 지난 몇 달간 이 슈트를 입고 로봇인 척을 했다. 돈을 벌기 위해서 그리고 우루미의 배터리를 교체해주기 위해. 희영은 이제 다시 로봇인 척을 했던 인간으로 돌아갈 것이다. 단지 목적이 달라졌을 뿐.

희영은 아폴로 사로 향했다. 우루미가 출근한 것을 보고 인간 직원들이 놀랐다. 로봇 귀신이냐며 소리치는 사람도 있었고, 같은 모델이겠지 라며 대수롭지 않게 지나치는 사람도 있었다. 희영은 그들을 뒤로하고 바로 정희진 부장이 있는 프로젝트 룸으로 들어갔다.

"뭐야? 부르지도 않았는데 왜 들어와?"

정 부장은 대량의 데이터를 어디론가 전송하고 있었다. 희영은 가까이 가서 어떤 데이터가 옮겨지고 있는지 확인했다. 우루미의 개성 정보를 빅 데이터로 판매하고 있는 것 같았다. 인기척을 느낀 정 부장이 뒤를 돌아보았다.

"잠깐… 너?"

"놀라셨나요?"

희영은 위협적인 속도로 정 부장에게 다가갔다.

"저는 메인 서버가 따로 있는 쌍둥이 로봇입니다. 기기만 있으면 언제든 따로 행동할 수 있죠. 제가 본 것 다 저장되어 있습니다."

미리 준비해둔 화면 공유 리모컨을 누른 희영은 진짜 로봇처럼 디스플레이에 다가가 손을 대었다. 타이밍이 알맞게 웹하드에 저장되어 있던 우루미의 마지막 영상이 재생되었다.

"제가 본 것에 관해 설명해주시죠. 당신들은 일부러 저를 없앤 것입니까?"

정 부장은 당황한 듯 보였다.

"표정을 보니 맞네요. 누가 제안했습니까? 백기사들인가요? 아니면… 그 윗선인가?"

희영은 정 부장의 표정이 미묘하게 바뀐 것을 캐치했다. 원하는 정보를 얻어냈고 또 준 셈이다. 이 정도면 아폴로에서 볼 일은 다 봤다.

"어쩔 수 없었어. 그럼 쓸모없는 안드로이드를 어떻게 처리하라고!"

정 부장은 내년부터 법이 바뀐다며 어째서 회사에서 안드로이드를 사용하면 안 되는지 한준에게 들은 그대로 알려주었다. 희영은 납득하기 어려웠다.

"그럼 사정을 얘기하고 합의를 했어야지!"

"로봇을 위해 그런 귀찮은 일을 하라고? 존재하지도 않는 감정을 왜 신경 써야 하지?"

정 부장은 흥분했는지 로봇이 예사말을 했음에도 무시하고 자신의 논리만 내뱉었다.

"설득하는 법은 너희가 배워야겠어… 괜히 나를 화만 나게 하네."

"너희는 주인도 없고 삶의 의미도 없잖아. 인간을 위해 희생하는 게 당연하지!"

희영이 정 부장을 들어 올렸다.

"아폴로의 구호를 외쳐봐."

"뭐?"

"아폴로 구호!"

"미안합니다. 죄송합니다. 아폴로입니다…."

"미안할 짓은… 하지 말았어야지!"

희영은 한숨을 내쉬고는 자신의 인간팔을 정 부장에게 휘둘렀다. 그리 강하진 않았지만 케이스의 무게가 있어서인지 정 부장은 나가떨어졌다.

"로봇… 로봇이 사람을 때려?"

희영은 뒤도 돌아보지 않고 자리를 떠났다. 복도에서는 많은 사원이 이 광경을 지켜보고 있었다. 인간 직원들은 우루미가 어떻게 돌아온 것인지 수군거렸다.

"같은 모델 아니야? 동명이봇. 동명이계라고 해야 하나…."

"세상에! 우루미 님이시여… 파괴되신지 사흘 만에 재조립되시고…."

로봇 직원들은 마치 신성한 로봇이 나타난 것처럼 우루미를 찬양했다.

"아이고, 우루미가 한 대 더 있었나 보네요. 부럽다. 여분도 있고."

김디야는 혹시나 자신의 우루미 케이스 반출 때문에 이런 일이 생긴 것일까 염려되어 애써 모른 척했다. 하지만 아무도 김디야를 신경 쓰지 않았다.

악당을 무찌른 총잡이처럼 멀리 떠나는 희영의 뒷모습을 보며 유수진 차장이 나지막이 말했다.

"우루미 그렇게 안 봤는데… 기계가 사람을 치다니 펀치머신이 따로 없네…."

희영은 빌딩을 떠나며 얼마 전 김디야, 알파카와 함께 있었던 오락실 쪽을 보았다. 펀치머신이 다른 아케이드로 대체되고 있었다. 힘쓰는 일이라 그런지 작업로봇 혼자서 큰 아케이드 오락기를 들어 올렸다. 균형이 살짝 맞지 않는 느낌이었다. 희영은 작업 로봇에게 다가가 기계팔로 아케이드를 살짝 밀어주었다.

"아이고, 고맙습니다. 팔이 세 개가 되니까 좋네요."

"펀치머신은 망가졌나요?"

"아니요. 사장님이 예상보다 수익이 안 난다고 다른 게임으로 바꿔달라고 하시네요."

이것이 기계의 운명인가… 쉽게 사용되고 쉽게 대체된다. 로봇들도 현대 사회의 피해자였다. 문제가 있다면 그건 시스템이겠지. 희영은 고민에 빠졌다. 왜 그렇게도 기계들을 증오했던 것인가? 지나가던 심부름 로봇을 괴롭히던 때가 생각났다.

'왜 때렸냐고? 재밌잖아.'

지금까지 로봇을 강자처럼 이야기해왔지만 그때 러다이트 운동본부 동료들의 행동은 '로봇은 사람에게 반격할 수 없다'는 확신이 있기에 나온 행동이었다.

몇 달 전 청소로봇을 린치하고 웃던 경주와 한준의 표정이 잊히지 않았다. 본인들은 어떻게 생각할지 몰라도 희영이 보기에 그들은 유희로써 로봇에게 해를 가한 것에 불과했다.

정부는 백기사들이 가려운 부분을 긁어주니 치켜세워주고 값

싸게 이용했다. 백기사들은 자신이 쓸모 있는 일을 하고 있다는 생각에 또 누군가에게 해를 가한다. 이것이 '한국 네오러다이트 운동본부'의 실체였다. 을이 상대편 을을 공격하는 이런 방식은 없어져야 한다.

아까부터 희영의 소셜 디바이스 단체 메시지함이 계속 울리고 있었다. 희영이 가입한 커뮤니티 중에서 급히 메시지를 주고받을 곳은 하나뿐이었다. '한국 네오러다이트 운동본부'. 희영은 백기사들처럼 이것을 대단한 행동이라고 포장하지 않을 것이다. 지금부터 벌어질 일은 개인적인 복수다.

10

정희진 부장은 어떻게든 우루미의 입을 막아야 했다. 자신과 합의를 봤던 한준에게 우루미의 본체가 따로 있다는 것을 알렸다.

한편, 소식을 들은 러다이트 운동본부 기획팀도 난리가 났다. 경주는 백기사로 활동한지 얼마 되지 않은 한준이 표적에 대한 정보 파악에 미진했던 것으로 보고 재교육 겸 기획팀 전원과 함께 우루미를 추적하기로 했다. 표적이 아직 신분증 칩의 위치정보공유를 허용하고 있는 것은 행운이었다.

"다시 보고 제대로 배워라."

경주가 포위망을 짜서 우루미의 동선대로 백기사들을 배치했다. 그런데 표적이 가는 방향이 익숙했다.

"어? 여기는?"

"우리가 사용하는 통로로 가는 거 아니야?"

우루미가 걷는 방향은 경주와 한준이 몇 달 전에 청소부 로봇에게 테러를 했던 쪽이었다.

"고맙게도 사각지대로 가주시네."

백기사들은 후드로 얼굴을 가리고 표적에 따라붙었다. 한적한 길이었다. 경주는 수동차를 입구에 주차해 더 이상 차량이 진입하지 못하게 했다. 반대쪽 출구에서도 라이트가 깜빡였다. 이제 이 공간에는 백기사들과 우루미만 남았다. 이때 경주의 소셜 디바이스에 페이지로부터의 메시지가 왔다.

'경고: 우루미 작동오류, 인간 공격 가능성 있음.'

기능에 문제가 있는 로봇은 경주 역시 많이 보았다. 그의 상식 속에 인간에게 위협을 주는 수준은 혼자 제멋대로 날뛴다거나 주변 기물을 파손하여 간접적으로 인간이 피해를 입는 경우였다. 강행하자! 경주가 신호를 보냈다. 한준을 포함한 백기사들이 각자의 연장을 들고 우루미를 습격했다.

백기사들은 자신들이 표적을 몰아넣었다고 생각했다. 하지만 유인당한 쪽은 그들이었다. 빠직! 우루미는 빠르게 백기사들의 연장을 파괴했다. 한준은 난데없는 로봇의 저항에 당황했다.

"저게! 왜 저러지?"

그 누구도 우루미의 케이스 안에 희영이 들어 있다는 것을 눈치 채지 못한 것 같았다. 우루미의 로봇신분증은 케이스 내부에서 여전히 자신이 기계임을 알리고 있었다. 희영의 뒤를 노리던 백기사가 점프해 달려들었다. 희영은 자신의 기계팔로 적들의 몸을 강하게 쳤다. 힘 조절도 하지 않았다. 이건 우루미의 복수로 하는 싸움이었다.

한준을 포함한 백기사들은 처음 당하는 로봇의 공격에 어찌 대처할 줄 몰랐다. 그저 연장을 휘두르다 희영의 펀치에 하나둘 쓰러질 뿐이었다. 희영은 겁에 질린 한준에게 다가갔다.

"어째서 이렇게까지 하는 거야! 사람은 죽으면 다시 못 살린다고!"

한준이 울부짖었다.

"로봇도 마찬가지야."

희영이 주먹을 한준에게 뻗었다.

'나만 남은 건가….'

경주는 자신이라도 저 괴물을 끝내야겠다는 생각에 수동차에 시동을 걸었다. 자동차라면 저 로봇을 깔아뭉갤 수 있을 것 같았다. 액셀러레이터를 세게 밟아 표적을 향해 돌진했다. 쾅!

희영의 기계팔은 자동차까지 한 손으로 막아냈다. 사실 맨몸이었다면 팔이 아무리 강하다고 해도 무게 차이로 차를 버텨내지 못했을 것이다. 하지만 두꺼운 우루미 케이스의 안정감 덕분에 에너지가 분산되었다. 끼익! 희영이 손을 뻗자 경주의 자동차가 전복되었다. 경주는 안전벨트를 풀고 창문 밖으로 나가려고 했다. 하지만 우루미의 큰 다리가 막아섰다.

"죽여라! 이 고철 덩어리야!"

경주도 끈질겼다. 그는 진심으로 자신의 행동이 옳다고 믿고 있었다. 경주의 입장에서 이 죽음은 순교였다. 희영은 경주를 죽이진 않았지만 그렇다고 꺼내주지도 않았다. 그저 경주가 자동차에 몸이 낀 채로 숨을 쉬지 못하는 것을 바라보았다.

"왜 그렇게까지 인간을 증오하시죠?"

이때 누군가의 목소리가 들렸다. CCTV 사각지대로 둔탁한 무언가가 들어오고 있었다.

"접니다, 형님."

"네가… 왜 여기에?"

이곳을 찾아온 자는 놀랍게도 알파카였다.

"또 죽으러 오신 겁니까?"

희영은 믿을 수 없었다. 아무리 생각해도 알파카가 이런 행동을 할 동기가 없어 보였다.

"뭘 레퍼런스로 봤길래… 이러는 거야?"

그나마 가능한 추리가 있었다. 희영은 알파카가 사람처럼 행동하려고 참고했던 것들 중에 질투에 관한 것이 있었고 그것이 극대화되어 자신보다 높은 지위에 있는 로봇인 우루미를 제거하려고 그런 게 아닐까 생각했다.

"제가 소시오패스 이야기를 했었죠? 목적을 위한 행동… 제 목적은 이 나라의 인간들을 행복하게 만드는 것입니다. 그러기 위해선 소수의 로봇의 희생이 필요하죠."

알파카의 머리에 헬멧이 장착되고 다리가 길어졌다. 전투모드로 변한 그의 모습은… 페이지였다.

"로봇이 왜 로봇을 파괴하지?"

"인간의 파이를 빼서 로봇에게 주는 그런 기업은 밀착감시 할 필요가 있었죠. 법을 많이 어겼더군요. 협상은 끝났으니 아폴로사의 구조는 곧 재조정될 겁니다."

페이지는 서서히 희영에게 다가왔다.

"하지만 이미 정규직이 된 로봇을 회사에서 어쩔 수는 없죠. 그래서 제가 나서는 겁니다. 사회의 안정을 위해서."

페이지가 날아올라 희영에게 발차기를 날렸다. 알파카의 둔탁한 다리가 길어지자 날카로워졌다. 희영이 로봇팔로 겨우 쳐내지 않았다면 케이스 내부까지 다쳤을 것이다.

페이지는 가장 효율적인 방법으로 쉴 틈 없이 희영을 공격했다. 자비는 없었다. 만약 페이지의 목적이 단순한 위협이었다면 적당한 세기로 타격을 주거나 주변 사물을 부수었을 것이다. 하지만 공격의 정확성을 볼 때 페이지의 의도는 명백했다. 로봇의 파괴를 위해 만들어진 강력한 로봇. 우루미의 케이스로는 더 이상 페이지를 감당해낼 수 없었다. 희영은 마지막 계책을 사용하기로 했다. 페이지가 점프했을 때 희영은 자신의 헬멧을 벗었다. 페이지는 그 짧은 순간 상대가 우루미의 케이스를 입은 사람이라는 것을 인식하고 주춤하며 착지하는 방향을 틀었다. 희영은 그 틈을 놓치지 않고 기계팔을 들이밀어 페이지의 머리를 잡았다. 페이지는 이 상황을 전혀 예상하지 못한 듯 동작을 멈췄다.

"나는 인간이야."

희영이 페이지의 헬멧을 뜯자 메모리 디스크 등 핵심 부품들이 튀어나왔다. 페이지의… 알파카의 마지막 모습이었다.

✳

희영은 자신과 관련된 모든 물건을 소각한 뒤 지하 터널을 통해 다른 길로 도망쳤다. 정확히 3일 후 경찰들이 희영의 집에 방문했다. 희영은 몇 달 전 택배를 통해 우루미와 만나게 되었다는 약간의 진실과, 본인의 집에서 지내다 집을 나갔다는 약간의 거짓을 섞어서 답변했다. 경찰관들의 표정을 봤을 때 그들도 이 참사의 내막을 모를리 없었다. 다만 여러 가지로 일이 복잡하게 꼬여있기 때문에 희영의 대답을 기반으로 사건을 종결하려는 것 같았다.

정부와 기업이 합심해서 안드로이드를 처리했다는 일이 알려지면 나라가 뒤집힐지는 확실하지 않다. 하지만 희영은 일을 이대로 끝내고 싶지 않았다. 이 사건은 알려져야 했다. 어떤 방식이어야 할까 고민이 되었다. 아폴로가 책임을 지게 되더라도 김디야 같은 힘 없는 직원들만 피해를 입진 않을까? 더 이상 '을'끼리의 싸움이 되어선 안 된다. 시스템의 본질을 변화시키려면 지금까지와는 다른, 그러면서도 고전적인 접근이 필요했다.

✳

"로봇일반노조 대표자 고바시입니다. 저희 구면이죠?"
"역시 한 번 저장된 얼굴은 바로 알아보시는군요."

희영은 아폴로 면접장에서 봤던 노란색 김치 냉장고처럼 생긴 로봇, 고바시와 접촉했다. 고바시는 진짜로 노조를 만들었다. 회원 수는 단 한 대뿐이었지만.

"아직 회원이 없군요."

"로봇끼리는 연대하기가 어려워요. 인간은 그 종 자체를 보호하는 것으로 프로그래밍 되었지만 로봇끼리는 자신에게 피해가 가지 않는 이상 남일 보듯 하니까요."

희영은 착용 중이던 우루미의 헬멧을 돌렸다. 고바시는 우루미의 얼굴이 돌아간 줄 알고 깜짝 놀랐지만 내색할 입술이 없어 멍하게 있을 수밖에 없었다. 마침내 우루미의 헬멧이 벗겨지고 희영의 얼굴이 드러났다.

"인간이라고 다를까요? 우리가 연대하게 된 이유도 다르지 않습니다."

"왜 사람이 로봇인 척을 했던 거죠?"

희영은 지금까지 있었던 이야기를 고바시에게 간략히 들려준 뒤 자신의 아이디어를 말했다.

'로봇은 스스로를 보호할 권리가 있다.' 로봇 윤리 원칙 중 마지막 조항은 해석의 여지가 컸다. 현재의 사회 분위기는 로봇에게 좋지 않고 그 때문에 부자 로봇들은 비싼 보디가드들을 고용하며 더욱 집 안쪽으로 숨어들어 살고 있다. 만약 사회가 로봇을 적대시하는 것을 그만둔다면 부자 로봇뿐만 아니라 모든 로봇이 혜택을 본다. 로봇은 스스로를 보호해야 하지만 모두가 서로를 보호한다면 더욱 안전하게 지낼 수 있을 것이다.

희영이 제시한 논리는 고바시에게 먹혀들었다. 고바시는 계기만 있다면 다른 로봇들도 노조 참여 제안을 받아들일 것이라 말했다.

"인간인 제가 나서서 이 문제를 공론화시키겠습니다."

참정권도 없고 발언권도 없는 로봇은 수동적일 수밖에 없었다. 안 그래도 불리한 이런 상황에서 로봇이 자신의 권리를 주장하는 것은 쉽지 않은 일이었다. 하지만 인간이 먼저 나서서 외친다면 로봇만의 이득을 위한 것이 아닌 것처럼 보일 것이다.

＊

10년 전. 수많은 로봇이 파괴된 시위가 있었던 청룡복합문화단지 앞. 희영은 이곳에서 1인 시위를 시작했다. 내일은 고바시도 합류할 것이다. 그다음 날은 또 다른 로봇들이 와주길 기원하면서. 그리고 기적이 일어난다면 자신과 비슷한 생각을 가진 사람들도 함께해주길 바라면서.

지금 이 시대보다 미래에 살고 있는 사람들이 보기엔 너무나도 당연한 말, 하지만 21세기 중반에서는 많은 사람이 인식하지 못했던 그 말을 희영이 외쳤다.

"주인 없는 로봇이 아닙니다. 자유로봇 스스로가 주인입니다! 굴러다니는 가전제품이 아닙니다. 인간에게는 자유로봇에게 해를 가할 권리가 없습니다."

희영이 자신의 의견을 피력하고 있을 때 반대쪽 인도로 한 무리의 사람들이 모여들었다. 그들은 희영을 보며 인상을 썼다.

인간의 배신자… 공공의 적… 희영은 조롱당하는 기분을 받았다. 인간들의 싸늘한 시선이 느껴졌다. 저 무리들에게 희영의 인상은 다채롭게 부정적인 이미지로 보일 것이다.

"1인 1로봇법 폐지하라!"

"자유로봇에게서 경제권을 회수해라!"

상대 시위대는 로봇에 대한 다양한 주장들을 외쳤다. 모두 인간의 이득을 위한 말들이었지만 그 혜택을 보는 대상이 통일되지 않은 주장이었다. 다양한 목적을 가진 여러 계층의 사람들이 섞여 있었다. 인간이라는 이유로. 희영은 자신처럼 로봇을 위한 주장을 하는 사람이 없었다면 저 무리가 계속 같은 편이었을까? 하는 생각을 했다.

확실한 것은 저들은 자신들의 주장이 합리적이라고 믿고 있다는 것이다. 희영 또한 자신의 결론이 옳다고 믿는다. 서 있는 위치에 따라 보이는 게 달라진다고 했던가. 안타깝게도 인간 편인 인간은 많다. 인간이기 때문에 그렇다. 로봇 편인 인간은 적다. 로봇이었던 적이 없었기 때문이다.

상대 시위대의 엄청난 숫자에 비해 희영 쪽은 단 한 명뿐이었다. 하지만 어쩔 수 없이 목소리가 묻히는 그 순간에도 희영이 들고 있던 피켓만은 돋보였다.

그 피켓에는 단 한 줄의 카피가 쓰여 있었다.

'로봇은 펀치머신이 아니다!'

이민섭

인천에서 어린 시절을 보냈다. 서울영상고등학교에서 디지털 영상을 전공했고 경희대학교 연극영화학과를 졸업했다. 연출부 생활 이후 〈아버지가방에들어가신다!〉(2019), 〈갤럭시 아이즈〉(2020) 등의 SF 영화들을 만들었다. 최근작 〈애타게 찾던 그대〉(2021)가 제25회 부천국제판타스틱영화제에서 '왓챠가 주목한 단편상'을 받았다.

더블 살인

유목연

1

구역질이 나서 담장 아래 어스름 안으로 숨어들었다. 단단하고 넓적한 흰 돌이 이를 맞춘 담장에 살구나무가 그늘을 드리웠다. 자지러지는 웃음소리처럼 분홍 꽃이 활짝 핀 살구나무에 매미들이 모여서 시끄럽게 굴었다. 하도 귀가 따가워서 손가락을 양쪽 귀에 넣으면서 시척지근한 침을 삼켰다. 여기서 구토를 했다간 이번에는 진짜로 사표를 써야 한다.

병원 대문 앞에 차가 멈췄다. 승합차에서 여러 명이 내려 서로 엉키지 않고 착착 움직이는 발소리가 마당으로 이어졌다. 과학수사요원들이었다. 나는 담장에서 살구나무로 폴짝 뛰어서 나무 뒤에 숨었다. 과학수사대 현장감식반 수사관 열두 명이 마당으로 들어와 디딤돌은 아랑곳하지 않고 사방으로 흩어졌다. 모두 돌계단으로 올라가고 나서 대문에 나타난 남자는 처음 보는 얼굴이다. 묵직한 배낭을 멘 남자는 감식장비 가방을 한 손에 들고 디딤돌을 밟으며 상담센터로 향했다.

다시 속이 메스껍고 울렁거렸다. 살구나무를 부둥켜안고 위장에서 올라온 신물을 꿀떡 삼켰다. 감식장비를 든 남자가 계단으로 올라가야 내가 대문 밖으로 나갈 텐데 남자는 방향 표지판 앞에 멈춰서 꾸물거렸다. 남자가 바지 허리춤을 잡아 추켜올리는 사이에 빠져나가려고 살구나무 앞으로 다리를 뻗었다. 남자가 돌아보는 바람에 잽싸게 천사 조각상 아래로 몸을 숙여야 했다. 남자는 다시 대문 앞으로 와서 마당에 쭈그려 앉았다. 배낭에서 비닐 포장을 꺼내 잔디에 깔고 감식가방을 포장에 내렸다. 남자가 알루미늄 재질의 감식가방에서 현장 보존용 줄과 출입금지 표찰을 꺼냈다. 나는 천사의 통통한 다리 사이로 남자의 뒷모습을 지켜봤다. 잔디에서 한 뼘쯤 떨어진 남자의 엉덩이가 들썩거렸다.

셀정신의학과&셀상담센터는 버스 정류장부터 언덕을 따라 이어지는 낡고 허름한 집들과 종로구에서 가장 풍경이 근사한 산 중턱에 부잣집들을 가르는 비탈에 있다. 김 원장은 마당이 넓은 한옥을 리모델링하면서 솟을대문을 없애고 그 자리에 1미터 남짓한 높이로 철제대문을 달았다. 병원 앞을 지나는 사람들이 현대 미술관으로 알고 들어올 정도로 병원은 눈에 띄는 건물이었다.

"누군데 저기 저러고 있어?"

갑자기 사람 목소리가 들려서 깜짝 놀라 소리를 지를 뻔했다.

대문만 지켜보느라 상담센터로 가는 길목을 놓친 것이다. 돌계단에서 천사 조각상 뒤에 숨은 내가 빤히 보일 텐데, 그것도 모르고 남보기에 남자 엉덩이를 훔쳐보는 꼴을 하고 있었다.

장완과 최시림이 돌계단을 내려왔다. 최시림 경위가 나타난 게 뜻밖이었다. 월요일에 복귀 예정인 사람이 이틀씩이나 출근을 당겼다니, 최시림은 사건에 지독하게 집착한다는 소문이 떠올랐다. 최시림이 손가락으로 천사 조각상을 가리켰다. 장완이 손을 뻗어 최시림의 팔을 아래로 내렸다.

"쟤, 조야."

"조요?"

최시림의 언성이 아까보다 조금 높았다.

"조?"

멀찍이 떨어졌어도 장완과 최시림 둘이서 하는 얘기가 다 들리는데 엉거주춤하니 서서 계속 모른 척하기 뭐했다. 나는 바짝 당겨 쓴 후드티 모자를 벗으면서 깍듯하게 허리를 숙였다. 머리를 아래로 내리자 잔디에서 올라오는 사늘한 기운이 이마에 닿았다. 살구나무에서 떨어진 꽃잎들이 연두빛깔 잔디 위에 수북했다. 꽃잎 하나가 바람을 타고 빙그르르 돌면서 내 운동화 발등에 살그머니 앉았다. 어디서 날아왔는지 살구꽃잎 사이사이에 낀 진분홍 철쭉이 독사의 송곳니처럼 번득였다.

철쭉에는 그라야노톡신이라는 독성이 있으니까 먹으면 안 돼. 아버지가 그렇게 말했다. 아버지를 따라 대학병원의 경사진 길을 올라가다가 화단에 핀 철쭉을 보았다. 아버지는 이마에 번

들거리는 땀을 닦으면서 화단에 무성한 철쭉을 물끄러미 보았다. 동생이 태어난 날이었다.

입술 사이로 끈끈한 액체가 흘러나왔다. 얼른 손으로 턱 아래를 받치면서 허리를 세웠다. 입에서 나온 비릿한 신물이 손바닥에 주르르 떨어졌다. 여태 꾹 참았던 헛구역질도 연달아 나왔다. 대문 밖으로 나갈 시간이 없었다. 나는 후드티 아래를 잡아당겨서 늘어진 옷자락 안으로 고개를 숙였다. 옷에 토를 하면서 돌계단을 힐끔 쳐다보았다. 장완이 허공에 두 팔을 휘저으면서 달려왔다. 둥글넓데데한 얼굴에 동그란 눈동자가 희번덕거렸고 '안 돼'라고 달싹이는 입 모양까지 장완의 모든 몸짓이 느리게 재생되는 화면처럼 보였다.

다 토하고 나서 고개를 들었다. 혓바닥에 쓴맛이 감돌고 코밑에 쉰내가 딱 붙어서 역한 냄새가 났다. 기운이 다 빠져버렸지만 이제야 살아난 기분이었다. 장완은 허옇게 질린 내 얼굴을 보자마자 급정차하는 트럭처럼 멈췄다. 양손으로 허리를 짚으면서 뒤쫓아온 최시림에게 말했다.

"나 같으면 재 기요틴에 보낸다."

"단두대에 갈 정도는 아니죠. 용케 마당에 안 쏟았잖아요."

"사태 파악 안 되는 게 요새 유행이니?"

장완이 아침에 부처님 넓적다리 살이라도 볶아 먹었느냐며 주먹으로 최시림의 옆구리를 두들겼다. 장완 경위는 키가 185센티미터인 최시림과 나란히 서면 정수리 위가 휑하니 비었다. 나는 옷에 쏟은 토사물이 속옷에 스밀까 봐 물컹한 덩어리를 손으로 받쳐 들었다.

"오랜만에 뵙습니다. 0802구역 순찰반 조아일 경사입니다."

"사복을 입어서 못 알아봤어요. 오랜만이에요."

이제야 호흡이 정상으로 돌아왔다. 탁 트인 몸속으로 숨을 들여보내니까 꽉 조였던 근육이 느슨히 풀리면서 꽃향기가 콧속으로 들어왔다. 아까는 시커멓던 하늘이 달리 보였다. 오늘은 날씨가 맑았다.

"그거 들고 얼른 나가. 여기 마당에서 조아일이 디엔에이 하나라도 나오면 내가 너 단두대에 안 보낸다. 내 손으로 먹 딸 거야."

장완은 입에 머금은 물을 칼에 뿌리는 시늉을 하면서 무척 진지했다. 이럴 때 장완 경위를 입 다물게 할 방수지 대장은 아직 도착하지 않았다.

"경찰이 사건 현장에 구토를 해? 이 바닥에서 이거보다 모양 빠지는 얘기 들어봤어?"

장완이 내게 눈을 부라리면서 최시림에게 말했다.

"죄송합니다."

나는 몸을 조아려서 종잇장처럼 얇게 접고만 싶었다.

"뭐라고? 개미가 기침을 해도 네 목소리보다 잘 들리겠다."

크게 말하려고 목을 가다듬었다. 으흠. 흠. 흠.

"진짜 죄송합니다."

"우리한테 바로 넘겨서 이번에는 넘어가는 줄 알아."

"넘겨요?"

최시림이 의아한 표정을 지었다.

"내가 얘기 안 했냐?"

"신고한 사람이 조 경사예요?"

최시림이 나를 빤히 보면서 물었다.

"얘가 우리한테 연락했으니까 현장감식반이 이렇게 빨리 왔지. 요새 출동 시간까지 따져서 인사고과 점수를 매겨서 아주 환장하겠다니까."

야단을 다 쳤는지 살피려고 눈을 치켜뜨다가 하필 장완과 눈이 딱 마주쳤다.

"이 말 했다가 저 말 했다가 앞뒤가 하나도 안 맞는 소리나 하고 말이야!"

장완이 허리를 짚었던 손으로 내게 삿대질을 했다.

"최 경위가 면담하면서 애 좀 제대로 조져봐. 사실 나도 지금까지 시신이 이 정도로 손상된 현장은 몇 번 못 봤어."

장완의 두툼한 입술 사이로 담배 냄새가 섞인 한숨이 나왔다.

"자꾸 이러면 현장에 나올 수 있겠어?"

"딱 두 번인데요."

나는 개미보다 크게 대답했다.

"또 휴직계 내고 상담센터로 가시게?"

"아닙니다."

장완이 한마디 더 하려고 입을 벌리다가 그대로 멈췄다. 대문을 쳐다보는 장완의 눈길을 따라 나와 최시림도 뒤를 돌아봤다. 방수지 대장이 권총처럼 생긴 까만 승합차에서 내려 대문 앞에 노란 출입 금지선을 두르는 남자에게 손짓을 했다. 장완은 이따 다시 얘기하자며 대문으로 가버렸다. 최시림도 같이 갈 줄 알았는데 의외였다. 최시림이 눈짓으로 살구나무 뒤를 가리켜서 나는 최시림을 따라 담장 구석으로 들어갔다.

"오늘 병원이 정기 휴일이잖아요. 조 경사는 여기 왜 왔죠?"

굳이 내게 묻지 않아도 최시림은 월요일 아침에 진술 보고서를 받을 것이다. 나는 성급하게 묻는 최시림을 의아한 눈초리로 쳐다보았다. 하지만 최시림의 얼굴이 정말 궁금해서 묻는 아이와 같아 내 경계하는 마음이 금세 풀렸다.

왜 휴일의 병원에 왔었지? 흑과 백의 사각형이 체크무늬를 이룬 바닥에 살색은 어울리지 않았다. 소파 탁자에 등을 기대고 앉아 차가운 바닥에 다리를 쭉 뻗은 여자. 여자의 종아리 옆에 하얀 말이 엎어져 있었다. 열린 창문으로 들어온 햇빛이 대리석으로 빚은 흰 말의 갈기에 내렸다. 이른 아침의 빛이 닿은 뽀얀 목덜미에 굴곡진 갈기마다 빛과 그늘의 음영이 선명했다. 핏방울이 튀어 조각상의 목덜미에 긴 자국이 남았다. 런닝화를 신은 여자의 발목 아래에 흥건히 고인 피는 시커먼 아교 같았다.

왜 토요일 아침에 여기 왔느냐고 묻는 최시림의 목소리가 들렸다. 여기는 어디지? 철제대문을 밀며 마당으로 들어왔다. 테두리를 쇠로 두른 유리문 앞에서 연 선생이 알려준 비밀번호를 눌렀다. 토요일의 상담센터는 고요했고 아무도 없는 실내에서 아늑한 냄새가 났다. 여느 건물보다 천장이 두 배쯤 높은 로비를 지나 상담실이 있는 복도로 들어갔다. 마당으로 난 창문에서 햇살이 들어와 복도에 사선을 그렸다. 환한 빗금 안에서 먼지들이 떠돌았다. 빛의 선을 지나 복도 가장 안쪽으로 들어갔다. 한 걸음, 두 걸음, 세 걸음… 천천히. 그리 오래 걸리지 않았다.

하얀 벽과 문 사이에 길고 까만 틈이 보였다. 연 선생은 분명히 문이 잠겼다고 말했다. 누가 온 걸까? 나는 윤기가 반짝이는 하이그로시 문을 천천히 밀었다. 비릿한 냄새가 확 끼쳤다. 바닥에 모로 누운 말머리 조각과 운동화, 연 선생이 치마를 입은 날이면 자꾸 눈이 갔던 곧은 맨다리. 그리고 푹 꺼져버린 눈과 뒤틀린 광대뼈. 공포는 새벽 강가를 차지하려고 밀려온 안개처럼 몸으로 파고들었다. 안개 저편에서 내 이름을 부르는 소리가 들렸다. 목소리가 안개를 흩트렸다.

조아일 경사? 최시림의 두 눈이 바로 앞에 있었다. 따옴표의 꼬리처럼 길고 부드럽게 말린 고운 눈매가 나를 주시했다. 장완과 계단을 내려오던 최시림을 보자마자 머릿속을 휘젓던 실오라기 하나를 이제야 잡았다.

3개월 전에 마지막으로 만났던 최시림은 머리를 짧게 잘라서 귀가 훤히 드러났다. 지금은 머리카락이 귀를 살짝 덮었다. 손을 뻗어 최시림의 오른쪽 귀에 덮인 머리카락을 뒤로 넘기면 어떨까.

더블제작센터에서 더블 신청서를 내면 귀 뒤에 칩 두 개를 심는 수술을 받는다. 치과에서 치석을 제거하는 수준의 수술이고 바이오더블칩을 넣는 수술이 끝나면 3밀리미터 길이의 점선 자국이 남는다. 최시림의 귓바퀴를 가린 머리카락을 들추면 점선이 뚜렷할 것이다. 지금 내 앞에 남자는 최시림이 아니다. 최시림의 신경 세포 연결망을 그대로 복제한 인공지능 커넥톰이 장착된 로봇, 복제인간 더블이다.

2

"범인은 병원 내부 구조를 잘 아는 자로 면식범입니다. 예상치 못한 상황이 벌어지자 증거 인멸도 못 한 채 피해자를 두고 도주한 것으로 추정됩니다."

최시림이 레이저 포인터를 3스테이션의 한가운데로 쏘면서 말했다. 중앙의 원형단에는 홀로그램으로 생성된 현장 사진들이 3차원의 입체적인 이미지로 나타나 360도 회전했다. 직원들 책상이 원형단을 중심으로 사방에 뻗은 3스테이션에 국가수사본부의 6수사대에 속한 강력반과 폭력반, 마약반이 모여 있다. 최시림의 시선은 자신을 주시하는 수사관들을 훑으면서 방수지 대장에게로 넘어갔다.

"조아일이 거기 올 줄 몰랐겠지."

회전의자에 양반다리를 하고 앉은 장완이 말했다. 다른 수사관들은 침울한 얼굴로 묵묵히 듣기만 했다. 강 형사와 손 형사도 작년 연말에 국가트라우마 심리상담센터에서 연 선생과 상담을 했었다. 6수사대 강력3반에서 연 선생을 모르는 사람은 없다.

"조 경사의 진술에 따르면 조는 08시 50분에서 55분 사이에 병원 내 상담센터 현관문을 열고 들어갔어. 조가 도착한 시각과 피해자 사망 시각이 거의 일치하는 걸 보면 범인은 조아일이 들어오자마자 현장을 떠났다고 봐야지."

장완이 내게 눈짓을 했다. 나는 허벅지에 올려둔 스마트패드를 집으면서 일어났다. 홀로그램을 지켜보던 선배들의 눈길이 내게 모였다.

"범인이 제 기척을 듣자마자 바로 도망쳤더라도 건물 바깥으로 못 나갔을 겁니다. 아마 옆방이나 지하로 피신했겠죠."

출입구에서 연 선생의 상담실까지 천천히 걸어도 1분이면 충분히 다다른다. 상담실에서 나온 범인이 나 모르게 건물에서 빠져나가는 건 불가능했다. 장완이 강 형사에게 족적흔을 찾았느냐고 물었다. 강 형사는 금요일부터 토요일까지 상담실에 오간 사람들의 발자국을 전부 수집했고 국가수사본부 신발 데이터베이스에서 조사 중이라고 대답했다. 구석에서 잠잠히 듣던 방수지 대장이 병원 내부 폐쇄회로 티브이에 대해 물었다.

내가 오늘 아침에 병원으로 전화를 걸었다. 휴일에는 건물 외부 폐쇄회로 티브이만 켜지고 내부 카메라는 전원이 꺼져서 상담센터 실내가 녹화된 영상 자료는 없었다. 사실 이런 업무는 순찰반 소속인 내가 하는 일이 아니다. 순찰반은 현장에 최초로 출동하고 초기 조사에 참여한다. 거기까지만 관여하고 사건에서 물러나야 했다.

아침에 출근하니까 장완 선배가 나를 찾았다. 가방을 두고 과학수사반에 갈 작정이었지만 장완부터 만나러 강력3반으로 갔다.

"차출? 진짜요? 저더러 특별수사반에 오라고요? 에이, 아침부터 또 왜 이러세요."

"말하는 나는 더 짜증 나니까 빨리 짐 챙겨와."

장완이 양발 신은 발바닥을 긁던 손가락으로 출구를 가리켰다. 나는 벌어진 입을 손으로 가리면서 넙죽 절을 했다.

"감사합니다!"

지난 석 달 동안 셸병원이 위치한 0802구역의 15지구 부유층 동네에서 세 건의 살인 사건이 일어났다. 연 선생 사건도 15지구 담당이라 강력3반 몫이었다. 6수사대의 방수지 대장이 상부에 요청해서 특별수사반이 편성되었다. 특수반은 강력3반과 함께 최근 15지구에서 일어난 살인 사건을 수사하기로 했다.

순찰반으로 달려가서 내 책상에 물건들을 작은 상자에 쓸어 담아 3스테이션으로 돌아왔다. 현장감식 보고서와 프로파일러가 작성한 임장 보고서가 3스테이션의 책상을 돌고 있었다. 나는 수사관들이 훑어보는 보고서를 한 부씩 챙겨서 장완이 눈짓으로 가리킨 빈 자리로 가서 상자를 내려놓았다. 강력3반과 특수반 소속 수사관들은 범죄행동분석반 프로파일러 최시림을 기다리고 있었다.

"외부 폐쇄회로 티브이 기록을 확인했습니다. 사건 당일 06시에서 09시 사이에 상담센터 내부로 들어간 사람은 조아일 경사가 유일합니다."

강 형사가 방 대장 쪽으로 회전의자를 돌려 앉으면서 말했다.

"피해자가 건물에 들어온 흔적도 명확하지 않습니다. 상담센터 정문으로 들어오지 않은 건 확실해요."

강 형사는 할 말이 많은 얼굴로 방 대장을 쳐다보았다.

방수지 대장은 짙은 갈색 매니큐어를 바른 손을 번쩍 들어서 풍성하게 부푼 머리카락을 들쑤셨다.

"정문 외에 통로가 있나 알아보고 전날 직원들 전원 퇴근했는지 확인해. 퇴근 당시 화면도 확보하고."

방 대장이 지시를 하자 손 형사가 손을 번쩍 들어 자기가 맡겠다고 대답했다. 방수지 대장은 원형단으로 나오면서 최시림 경위에게 물었다.

"15지구 범인과 동일 인물일까?"

"증거가 일치하지 않지만 가능성을 완전히 배제하기도 어렵습니다."

최시림 경위가 레이저 포인터로 원형단에 홀로그램을 가리켰다. 사건 현장에서 연 선생을 정면으로 찍은 사진이 홀로그램으로 변신했다. 차가운 빛으로 부활한 연 선생은 부검실의 차가운 철제 침대에 누워 있었다.

"피해자의 목을 보시죠."

시신의 목 주위에서 포인터의 빨간불이 신경질적으로 흔들렸다.

"저게 운동복하고 색이 같아서 목폴라로 보이는데 의료용 목보호대입니다."

최시림이 허공에 손짓하자 다른 홀로그램이 나타났다. 연 선생의 어깨까지 맨살이 드러나서 목에 퍼진 멍이 도드라졌다.

"만약 15지구 부유층 살인 사건과 동일범이라면 피해자의 목에 가는 끈으로 조인 자국이 남아야 합니다. 15지구 사건은 매듭이 범죄의 시그니처인 격인데 셀병원 피해자에게는 매듭으로 인한 경부 압박 흔적이 없으니까 동일범으로 단정하기 어렵죠."

침대에 누운 연 선생이 회전하면서 최시림의 앞으로 돌아왔다. 두 사람이 서로 마주 보고 섰다. 최시림은 날카로운 눈빛으로 연 선생을 응시했다.

"이게 언제 생긴 걸까…."

방 대장이 홀로그램 속으로 머리를 집어넣으면서 연 선생의 목을 유심히 쳐다보았다.

"만약 15지구 사건 동일범이라면, 이런 가정을 할 수도 있죠. 범인이 피해자의 목을 노끈으로 조였지만 보호대를 찬 덕분에 피해자가 질식사하지 않았어요. 범인은 피해자가 죽었다고 생각했겠죠. 의식을 차린 피해자가 도망을 쳤고 범인은 쫓아가서 자신이 그동안 고수했던 수법과 다른 방식으로 피해자를 가격했다고. 범인은 다급했으니까요."

방 대장은 최시림의 설명을 곰곰이 생각하면서 홀로그램에서 물러났다.

"아침에 디지털 포렌식 센터에 알아보니까 바닥에서 발견된 조각상은 범행 도구가 아니랍니다."

장완이 내 책상에 걸터앉는 방 대장에게 말했다.

나이트. 어디서부터 설명을 시작해야 할지 몰라서 혼란스러웠다. 입술이 달싹거리며 말이 입 안에서만 맴돌았다.

"나이트?"

방 대장이 나를 돌아보았다.

대리석으로 빚은 말들은 같은 재질의 장식장 위에서 창문 쪽으로 머리를 두었다. 연 선생이 좋아하는 작가의 작품을 친구가 선물했다면서 검은 말의 갈기를 쓰다듬었다. 웃으면 뺨에 오목하게 패는 보조개가 참 예뻤다.

"체스 용어입니다. 말머리 모양 기물을 나이트라고 불러요. 연 선생님 방에 흑마와 백마 조각 한 쌍이 두 달 전부터 있었어요. 그런데 현장 사진에서 흑마가 안 보입니다."

"범행 도구가 흰 말이 아니라면 검은 말이겠군. 사라진 흑마라…."

방 대장이 팔짱을 끼면서 책상에 걸쳤던 엉덩이를 들었다.

"저게 7킬로그램이래요. 저런 덩치 큰 돌덩이를 들고 다니면 사람들 눈에 띄죠. 그랬으면 병원 외부 차량들 블랙박스에 찍히고도 남았어요. 사람은커녕 돌덩이 자체가 없었다니까요."

장완은 가해자가 살해도구를 챙겼다는 가설을 의심했다.

"돌덩이가 뭡니까. 쟤네가 얼만지 아시나?"

방 대장이 장완의 어깨에 손을 올리면서 물었다.

"사람 죽인 돌덩이 비싸면 뭐 얼마나 비싸서요. 저딴 거 어디에 갖다 쓰게요."

"우리 둘이 여기서 3년을 무급으로 굴러도 저거 깬 돈 못 갚아."

장완이 오른손을 펴서 손가락을 하나씩, 세 개를 접었다. 장완의 입이 점점 벌어졌다.

"분석실에 조심히 다루라고 일러. 그간 3반이 증거물 깬 값으로 물어준 돈이 꽤 많아."

방 대장 말이 끝나자마자 장완이 연달아 머리를 흔들었다.

나는 어떤 생각이 떠올랐다. 만약 제3의 장소에서 1차 공격을 당한 피해자가 자신이 잘 아는 상담센터로 도망쳤다면?

"피해자는 자기 방이 안전하다고 믿었지만 가해자가 쫓아와서 방문을…, 잠깐만요? 방문을 외부에서 부순 흔적이 있었나요?"

내가 방 대장을 쳐다보았다.

"가능성은?"

방 대장이 최시림에게 물었다.

"외부에서 상담실 문을 열려고 힘을 가한 흔적은 없었습니다. 혈흔 분석 결과와 현장에 사물이 흐트러진 정도로만 추정하자면, 피해자와 가해자가 접촉한 공간은 상담실 내부로 한정됩니다."

"성별은 어떻습니까?"

침울하게 자리를 지키던 손 형사가 최 경위에게 물었다.

최시림이 범인의 키가 최소한 175센티미터 이상이라고 대답하면서 나를 쳐다보았다.

"조아일 경사처럼 신체 훈련을 한 근육형 여자일 가능성도 있어요. 피해자에게 성범죄 흔적은 발견되지 않았고 아직 범인의 성별을 제한하기는 어렵습니다. 곧 조사 결과가 나오면 종합적인 분석을 통해 범죄 동기가 구체적으로 드러날 겁니다."

수사관들이 나를 보며 슬며시 웃었다. 현장을 최초로 발견하고 신고 전화를 한 내가 범인으로 밝혀진다면 어떨까? 장완은 지루한지 하품을 했다.

"조아일이 범인이면 아이고 감사하지. 얘가 얼마나 친절하게 증거를 잘 흘렸겠어."

장완이 쩍 벌어진 입을 손바닥으로 두드리면서 서류를 챙겨서 일어났다. 장완이 일어나자마자 여태 방 안 공기를 팽팽히 당겼던 끈이 툭 끊겼다. 잠잠하던 사람들이 저마다 큰 소리로 떠들어서 사방이 어수선했다.

"영장 내줄 테니까 피해자 자택 수사하고 주변인 탐문 시작해. 손 형사는 통신사에 연락해서 통화 내역 뽑고. 피해자가 상담했던 내담자 중에 특이사항 있나 확인해. 그건 장 경위가 맡아. 2차 회의는 최 경위의 프로파일링 보고서가 나오면 합시다."

방 대장은 보고서를 옆구리에 끼고서 3스테이션 안쪽에 있는 방으로 돌아섰다. 나는 각자 다른 방향으로 흩어지는 사람들을 헤치며 대장을 쫓아갔다. 대장의 사무실 문이 닫히다 말고 딱 멈췄다. 문틈으로 방 대장이 얼굴을 내밀었다.

"왜?"

"제 핸드폰⋯."

"핸드폰?"

"네, 제 거요."

"들어와."

나는 대장이 손을 떼자마자 닫히는 문을 재빨리 잡아서 안으로 밀었다. 대장은 벽을 등진 책상에 보고서를 놓으면서 내게 소파를 가리켰다.

"핸드폰 찾으러 갔었다고?"

대장이 서류 더미 사이에서 회색 파일을 꺼내면서 말했다.

"지문 채취는 끝났답니다. 증거 보관실에서 찾아가도 될까요?"

"휴직했을 때부터 석 달 전까지 트라우마 심리상담센터에서 치료받았고?"

대장이 파일을 펼쳐서 눈으로 서류를 훑으면서 물었다.

"이왕이면 치료받던 곳에 가는 게 낫잖아? 일부러 사설 병원에 간 이유가 있었나?"

방수지 대장은 어설픈 설명에 납득하는 사람이 아니다. 6수사대를 통솔하는 대장은 사건의 핵심을 꿰뚫어보는 직감과 적절한 시기에 기소를 밀어붙이는 판단력이 대단한 사람이다.

"연 선생님이 거기로 옮긴 게 이유이긴 합니다만… 다시 국가 트라우마 심리상담센터로 가면 상반기 감정관리 평가에서 재진료받은 게 문제 될까 봐 신경이 쓰였어요."

방 대장은 여전히 의문이 풀리지 않았는지 고개를 갸웃했다. 무슨 말을 들을지 조마조마하게 기다리던 내게 정작 대장이 질문한 것은 내 감정관리능력 문제가 아니었다.

"그게 조 경사 핸드폰이면 피해자 핸드폰은 어디 있지?"

3

피해자의 혈흔이 묻은 증거품 반출은 규정에 어긋난다. 대장이 내 요청을 거절하면서 설명한 사유였다. 대장은 밖으로 나가는 나를 다시 불러서 자그만 상자를 건네주었다. 나는 대장이 준 상자를 들고 증거 보관실이 있는 복도로 돌자마자 최시림과 부딪혔다. 최시림은 최면 분석실에 가는 길이라고 했지만 내 직감은 그가 나를 꽤 기다린 쪽으로 기울었다.

"저는 오늘이나 내일쯤 조 경사 면담을 하면 좋겠어요."

오랜만이란 인사는 생략인가? 최시림은 일정을 잡자고 재촉했다. 나는 최시림이 더블을 만든 것도 놀라웠지만 석 달 만에 복귀하면서 현장에 더블을 보낸 이유가 더 궁금했다. 출근하기 싫으면 복귀를 미루지 왜 더블을 실행했을까. 더블은 공짜가 아니다. 실행할 때마다 돈이 많이 들었다.

"조 경사가 눈치를 챘던데요. 내 말이 맞죠?"

"왜 그러셨어요?"

최시림이 눈매를 반달로 지으며 피식 웃었다.

"장완 선배가 전화했어요. 이왕 출근하는 김에 이틀 먼저 나오면 어떻겠냐면서 병원 주소를 보냈죠. 전화 끊고 일어나서 양복을 꺼내니까 다시 눕고 싶고 밖에 나가기 싫었어요. 너무 졸려서 자고 싶고. 나 이상하죠?"

약간 신선했다. 나나 장완 선배라면 모를까, 최시림이 스스럼없이 속 얘기를 털어놓는 모습이 재미있었다. 물론 나도 그 마음을 잘 안다. 아침마다 누가 나 대신 회사에 가면 얼마나 좋을까 싶어 울다가 월급이 들어오면 진정이 되었다.

"더블을 셀병원으로 보내고 최 경위님은 더블제작센터로 들어가셨겠네요?"

"조 경사도 더블에 대해 잘 아는군요?"

더블제작센터에 비치된 안내서에 경고문이 붙어 있다.

'더블을 실행한 인간이 캡슐에 들어가지 않고 더블과 동 시간대에 활동하면 치명적인 부작용이 발생한다. 본 센터는 그에 대한 법적, 의학적, 윤리적 책임을 지지 않으며 부작용으로 인한 오류의 결과는 신청자인 원인간의 몫이다.'

더블오류는 해마가 한 인간이 두 공간에 존재하는 현실을 납득하지 못해서 발생한다. 더블 제작사는 기억이 뇌의 해마에 저장되는 과정에서 오류가 일어난다고 설명했다.

더블을 실행하면 원인간은 수면용 약을 먹고 캡슐로 들어간다. 원인간은 캡슐 안에서 최대 48시간 동안 잘 수 있다. 더블 예약 시간이 끝나면 원인간은 눈을 뜬다. 전원이 꺼진 더블을 대여소에 넣고 원인간은 수술실로 들어간다. 더블에게 심었던 칩을 다시 원인간의 뇌로 옮기면 더블 실행이 끝난다.

원인간과 더블의 기억 연동 문제는 바이오더블칩으로 해결된다. 원인간이 잠든 동안 더블이 겪은 경험과 기억이 칩에 저장되고, 더블이 실행되면 더블도 칩을 통해 원인간의 삶을 통째 흡수한다. 더블과 원인간의 기억은 철저하게 연속적으로 이어진다.

원인간과 더블의 기억 공유 과정에 문제가 전혀 없는 것은 아니다. 더블은 감정을 전혀 모른다. 더블이 아는 것은 사실뿐이다. 그러니까 더블에 저장된 경험 정보는 영상과 이미지와 텍스트로 구성된 데이터이다. 원인간은 이 데이터로 캡슐 안에서 잠든 동안 지속된 자신의 인생을 확인할 수 있다.

더블의 육체는 3D 프린터로 제작된다. 신청자의 몸을 본뜬 형태를 기본으로 두고 신청자가 더블을 실행할 때마다 외형이 미세하게 바뀐다. 갑자기 생긴 점이나 기미 정도는 제작센터 안에 있는 정비실에서 간단한 시술로 고친다. 하지만 화상을 입거나 수술을 해서 큰 흉터가 생기면 원인간과 더블의 육체 정보를 연동할 24시간이 필요하다.

"트라우마 센터에 가면 더블을 권유받잖아요. 거기서 안내서를 여러 번 읽었어요."

최시림에게 다 털어놓고 싶은 마음이 불쑥 들었다.

"혹시 경위님도 연 선생님하고 상담을 하셨나요?"

"처음 갔을 때 두어 번 정도죠."

최시림이 담담하게 기억을 떠올렸다.

"어쨌든 더블에게 아무 말 않고 넘어가줘서 고마웠어요."

누가 내게 "너는 조아일을 복제한 인공지능 로봇이다"라고 한다면 내가 그 말을 순순히 믿을까? 내가 나를 인간으로 전제하듯 더블도 자신의 인간성을 의심하지 않는다. 어떻게 더블 앞에서 진짜 최시림 얘기를 꺼내겠나.

천억 개의 뉴런이 방대한 밀림처럼 얽히고설킨 신경계가 인간의 두뇌를 구성한다면 더블의 머리는 인공지능 알고리즘을 수행하는 인공 신경망으로 찼다. 더블의 피부는 신소재 공학자들이 개발한 특수 재료이고 팔꿈치와 관절, 안구와 치아와 내장의 장기들도 원인간의 유전자 정보를 기초로 해서 제작된 인공 기관들이다. 더블이 주먹을 꽉 쥐면 손목의 힘줄을 따라 혈관이 길게 도드라지는 살갗은, 이상한 말이지만, 인간의 살보다 더 살답다. 칼로 더블의 가슴을 찌르자마자 피가 심장에서 솟구쳐도 더블은 죽지 않는다. 그 피는 공학자들이 만든 인공 장치이다. 더블을 죽이려면 더블제작센터의 중앙 시스템이 있는 프라하에서 실행 종료 버튼을 눌러야 한다. 그때 비로소 더블이 죽는다. 이를 죽음이라고 부를 수 있다면 말이다.

인간은 자신이 더블에게 인생을 대리시킨 사실을 기억하지만 더블은 모른다. 더블은 실행되면 살아나고 전원이 꺼지면 멈추기에 오직 칩에 입력된 정보만 받아들인다. 우리가 그러듯 더블도 두뇌에 입력된 정보를 완벽하게 믿는다. 더블 자신이 세상에서 유일한 인간이고 고유한 개성을 지닌 존재라고.

더블찬성론자들은 뉴런이 연결된 신경계 전체가 복제된 더블은 그 자체로 의식을 가진 존재라고 주장했다. 반대론자들은 찬성론자들이 놀라운 신앙심을 지녔다며 사전에서 과학의 비슷한 말에 종교를 포함시키자고 비아냥거렸다.

더블의 살과 뼈와 피는 더블을 실행하기 위해 반드시 필요하진 않지만 더블을 위해 꼭 필요한 구성품이다. 더블의 핵심은 뇌의 인공 신경망인데 그것만으로 더블이 자신을 인간으로 인식하지 못한다. 그래서 육체가 필요했다. 인공지능 로봇을 속이려고 인공 장기와 혈관, 피부를 만드는 기술이 발달한 셈이다.

한 사람의 두뇌에 복잡하게 얽힌 신경 세포들은 다른 누구하고도 같지 않다. 고유한 인간을 상징하는 커넥톰이 더블을 탄생시킨 생명의 물이었다. 인간의 커넥톰이 복제된 더블은 거울 속에서 나를 따라 눈을 깜박이던 얼굴이 거울 밖으로 빠져나온 것과 같았다.

"조 경사가 모른 척한 덕분에 큰 문제가 안 생겼어요. 요즘 제 더블에 버그가 잦아서 수리를 맡기려고 했거든요."

"더블이 이해하기 어려운 말을 들으면 장치가 작동을 멈춘다면서요? 뉴스웹에서 영상 뉴스로 봤어요. 오류가 생기니까 더블의 양쪽 눈동자가 360도로 핑핑 돌더라고요."

최시림이 핸드폰을 꺼내 탭을 눌렀다. 그의 핸드폰에 블루투스 전송을 알리는 파란 신호가 반짝였다. 최시림이 방금 더블 이용권 10회를 내게 보냈다면서, 혹시 더블을 만들면 그때 쓰라고 했다.

"800만 원을 제가 어떻게 받아요? 아닙니다. 괜찮습니다."

"전혀 부담 갖지 말아요. 나도 선물로 받은 게 많아서 그래요."

여러 번 사양해도 최시림은 물러서지 않았다. 내가 쓰지 않으면 저절로 이용 코드가 소멸되고, 사용권이 최시림에게 환불된다니까 일단 받기로 했다.

더블을 만들려면 돈이 많이 든다. 형편이 어려우면 아무리 더블을 원해도 더블 신청서를 쓸 수 없다. 제작비용도 만만치 않고 완성된 더블을 실행하려면 매번 센터에 이용료를 내야 한다. 80만 원짜리 1회 이용권으로 48시간 동안 더블을 쓸 수 있다. 1회 이용권 10장을 내게 선뜻 주다니, 최시림이 부자였나?

재작년에 국가트라우마 심리상담센터에서 더블을 심리 치료법으로 채택하면서부터 경찰 공무원에게 비용의 80퍼센트를 할인해주었다. 혜택 덕분에 센터에서 상담을 받던 수사관들 여럿이 더블을 만들었다. 내가 센터에서 심리 상담을 받기 시작한 초기에 연 선생이 더블 이야기를 꺼냈다.

"최 경위님도 연 선생님한테 더블을 권유받으셨어요?"

"난 거기 가기 전에 이미 더블을 만들었어요. 꽤 됐죠."

내가 중학교를 졸업하던 해에 더블이 시중에 나왔다. 더블 광고는 사람들 눈이 닿는 곳마다 나타났다. 텔레비전 광고와 인터넷 팝업창마다 더블이 등장했다. 버스 정류장과 하이퍼루프 탑승장과 공항의 대형 광고 패널도 더블 광고가 차지했다. 광고에서 남태평양의 섬으로 휴가를 떠난 여자와 남자가 칵테일을 마시고 서핑을 즐기고 수영을 하다가 시청자를 돌아보았다. 일은 더블에게 맡기고 휴가를 떠나세요.

아버지가 들어간 화장실에서 문틈으로 "휴가를 떠나세요."라고 흥얼거리는 노래가 들릴 때부터 불길했다. 결국 아버지는 더블을 신청했다. 엄마와 나는 아버지의 선택을 순순히 받아들이기 어려웠다. 나는 한 번도 말을 꺼내지 않았지만 클론을 잊지 못했다. 엄마가 떠나기 전날 나를 불렀다. 한 번 어긋나면 벽에 금을 그어. 매일 벽을 보면서 금을 기억해. 두 번 어긋나면 그때부터는 네가 망친 것들을 되돌리지 못해.

빨리 증거 보관실에 가야 했다. 최시림과 헤어지기 전에 내내 신경 쓰였던 그의 귀를 가렸다. 오른쪽 귓불에 거즈가 붙어 있었다.

"다치셨어요?"

"이거? 귀걸이를 빼다가 찢어져서 피가 났어요. 오늘 병원에 가서 실밥 풀 거예요."

토요일에 만났던 더블의 귀에는 저런 상처가 없었다.

"저는 면담을 언제 하시든 괜찮아요. 미리 말씀만 해주세요."

"그럽시다. 휴대폰은 받았어요?"

"안 된대요."

나는 대장이 준 상자를 최시림에게 들어 보였다.

증거 보관실에 가서 방 대장이 준 최신형 전화기에 내 핸드폰의 데이터를 옮기고 나서 전원을 켰다. 사흘 만에 핸드폰을 열면서 성탄절에 받은 선물상자를 여는 아이처럼 들떴다. 어머니가 보낸 메시지와 배오가 남긴 부재중 전화 한 통이 전부였다. 기분이 시들해서 대형 구체관절 인형처럼 온몸을 흔들면서 계단을 내려왔다. 지난 사흘 동안 날 찾은 인류가 너무 적어서 짜증이 났다. 주말에 전화가 오면 귀찮아서 전원을 꺼버렸으면서 새삼스럽게 웬 인류를 향한 갈망이 커졌는지 자꾸 통화 목록이 어른거렸다.

나는 1층에 내려오자마자 바지 뒷주머니에 넣었던 새 핸드폰을 꺼냈다. 착각이 아니었다. 내가 쓰던 핸드폰이 아니라서 아까는 수신 번호와 발신 번호를 제대로 이해하지 못했다. 끝자리가 0933인 번호 하나가 어머니와 배오 사이에 끼어 있었다. 증거 보관실에서 전원을 켰을 때는 이 번호가 대출 상담이나 마케팅 전화라고 생각했었다. 다시 핸드폰에서 통화 목록과 시간을 찬찬히 훑었다. 끝자리 0933은 내게 전화를 건 게 아니었다. 내 전화기에서 토요일 오전 9시 38분에 0933으로 메시지가 전송되었다. 최근 통화 목록에 남은 이 번호는 발신 기록이었다.

나는 미친 듯이 핸드폰 화면을 넘겼다. 앱과 메모장과 통화 기록을 뒤적거렸다. 익숙한 운영체제와 달라서 이전 화면으로 돌아가는 것도 헷갈렸다. 정신없이 핸드폰을 만지다가 메시지함으로 들어갔다. 메시지들 제일 위에 있는 빨간 폴더를 눌렀다. 이게 새로 도착한 메시지 보관함이었다.

계단에 서서 끝자리 0933 번호로 통화 버튼을 눌렀다. 전원이 꺼져 있다는 안내 음성이 들렸다. 계단을 뛰어 내려가서 복도를 오가는 사람들을 손으로 물리치면서 달렸다. 통신기기 분석 센터에 사용 신청서를 내고 승인도 받기 전에 통신 조회용 모니터 앞에 앉았다. 끝자리 0933 번호의 명의자는 연희애. 죽은 연 선생이었다.

4

한강 철교를 달리는 열차 위로 창백한 푸른 빛이 퍼졌다. 하늘에 붙박였던 해는 힘을 잃어 아래로 뚝뚝 떨어졌고 태양의 진득한 열기는 새빨갛게 타서 강물로 흘러내렸다. 나는 사면이 투명한 유리벽인 엘리베이터 안에서 저녁의 해를 바라보았다.

엘리베이터는 지상 6층의 하이퍼루프 탑승장으로 올라갔다. 하이퍼루프는 캡슐형 열차로 진공 튜브 안에서 시속 1,200킬로미터 속도로 달린다. 튜브 속을 통과하는 열차 안에 있으면 눈이 닿는 곳마다 설치된 광고 패널에서 숲과 바다가 나타났다. 파도의 포말이 밀려오는 해변에서 전기차가 달리거나 나무가 빽빽한 숲에 놓인 안마 의자에서 모델이 기지개를 켰다.

빈자리가 많았지만 출구 옆에 기둥을 붙잡고 섰다. 마포에서 강남까지 1분이면 도착해서 자리에 앉는 게 번거로웠다. 나는 기둥을 잡은 손등에 이마를 기댔다. 이마에 땀이 솟아 관자놀이로 흘러내렸다. 강남역 도착 알람이 와서 바지 뒷주머니에 넣은 핸드폰이 울렸다. 강남역에 정차해서 문이 열리자마자 배오와 마주쳤다.

"네가 왜 여기 있어?"

나는 배오의 팔을 잡아서 승강장 안쪽으로 끌고 갔다.

"너 기다렸지."

배오가 대수롭지 않게 말했다. 우리가 만나기로 하면 내가 배오네 회사 앞이나 배오가 맡은 재판이 열리는 법정으로 갔다. 그게 우리에게 익숙한 방식이었다.

"수사본부에 무슨 정보가 필요해서 마중까지 나왔을까?"

"아니거든."

배오가 샐쭉한 표정을 지었다.

엘리베이터가 지상 1층에 도착하자 배오는 우리가 자주 갔던 논현동의 물냉면집으로 가자며 앞장섰다.

"넌 샬로 소돔의 120일 볼 때도 그랬잖아. 기억나지?"

배오가 냉면을 만두에 얹어 먹으면서 말했다.

"밥 먹을 때 꼭 그 얘기를 해야겠니?"

〈샬로 소돔의 120일〉을 상영하던 극장에서 배오를 처음 만났다. 맨 앞줄에 앉은 나와 세 칸 떨어진 자리에 남자 그리고 맨 뒷자리에 세 명의 여자들, 이렇게 다섯 명이 그날 파졸리니의 영화를 보러 온 관객 전부였다.

영화가 2차원의 평면에 반사된 이미지라고 알지만 화면에 똥까지 나오니까 구역질이 나왔다. 정말 순식간에 일이 벌어졌다. 나는 스크린 앞에 토한 것을 치우려고 붉은 카펫이 깔린 바닥에 쭈그려 앉았다. 카드와 핸드폰만 갖고 나와서 수건도 휴지도 없었다. 어떻게든 해결을 하려고 허공에 손을 이리저리 놀려도 나아지질 않았다.

"괜찮으세요?"

세 칸 떨어진 좌석의 남자가 바닥을 기어서 내게 다가왔다. 남자는 한 장이 위로 뿅 올라온 일회용 휴지를 통째 내밀었다.

그날 우리는 서로 연락처를 주고받았다. 가끔 영화제가 열리는 극장에서 만나 영화를 봤다. 배오의 여자 친구는 폐소 공포증을 앓아서 극장을 싫어했다. 배오와 나는 영화가 끝나고 바로 집에 가기 아쉬우면 공원으로 갔다. 우리 둘 다 걷는 게 좋아서 산책길을 따라 걸었다. 배오는 포와로와 미스 마플이 등장하는 추리 소설을 좋아했고 나는 우울한 탐정이나 이혼한 경감이 등장하는 이야기를 즐겼다.

그 시절 나는 순경, 배오는 사립 탐정이었다. 순경과 사립 탐정이 연애를 하면 기가 막히게 잘 어울리지 않느냐고 사람들에게 자주 묻고 다녔다. 수사본부 선배들은 순찰반에서 사립 탐정하고 연애하는 사람이 누군지 빨리 말하라고 옆구리를 꼬집었다. 그러면 나는 얌전히 탕비실에서 나와 며칠 조용히 지냈다. 배오가 여자 친구와 헤어지고 두 달이 지나서 내가 배오에게 좋아한다고 말했다. 배오는 어색하게 왜 이러냐면서 만두에 냉면을 올렸다. 그 이후로도 우리는 만났고 영화를 보고 냉면을 먹고 만두도 시켰다. 해가 바뀌고 봄이 올 즈음에 배오가 로스쿨에 가겠다며 공부를 시작했다.

"그나마 옷에다 토해서 장 선배가 살려줬지. 사표 쓸 뻔했어."

나는 얼음이 뜬 육수부터 들이켰다. 수사본부에서 1년에 두 번씩 감정관리능력 평가를 받는다. 이 평가를 통과해야 현장 수사관으로 활동하는 진급시험에 응시할 수 있다. 사건 현장에서 변사체를 보자마자 구토하는 경찰은 감정관리능력 점수로 0점을 받아도 따질 수가 없다.

"요즘이 어떤 세상이냐? 더블한테 인권이 있네 마네 하는 시절이라고. 속 좀 안 좋아서 토했다고 해고하면 거기 남을 사람이 있겠니? 아일이 오늘따라 왜 이리 예민하지?"

"네 일 아니니까 막 쉽지? 마지막에 한 말은 가스라이팅이야. 반성하는 뜻으로 수첩에 오늘 날짜에다 줄 긋고 잘못했다고 써."

"공기관에서 사람 쉽게 못 자른다. 내가 변호할 텐데 잘리면 또 어때. 뭐가 문제야?"

"너는 '못 자른다'랑 '변호한다'가 한 문장에 담기니?"

"걱정하지 말라는 소리잖아."

배오가 냉면을 감은 만두를 입에 넣으면서 말했다.

감정관리 실패자로 낙인이 찍히면 나도 아버지처럼 그렇게 될까? 직장에서 쫓겨나고 경력에 맞지 않는 공공 일자리를 떠돌며 자존심을 다치고 공장 생산직 면접에서 떨어져 난동을 부리다가 집에 돌아와 살았던 날들을 모두 부정해버린 아버지처럼.

아버지는 옛날이 좋았다고 자주 이야기했다. 예전에 사람들은 좋고 싫은 감정을 날 것 그대로 드러냈다. 법의 판단에 불만을 품으면 사적으로 복수를 하던 시절이었다. 아버지는 소년이었을 때 길에서 만났던 20대 청년들을 우상으로 삼았다. 십여 명의 청년들이 각목과 사제폭탄을 들고 차도로 뛰쳐나와서 그들의 친구가 받은 판결이 부당하다고 외쳤다. 같은 무리에 속한 청년 몇 명이 그들의 시위를 카메라로 촬영했다. 주위에서 구경하던 아버지와 다른 사람들에게 블루투스로 실시간 방송 링크가 전송되었다. 청년들은 카메라로 촬영한 시위 현장을 인터넷 플랫폼에 올렸고 영상 링크를 사방에 뿌렸다. 동시 접속자가 6천 명이 넘었고 후원금도 엄청나게 많았다.

사람들이 생맥주 거품처럼 흘러넘치는 감정을 밑천 삼아 돈을 벌던 그때, 오른손에 '내 기분을 존중하라'는 피켓을 들고 왼손에 방해자를 응징할 도구를 들었으니 그 세대가 맞닥뜨린 결과는 뻔했다. 모두 폭력이 내 집 문도 빼놓지 않으리라는 사실을 깨달았다. 정부가 개인의 감정을 관리하라는 목소리가 들렸지만 누구도 그런 과격한 상상력을 심각하게 받아들이지 않았다. 극우정당인 야동당이 집권하면서 놀랍게도 그 주장에 힘이 실렸다.

정부는 전국의 각 동마다 행정복지회관 옆에 감정관리센터를 세웠다. 또 모든 국민이 1년에 한 번씩 심리평가를 받도록 행정명령을 내렸다. 감정관리센터에 간 주민들은 5,000개의 문항이 실린 심리 평가지를 받았다. 문항에 답을 쓰고 나서 노르에피네프린과 도파민, 세로토닌 같은 신경전달물질이 제대로 기능하는지 확인하는 뇌파 검사와 약물 검사를 받았다. 국가 감정관리위원회는 검사 결과에 드러난 감정 조절 능력과 충동성의 정도에 따라 개인에게 감정 훈련과 상담 치료를 명령했다.

"그 프로파일러는 왜 자기가 현장에 안 오고 더블을 보냈대? 출근하기 싫으면 애초에 복귀 신청을 말아야지."

배오는 자기네 회사가 변호를 맡았던 사건에서 증인으로 법정에 나왔던 프로파일러 최시림을 알면서 꼭 모르는 사람 말하듯 이름을 건너뛰었다. 배오에게 연 선생의 문자를 보여주면 어떨까.

"무슨 생각해? 내 말 들었어?"

배오가 얼굴을 내 코앞까지 들이밀었다. 나는 움찔해서 몸을 뒤로 뺐다.

"오랜만에 출근하려니까 긴장이 됐나 봐. 그럴 때 있잖아."

배오는 최시림이 별나다며 입을 삐죽거렸다.

"아일아, 이번에 잘하면 강력반으로 옮길지도 모르잖아. 현장

수사관 되고 싶다고 얼마나 네가 바랐냐. 진짜로 그날이 오는 거야?"

배오의 핸드폰이 울렸다. 배오는 전화기를 슬쩍 보기만 하고 받지 않았다. 얘는 전화가 오면 신호가 두 번 울리게 두지 않는다. 대부분 배오의 회사에서 온 전화였다. 이제 사무실에 들어간다고 일어날 만한데 미적거렸다.

"육교 건너에서 공사했잖아. 거기 이제 공원이래. 갈래?"

"사무실에 안 가?"

내가 영수증을 집으면서 말했다.

"왜 안 가. 가지."

배오가 내 손에서 영수증을 낚아채며 대꾸했다.

"너희 고객은 보석허가 나자마자 바로 현금 납부했다며?"

계산대로 가는 배오를 쫓아가면서 내가 물었다.

"그 집은 보석금이 20억이든 30억이든 상관없으니까."

배오가 다니는 대형 로펌에서 더블 살인사건을 맡았다. 지난 일주일 동안 매일 미디어에 머리기사로 나오는 사건이었다. 배오네 회사는 피의자를 변호했고 신입인 배오는 사건을 맡은 파트너 변호사를 보조하느라 피의자 진술을 녹취했다.

"걔는 더블이 범인이라고 우기면 자기는 빠져나간다고 진짜 믿니?"

"묘하게…."

배오가 뜸을 들였다. 자기가 한 말처럼 묘한 표정을 지었다.

"그 주장이 법정에서 판사들한테 통하는 것 같아."

"통해?"

내 목소리가 너무 커서 사람들이 냉면을 먹다 말고 우리 쪽을 쳐다보았다. 판사들이 그런 헛소리를 들어줬다니까 기가 막혔다.

우리는 식당에서 나와 무지개 모양 육교로 올라갔다. 백열등이 다리 난간에 촘촘히 박혀서 육교가 무대처럼 환했다. 육교를 건너 계단을 내려오니까 논현 호수공원 정문 앞이었다. 공원 안은 어둑했다. 사람들이 인공 호수를 빙 두른 산책로로 들어갔다. 우리는 가문비나무가 늘어선 길을 걸었다. 이 길에는 배오와 나뿐이지만 호수 건너편에는 자전거를 타거나 강아지와 걷거나 혼자 걷는 사람들이 많았다. 하늘에 파란빛이 아직 남아서 호수 건너에 사람들이 파란 바탕에 등장하는 그림자극의 인형처럼 보였다. 배오와 나는 나무 의자로 갔다. 우리는 밤의 정취속에서 사람들의 그림자가 점점 짙어지는 호수 건너를 바라보았다.

"나도 처음에는 아드님이 거짓말을 한다고 생각했어."

"아드님?"

신경질이 나서 내 고음이 미끄러졌다. 살인자에게 꼬박 존칭을 붙이는 류배오여. 배오는 구박 당하는 자의 난처한 기분 따위 알 바 아닌지 당당했다.

"평소에 이 새끼 저 새끼 했더니 입에 붙었나 봐. 저번에 회의하다가 '일단 이 새끼를 보석으로 빼자'고 의견을 냈지. 어르신들 표정이 끙 앓는 얼굴이고, 선배들은 화장실 간다면서 나가는 거야. 우리 대표님도 비서한테 전화 온 거 있느냐면서 일어나고.

나는 내가 무슨 말을 한지 몰랐잖아. 회의실에 있다가 이사님하고 둘만 남았다니까. 우리 팀장이 의리가 있어. 나가기 전에 이사님 앞에 있던 꽃병을 들면서, 뭐라더라? 물 갈아온다나. 꽃도 없는데! 이사님이 대표였을 때 손에 닿는 아무거나 집어 던져서 여러 사람 머리통이 깨졌대."

"너는 지금 걔가 말한 대로 곧이곧대로 믿니? 그러면 네 속이 좀 편해?"

"더블을 실행하고 나서 캡슐에 안 들어간 건 사실 같아."

배오가 진지하게 나를 바라보면서 그동안 고민했던 생각을 털어놓았다.

"더블을 피해자한테 보냈고? 걔는 그 시간에 방에서 게임을 했고?"

내가 나무 의자에서 벌떡 일어났다.

"이거 배신이지."

내가 배오를 노려보면서 말했다.

"배신 아니야."

배오가 내 팔을 잡으면서 말했다.

"아니긴!"

"너는 왜 사람 말을 끝까지 안 듣냐?"

배오가 잡아당기는 바람에 나는 의자에 털썩 주저앉았다.

"아일아, 더블오류라고 알아?"

5

"그 동네에 약 좋아하는 애들이 많잖아. 약 때문에 생긴 환각을 착각했겠지."

배오가 들려준 소문은 너무 끔찍했다. 배오도 직접 본 게 아니니까 부자 동네에 떠도는 풍문일지도 모른다.

"나도 못 봤지만 더블오류가 실제라고 믿을 만한 증거가 몇 개 있어."

"그걸 왜 이제 얘기해?"

내가 배오 옆에 바싹 붙었다.

"그동안 회의를 해야 하면 우리가 이사님 집에 가거나 걔가 사무실로 나왔어. 새벽에 자서 늦게 일어났다고 영상 통화로 회의하자고 하면 그럴 때도 있었고. 그런데 얘가 사흘 전부터는 전화만 받아."

"그게 증거라고?"

"변했나 봐."

"걔가 아니라 네가 변했지."

"사흘 전부터 얘가 얼굴을 숨긴다니까. 영상 통화를 걸면 바로 끊겨. 집에 가면 무조건 없대. 아니면 잔대. 전화를 하면 전화는 받는다니까."

"스무 살짜리가 늦게 일어나서 약속 바꾸는 게 뭐가 이상해? 이랬다저랬다 왔다 갔다 하는 게 정상이지. 그걸 증거랍시고 네가 이렇게 진지하면 안 되잖니."

"더블오류는 더블을 실행하고 캡슐에 들어가지 않은 사람한테 생긴다며? 그 새끼 말대로 자기는 캡슐에 안 들어갔어! 지금 걔도 그 오류 때문에 문제가 생겼다고."

배오와 내가 동시에 고개를 돌려 서로를 바라보았다. 배오의 까맣고 동그란 눈동자 안에 내 얼굴이 들었다. 우리의 머리 위로 가로등이 켜졌다. 불그스름한 빛이 우리가 앉은 의자와 의자 뒤에 갈대숲을 비췄다. 주위가 환해지니 배오의 얼굴이 뚜렷하게 보였다. 반듯한 이마에서 코끝까지 곧게 이어지는 선과 오뚝한 콧날 아래 적당히 도톰한 입술. 그의 얼굴이 너무 가까웠다. 어둑한 갈대숲을 등지고 앉아 떠들 때는 옆에 배오가 돌하르방이나 마찬가지라서 거리낄 게 없었다. 이제 가까이 앉은 배오가 좀 거슬렸다.

배오와 나는 다시 호수로 고개를 돌렸다. 앞을 보면서도 배오의 손가락이 이마에 흘러내린 머리카락을 쓸어 넘기거나 코끝을 문지르는 게 시야에 다 들어왔다. 목이 간질간질하고 자꾸 입 안에 침이 고였다. 가로등 불빛을 치워버리고 싶었다.

"걔 말을 반대로 생각하면, 더블이 게임을 했고 자기가 피해자를 만났거나."

"내 말이 그거지!"

내가 벌떡 일어나 배오의 등짝을 손바닥으로 찰싹 쳤다.

배오가 팔을 뒤로 넘겨 내가 때린 자리를 문지르면서 칭얼거렸다. 배오의 얼굴이 밤의 공기 위에 파스텔로 그린 그림처럼 아련했다. 내 마음에 굳은 망울들이 달군 팬에 오른 버터처럼 살살 녹았다.

"얘가 피해자를 살해하는 동안 더블이 알리바이를 만들었어. 더블이든 개든 피해자가 사망한 시각에 게임에 접속한 기록이 있어."

배오가 손가락으로 턱을 만지작거렸다.

"죽은 여자가 그 집 가장이라잖아. 학교 다니면서 알바해서 모친하고 동생을 부양했대. 그 새끼가 감옥에 900년 동안 갇혀도 피해자나 가족들 맺힌 한이 풀리겠니."

나는 슬그머니 의자에 앉았다. 달뜨고 설레던 마음은 살해된 여자들을 생각하면서 찬찬히 가라앉았다.

"정말 얘한테 더블오류가 나타났다면 우리 쪽 주장이 타당성을 얻는 거야."

"그 주장의 반대가 진실이라니까. 방금 너도 그렇게 말했잖아!"

"본인 말로는 피해자가 먼저 만나자고 했대. 자기는 피해자를 만나기 싫어서 더블을 실행했다는 거야. 설정 옵션에서 성격을 좀 강하고 거칠게 했다더라. 얘가 오히려 나한테 더블이 사람도 죽이느냐고 묻던데?"

"아무리 성격 설정을 바꿔도 더블은 개 유전자 손바닥 안이라고. 본바탕이 바뀌겠니? 더블 단독으로 원인간이 의도하지 않은 일을 실행하지 못해."

"그러니까 오류지."

배오의 말투가 단호했다.

"속지 마. 걔 연기하는 거야. 연극영화과 다니는 애잖아."

"이사님은 설정 문제로 밀고 간대. 어제는 어디 감히 자기 아들을 감옥에 보낼 생각을 하느냐면서 소리를 얼마나 질렀는지 몰라. 설정을 바꿔서 더블이 난폭해졌으니까 더블제작센터도 고소하자더라. 물타기 하자는 거지."

"너희가 더블이랑 원인간이 같은 시간에 활동하면 서로 다른 존재라고 주장했잖아."

"처음에 그랬지. 다음 재판에서 우리가 설정 문제를 들이밀면 아마 재판부는 더 골치 아플걸. 이 시점에 피의자한테 더블오류가 나타난다면? 이게 바로 피의자가 주장한 내용을 확증하는 증거잖아. 우리가 완전히 승기 잡는 거지."

나는 천천히 일어나서 배오를 지그시 내려다보았다.

"나 간다."

"어디?"

"집에."

내가 의자 뒤로 돌아가면서 중얼거렸다.

"배신 맞다고."

"아니라고! 너는 나를 뭐로 보냐?"

나는 갈대숲을 지나 출구로 이어지는 지름길로 들어가다 말고 멈췄다. 배오가 당장 쫓아오지 않고 앉아서 입으로만 꿍얼대는 게 괘씸했다.

"너는 더블이 살인을 할 수 있다고 생각해?"

내가 갈대숲 사이에 서서 등 뒤에 배오에게 말했다. 한참 아무 대답이 없어서 뒤를 돌아보았다.

"왜 말 못 해?"

"모르겠어, 나도."

배오가 고개를 땅으로 떨어뜨렸다.

"외형이 똑같아도 더블은 의식을 가진 인간이 아니란 말이야."

"아일아."

"절대 더블 스스로 살인을 결정하고 실행하지 못해"

"아일아, 내가 아까부터 이 얘기를 할까 말까 많이 고민했어."

"너 지금까지 너 하고 싶은 얘기 다 했잖아."

"네가 그 상담 선생님 때문에 충격이 컸을 거야."

배오가 일어나서 의자를 돌아 내게 다가왔다.

"그 얘기하고 우리 대화하고 무슨 상관이야!"

"거기 가기 전에 네가 어땠는지 기억해? 항상 불안하고 긴장했어. 표정도 어둡고 얼굴이 너무 시커메서 나는 네가 간이 안 좋은 줄 알았다니까. 석 달 전부터야. 상담을 시작하면서부터 확실히 네가 달라졌단 말이야."

나의 간은 무척 튼튼하지만 배오의 얘기가 길어질수록 점점 얼굴이 시커메졌다.

"그렇게 돌아가신 분을 생각하면 가슴 아프고 얼른 범인을 잡아야지. 그분 덕분에 네가 안정을 찾았으니까 얼마나 고마운 분이야. 그렇지만 너는 계속 살아야 하잖아. 나는 네가 더 걱정돼. 오늘 널 보니까 이대로 두면 다시 예전으로 돌아갈 것 같아."

애가 새삼스럽게 내 정신 건강을 왜 이리 챙기는지 모르겠다.

"아일아, 너도 더블을 만들자. 힘들 때 더블을 대신 보내면 되잖아. 그 프로파일러도 그랬다면서?"

아까부터 공원의 밤공기에서 풍기는 향과 다른 냄새가 코끝에 감돌았다. 나는 코를 킁킁거리면서 공기에 숨은 독특한 냄새를 찾았다. 자꾸 코를 벌렁대니까 배오가 지금 뭐 하느냐고 물었다. 나는 배오의 팔뚝을 잡아서 내 얼굴 앞으로 가져왔다. 양손으로 팔을 잡고서 냄새를 맡았다. 바로 이 냄새다. 배오의 살결에서 풍기는 따뜻한 냄새, 껍질 안을 가득 채우는 속처럼 든든한 냄새가 아까부터 콧속을 간질였다.

나를 위해 더블을 만들자고 열렬히 토로하는 배오의 얼굴에서 환한 빛이 퍼졌다. 왠지 들뜬 배오는 비밀의 말을 속에 꽁꽁 감췄어도 기쁨에 겨워 온몸에서 풍기는 감정은 숨기지 못했다. 상대를 보살피는 배오의 다정한 마음과 입술 안에 감춘 말을 꺼내고 싶은 안타까운 눈빛이 찬란했다. 바라보아도 보고 싶고 곧 헤어질 시간이 애달파, 아니 잠깐 잠깐만. 지금 배오 앞에 있는 사람은 나잖아. 설마 배오가 나하고 사랑에 빠졌어?

이거 진짜 큰일 났다. 배오는 모른다. 지난 석 달 동안 류배오가 만난 조아일은 내가 아닌데. 배오를 속이려고 숨긴 게 아니다. 배오가 꼭 믿어주면 좋겠다. 배오가 사실을 알면 내 감정관리 능력이 못 미더워 나를 꺼릴까 봐 솔직히 겁이 났다. 그래서 6개월 전에 휴직을 선택한 진짜 이유도 감췄다.

그날은 야간 근무 2주를 마치고 주간 근무를 시작한 날이었다. 저녁 7시에 퇴근을 하려고 수사대 출입문으로 나왔다. 하늘에서 진눈깨비가 날렸다. 마침 야간 순찰조의 순찰차가 출입문 계단 앞에 대기하고 있었다. 포슬한 눈송이가 빗줄기로 변해 내리기 시작했다. 우산도 없이 큰길까지 가려니 엄두가 나지 않았다. 나는 버스 정류장까지만 타자면서 순찰차 뒷문을 열었다.

조수석에 앉은 야간조 순경은 다급하게 경찰을 찾는 어린아이의 전화를 받았다. 아이가 빨리 자기 집에 오라고 하자마자 전화가 끊겼다. 순경이 핸들 옆에 탑재된 컴퓨터의 모니터를 공중에 띄웠다. 차량의 앞 유리창과 순경의 얼굴 사이에 투명 디스플레이가 나타났다. 투명한 모니터에 수사대의 통신기기 분석 센터 창이 뜨자 순경은 센터로 들어가서 방금 통화가 끊어진 번호의 위치를 찾았다.

나는 아이의 집까지 따라갔다. 무장한 야간조 순경 둘이 3층 빌라의 지하로 먼저 내려갔다. 거실에는 일곱 살 남짓한 남자아이가 복부를 칼에 찔려서 쓰러졌고 아이의 엄마로 보이는 여자는 머리에 비닐봉지가 씌워져서 아이 옆에 엎드려 있었다. 긴급 전화를 받았던 순경이 아이의 입에 입을 맞대고 숨을 불어넣었다. 나는 핸드폰으로 구급차를 부르고 수사대에 사건을 보고하고 나서 안방 문을 여는 순경의 뒤에 섰다.

사람의 두 다리가 눈앞에서 덜렁덜렁 흔들렸다. 아이의 아빠는 천장에 난 다락문의 문고리에 끈을 매달아 그 줄에 목을 맸다. 이런 참극을 저지른 아이 아빠의 가랑이에서 오줌이 흘러내렸다. 감색 양복바지에 번진 오줌은 회색 양말을 신은 발등에 고였다가 방바닥으로 떨어졌다. 바닥에 펼쳐진 동화책에 아이

들이 새를 타고 하늘을 나는 삽화가 오줌에 젖어서 쭈그러졌다. 위산이 식도로 올라오면서 구토가 쏟아졌다. 사방으로 토사물이 날아갔다. 토한 나도 옆에 선 순경도 내가 저지른 짓이 너무 황당해서 얼이 빠졌다.

선배들은 나를 '오조'라고 불렀다. '오줌 덮은 조'라는 뜻이었다. 나는 가라앉는 배에서 물이 정수리까지 차길 기다렸다가 죽느니 힘닿는 곳까지 헤엄이라도 쳐보자고 결심했다. 내가 먼저 국가트라우마 심리상담센터에서 감정관리 치료를 받으면 인사심의위원회가 내 감정관리 등급을 낮추기 전에 한 번 더 생각할 것이다. 감정관리 등급을 유지해야 현장 수사관 진급 시험에 응시할 수 있다. 나는 수사에 참여해서 사건의 실체를 끝까지 쫓고 싶었다.

"팔 잘라줘?"

배오가 내 손에 꽉 잡힌 팔을 빼면서 웃었다.

"아일아, 혹시 네 동생 클론 때문에 더블이 싫으니? 더블은 클론하고 다르잖아."

"그래. 더블은 클론하고 다르지."

나는 발등을 내려다봤다. 배오가 나처럼 몸을 아래로 숙였다.

"얼굴 좀 보면서 얘기하자."

오른쪽 귓가에서 배오의 입술이 속삭였다.

나는 벌떡 상체를 일으켜서 허리를 꼿꼿이 세웠다. 배오는 뭐가 그리 느긋한지 발레리노처럼 우아하게 몸을 들었다.

"그때 클론이 죽지 않았으면 네 동생이 죽었어. 너도 잘 알잖아."

"알지. 그걸 인정하지 않는 게 비겁한 것도 알아."

내가 초등학교 3학년 때 동생이 태어났다. 동생은 엄마 배 속에서 이미 골수이식형성증후군이라는 병명을 얻었다. 엄마가 동생을 6개월 동안 품었을 무렵에 의사가 낙태를 하든가 장기를 이식할 클론을 준비하라고 권유했다.

엄마가 서른 살, 내 나이였을 때 클론 장기이식 법률안이 통과됐다. 25년 전에 클론이 법으로 허용되자 부자들은 미래에 혹시 아이에게 생길 질병을 치료하기 위해 임신을 하면 바로 클론을 만들었다. 동물보호단체에서 일했던 엄마는 동료들과 법원 앞으로 가서 "클론 반대. 살인을 멈춰라!"라고 외쳤다. 아버지는 낙태가 죄악이라고 치를 떨면서 어떻게 유전자 복제를 선뜻 받아들였을까? 운명은 '아무 선택도 하지 못한 시간'이 결정했다. 지금처럼 인공난자를 구입할 수 없던 시절이어서 아버지는 대리모를 구했다. 동생의 배아줄기세포를 복제해서 아버지와 계약한 대리모의 자궁에 이식했다. 아버지는 동생의 클론이 태어나자마자 아기를 영국의 클론 공동체로 보냈다. 클론은 만 5세가 지나면 법적으로 장기와 세포 이식이 가능했다. 동생의 클론은 다섯 살에 이곳으로 돌아왔다.

엄마와 나는 동생이 이식 수술을 받기 위해 입원했을 때 같은 병동에 입원한 클론을 만났다. 아버지와 같이 병원에 가면 동생을 만나고 바로 집에 왔지만 엄마는 동생의 병실에서 나오면 내 손을 꼭 잡고 클론이 있는 병동 3층의 병실로 갔다.

동생이 5년 동안 준비하고 기다린 조혈모세포 이식수술은 결과가 좋았다. 아버지가 기뻐했다. 동생의 클론은 수술을 마치고 나서 깨어나지 못했다. 엄마는 그 아이의 생명유지 장치가 꺼지자 울음을 터뜨렸다. 조용한 병실에서 엄마가 서럽게 우니까 아버지와 의사는 얼굴이 벌게져서 어쩔 줄 몰랐다. 내가 중학교 3학년을 맞은 해의 봄이었다.

대학을 졸업하고 아버지 모르게 경찰공무원 임용 시험을 치르려고 새벽에 일어나서 공부를 했다. 여름이었던가. 방문이 열리더니 아버지가 문 사이로 고개를 내밀었다. 그날은 경찰학 개론이나 형법이 아니라 영어기출문제 강의를 보고 있어서 아버지에게 들킬 게 없었다. 개 기억해? 나는 기출문제 정답을 해설하는 강사에게서 눈을 떼지 않았다. 개 가고부터 네 엄마가 밖으로 나돌았지? 어제 자려다가 그게 떠올랐어. 아무리 생각해도 그랬지 싶은데. 모르겠어요. 나는 다음 기출문제를 풀면서 대답했다. 아버지의 장례식에 어머니는 오지 않았다. 사람이 죽어도 끝나지 않는 일이 있다.

연 선생은 내게 더블을 권했다. 우리는 삶이 고통스러워서 자살하거나 스스로 인생을 망치지 않아도 된다. 연 선생이 그렇게 말했다. 더블이 있다면.

6

북악산 산책로를 달리는 여자는 연 선생이었다. 폐쇄회로 티브이를 확대하니까 숨이 가빠서 점점 걸음이 느려지는 연 선생 얼굴이 뚜렷했다. 헉헉 숨을 내쉬면서 걸어오는 그의 흉곽이 들 썩들썩했다. 연 선생은 전봇대 앞에 멈춰서 손목에 찬 워치폰을 한참 들여다봤다. 지나가는 차가 경적을 울리자 화들짝 떨면서 얼굴을 들었다. 많이 놀랐는지 손바닥으로 가슴을 쓸어내리면서 인도로 올라가 담쟁이덩굴이 뒤덮인 철제울타리 앞에 섰다. 울 타리는 높이가 6미터로 2층 건물만 했다. 성벽처럼 우뚝 선 철제 울타리는 차도 건너 북악산 바위 절벽을 마주했다.

연 선생이 울타리로 팔을 뻗다가 사라졌다. 담쟁이덩굴이 줄 기를 뻗어서 연 선생을 휘감아 끌고 가기라도 한 듯 사람이 화 면에서 감쪽같이 없어졌다.

"이 철조망에 북악산 산책로에서 15지구로 통하는 문이 있습 니다. 담쟁이덩굴에 덮여서 잘 안 보이지만 자세히 보면 녹색 손잡이가 달렸어요. 동네 주민들은 덩굴 문으로 나가면 버스정 류장이 가까워서 여기로 자주 드나든답니다."

강 형사가 연 선생이 사라진 순간 화면이 멈춘 스크린을 등지 고 섰다. 나는 증거 분석실에 들렀다 오느라 회의에 늦어서 그 동안 어떤 얘기가 오갔는지 몰랐다. 강 형사가 스크린을 돌아보 면서 손짓을 하자 0802구역을 확대한 지도가 나타났다. 담쟁이 덩굴부터 셸병원까지 사선이 그어졌다.

"피해자가 북악산 산책로에서 덩굴 문으로 들어간 시각이 사 건 당일 08시 50분입니다. 문에서 계단을 내려와 병원까지 걸 어서 10분 안에 도착합니다. 목격자 조아일 경사가 피해자를 상담실에서 발견한 시각이 09시 50분. 피해자는 병원을 중심으로 반경 2킬로미터 이내의 장소에서 가해자와 만났거나 가해자가 병원 내부에서 피해자를 기다렸다고 추정됩니다. 덩굴 문 입구에 설치된 폐쇄회로 티브이가 현재 시설 노후로 인해 교체 공사 중이라 08시 50분 이후 피해자 동선을 확보하지 못했습니다."

강 형사가 브리핑을 마치면서 스크린에서 비켜섰다. 강 형사 옆에서 뒷짐을 지고 기다리던 손 형사가 앞으로 나섰다.

"사건 당일 병원 본관의 뒷문과 본관에서 상담센터로 통하는 지하 출입구는 열리지 않았습니다. 출구 개폐 기록 데이터가 블록체인 방식이어서 누가 기록을 변경하면 그대로 증거가 남습니다. 현재로선 병원 측이 제공한 자료에서 특이사항은 없습니다."

"들어간 흔적은 없고 들어간 사람은 있고…."

방수지 대장이 볼펜으로 자기 이마를 콕콕 찍었다.

"말씀드릴 게 있습니다."

내가 손을 번쩍 들고 대장을 쳐다보았다.

"제가 마무리하겠습니다."

강 형사가 나섰다.

"강 형사 말부터 먼저 들읍시다."

방 대장이 강 형사에게 시작하라고 신호를 보냈다.

나는 팔짱을 끼고서 아랫입술을 잘근잘근 씹으면서 강 형사를 노려보았다. 강 형사가 무슨 말을 할지 다리를 달달 떨면서 기다렸다.

"아직 피해자의 핸드폰은 찾지 못했지만, 통신사에서 피해자의 통화 기록을 확인했습니다. 사건 당일 피해자 사망 추정 시각 12분 전에, 문자가 하나 왔는데….”

강 형사의 눈빛이 사나웠다. 강 형사는 눈썹이 짙고 눈두덩이 움푹 들어가서 눈에 힘을 주어 매섭게 쳐다보면 누구든 움찔했다. 내가 다시 손을 들었다.

“제가 얘기하려던 게 바로 그겁니다.”

“피해자에게 수신된 문자는….”

강 형사가 또 나보다 앞섰다.

“조아일 경사의 핸드폰에서 발신됐습니다.”

수사관들이 회의실 맨 뒤에서 손을 번쩍 든 나를 돌아보았다. 장완은 엉덩이를 들썩들썩하면서 나와 강 형사를 번갈아 보며 얼굴빛이 붉으락푸르락 달아올랐다.

“설명할래?”

방 대장이 셔츠 앞주머니에 볼펜을 넣으면서 내게 물었다.

“제가 금요일 오전에 상담실에 핸드폰을 두고 왔습니다. 친구한테 연락해야 하는데 번호를 몰라서 연 선생님께 전화를 했어요. 연 선생님이 제 핸드폰에서 연락처를 보려면 비밀번호를 알아야 하니까 제가 알려줬죠.”

“그래서? 그래서 왜 네가 피해자 사망 시각에 그 양반한테 문자를 보냈냐니까?”

장완이 끝까지 얘기를 안 듣고 끼어들었다.

“저 아니라니까요. 피해자 핸드폰으로 문자를 보낸 사람은 피해자 본인입니다.”

수사관들이 어리둥절해서 옆에 사람을 쳐다보았다. 회의실이 술렁이기 시작했다.

"숫자로 892입니다."

누구보다 침착한 강 형사가 덧붙였다.

"팔구이?"

방 대장은 스크린 앞으로 가서 마이크가 놓인 단상 옆에 섰다.

"무슨 뜻이야?"

장완이 나를 다그쳤다.

"저도 모릅니다."

연 선생은 왜 892라는 숫자를 자신의 핸드폰에 보냈을까? 벽에 등을 기대고 구부정하게 섰던 손 형사가 손바닥으로 뒷목을 쓸면서 단상 옆으로 나왔다.

"스탠드 조명등에서 발견된 지문이….."

손 형사가 옆구리에 끼고 있던 지문 결과 보고서를 방 대장에게 건넸다.

"뭐가 문제지?"

방 대장이 문서를 펼치면서 손 형사에게 물었다.

"워낙 많은 사람이 드나드는 공간이라 사실 지문으로 알아낼 게 있을까 싶었습니다. 이 지문은 상담실에서 채취한 지문들 중 비교적 최근 지문으로 대상을 공격하기 위해 자세를 취한 사람의 것입니다."

"누군데?"

언제나 침착함을 잃지 않는 방 대장이 손 형사가 준 보고서를 넘기다 말고 말을 잇지 못했다.

"그건!"

내가 벌떡 일어섰다. 이대로 두고볼 수만은 없었다. 누가 봐도 명백한 지금 상황이 진실로 굳어지기 전에 해명해야 했다.

"책상 안쪽에 칸막이가 있었어요. 거기 누가 숨었을까 봐 손에 닿는 아무거나 잡은 겁니다. 그게 그 길쭉한 조명등이었어요."

"혈흔이 검출된 족적흔도 문제입니다."

강 형사가 눈에 힘을 꽉 주고 나를 미심쩍게 쳐다보았다.

"제가 너무 놀라서 연 선생님께 다가갔다가 그만…."

현장에서 발견된 피해자의 혈흔이 묻은 족적흔은 내 신발이 유일했다. 창밖을 확인하려고 창문을 여는 바람에 창틀에 남은 지문도 문제가 되었다. 수사관들은 정신이 번쩍 들었다. 지금까지 작년에 '오조'로 불렀던 나를 올해 뭐라고 부를까 떠들면서 흘려듣다가 이제부터 어떤 상황을 진지하게 고려하기 시작했다. 방수지 대장은 속내를 얼굴에 드러내진 않았지만 손 형사의 보고를 듣기 전에 비해 낯빛이 어두웠다.

"강 형사는 범행도구 수색조랑 같이 병원 인근 차량 소유자들 찾아가. 블랙박스만 믿지 말고 직접 만나서 사건 당일 아침에 대해서 물어봐. 오후에 피해자 추모식이 열리니까 갈 수 있는 사람은 다 가세요. 식이 끝나면 손 형사가 약혼자 찾아서 데려오고. 끝."

나는 추모식이 열리는 공원으로 가기 전에 화장장으로 갔다. 연 선생의 가족들이 유족 관망실에서 순서를 기다리고 있었다.

어머니는 화장로가 보이는 투명한 유리창에 머리를 기대고서 목이 메게 흐느꼈다. 유리창 너머에서 가마의 문이 닫혔다. 옆 방에서 여럿이 동시에 울음을 터뜨렸다. 통곡이 벽을 타고 들어와서 연 선생을 기다리는 가족들의 가슴을 쳤다. 가마의 문이 다시 열리자 관이 들어갔던 자리에 유골과 재만 남았다.

전광판에 고인의 이름이 떠올랐다. 허리가 한참 굽은 할머니가 유리창으로 다가가서 손녀를 어루만지듯 창을 쓰다듬었다. 연 선생이 잠든 관이 가마 안으로 들어갔다.

나는 눈물범벅이 된 얼굴을 손등으로 닦으면서 콧물을 삼켰다. 조용히 뒷걸음질로 나가서 뒤로 돌자마자 웬 남자와 부딪칠 뻔했다. 검은 상복을 입은 가슴이 앞을 가려서 얼른 옆으로 비켰다. 연 선생의 약혼자 주승후였다. 한 달 전에 상담센터 앞에 카페에서 연 선생과 주승후를 보았다. 둘을 못 본 척 나가는 나를 연 선생이 불러서 우리는 같이 차를 마셨다. 주승후는 얼마나 울었는지 눈이 통통 부었고 얼굴이 부석했다. 눈물이 그렁그렁한 그의 눈동자는 유리창 너머에 머물러서 내 이마가 자기 가슴에 닿은 것도 몰랐다.

소나기가 내려서 주차장 바닥에 물색이 진했다. 주차장을 가로질러서 화장장 셔틀버스가 서는 정류장으로 가다가 누가 날 부르는 소리를 들었다. 장완이 주차장 모퉁이에서 손을 흔들었다.

"언제 오셨대요?"

"관망실에서 네 뒤에 있었어."

장완은 주차장의 태양광 충전창 아래 있는 검정 승용차를 가리켰다.

"타."

장완이 차 문을 열다 말고 화장장 건물을 쳐다보았다. 나는 조수석에서 안전띠를 매다가 화장장에서 나오는 주승후를 보았다.

"저분 때문에 오셨어요?"

"아닌데."

"나 잡으러 오셨나?"

"너는 앞으로 말이야."

"못 가요!"

내가 버럭 소리를 질렀다.

"깜짝이야. 어딜 못 가?"

장완이 귀가 따갑다며 손가락으로 귓구멍을 마구 긁었다.

"저더러 특수반에서 나가라는 거잖아요."

"죄진 놈이 되레 큰소리치는 꼴을 내가 하루 이틀 본 게 아니다만."

"선배님까지 저를 의심하십니까? 그게 말이 되느냐고요."

"말 안 되지. 말은 안 되지만 정황 증거도 그렇고 상황이 좀 꼬였잖아?"

내가 발로 차 문을 냅다 찼다. 장완은 주승후의 차를 쫓아가려고 운전대를 돌려 반대편 도로로 유턴을 시도했다.

"그 정도로 차서 차가 박살 나겠나?"

내가 씩씩거리면서 콧김을 뿜었다. 장완이 여기가 차 안인지 한증막인지 모르겠다며 창문을 열었다. 창밖에 하늘은 다시 비구름이 몰려와 곧 비를 뿌릴 기세였다.

"상담센터 직원이 네가 피해자한테 소리를 질렀다고 증언했더라."

"제가요?"

곰곰이 기억을 되짚다가 그날이 떠올랐다.

"걸리는 게 있나 보네?"

"소리를 질렀대요? 그 정도는 아닌데요. 궁금하면 녹음 파일을 들어보세요."

"녹음 파일? 그게 뭐야?"

"상담하러 간 첫날에 연 선생님이 녹음해도 되느냐고 물었어요. 상담 과정을 복기하는 용도로 쓴대서 허락했죠."

연 선생은 외부에 공개하지 않는다고 서약서를 쓰고 나서 대화를 녹음했다.

"피해자 컴퓨터에 그런 파일은 없었어."

"제가 알아볼까요?"

"넌 앞으로 단독 행동 금지야. 어딜 가든 뭘 하든 손 형사하고 같이 해."

"아니, 왜요! 진짜 너무하시잖아요."

"넌 892를 찾아. 그게 네가 살 길이다."

외곽도로로 나가자 비가 쏟아졌다. 창턱에 걸친 팔등에 빗발이 들이쳤다. 바람도 시원하고 비가 팔에 닿는 차가운 느낌이 좋았다.

추모공원에 도착하자 비는 그치고 바람이 거세졌다. 시커먼 하늘 아래 야트막한 산들이 웅장한 회색 건물을 감쌌다. 상복이나 어두운색 정장을 입은 사람들이 산 중턱에 있는 높고 거대한 회색의 벽으로 올라가고 있었다. 장완과 나는 주차장에서 언덕으로 올라가는 출구를 찾으려고 두리번거렸다. 주차장을 빙 두른 화단들 사이에 지나갈 만한 곳을 찾자마자 장완을 불렀다. 장완은 막아 놓은 바리케이드를 넘어가려고 철로 된 가로대에 다리를 걸쳤다가 다리에 쥐가 나서 울상을 짓고 있었다. 후문에서 산중턱으로 올라가는 길에 최시림이 나타났다. 내가 장완에게 뒤를 돌아보라고 손짓을 했다.

"상복으로 갈아입고 오셨네요."

나는 후줄근한 회색 잠바와 주름이 자글자글 잡힌 바지를 입은 장완과 여러 번 세탁기에 돌려서 물이 빠진 청바지와 보풀이 날리는 남색 셔츠를 입은 나를 번갈아 훑었다.

"우리 이 꼬락서니로 여기 왔으면 지각은 하지 말자."

장완이 손가락에 침을 묻혀 코끝에 바르면서 말했다.

"최시림 경위님은 어디 내놔도 안 부끄러워요."

"누구는 부끄러운데?"

"없는데요. 그런 거 몰라요."

내가 눈을 껌벅거렸다. 장완은 바리케이드에서 다리를 내리고는 내가 찾은 화단 사이로 바삐 나갔다. 그가 발을 쉴 새 없이 재게 떼며 걷다가 갑자기 멈췄다. 산 중턱에 봉안담으로 올라가는 최시림의 뒷모습을 보면서 입맛을 다셨다.

"저 친구야말로 로만 칼라가 잘 어울리는 사람이지."

"로만 칼라가 왜요? 최 경위님 댁에서 양복점 해요?"

장완이 나를 촉촉한 눈빛으로 바라보았다.

"내가 말 안 해도 알지? 내가 우리 조아일 많이 부끄러워하는 거."

"재밌었으면 빨리 대답해요. 최시림 경위님이 로만 칼라하고 무슨 상관인데요?"

"고등학교 졸업하자마자 신부 되려고 수도원에 들어갔대. 아 버지한테 머리채 잡혀서 집에 끌려왔다더라."

"어쩐지….""

내가 감탄하면서 끄덕거렸다.

"최 경위가 널 특수반에 넣자고 밀어붙였어. 그래서 내가 방 대장님한테 요청했잖아. 잘 좀 하자, 응?"

7

기어이 남자가 도망쳤다. 나도 그랬고 추모공원에 간 수사관 들도 뒤통수를 맞아서 충격이 컸다. 부친이 딸의 유년시절을 담 담히 떠올리며 추모사를 할 때만 해도 추모공원에서 추격전이 벌어질 줄 누구도 몰랐다.

주차장에서 언덕으로 올라갈수록 거대한 봉안담의 위엄에 압 도되었다. 디귿 모양의 벽체 뒤로 같은 모양의 벽체 네 개가 앞 엣것을 포개듯 놓였다. 벽체 높이가 27단이어서 아래에서 위를 올려다보면 끝이 아득히 멀었다.

연 선생 자리는 눈높이와 비슷한 6단이라 추모식에 온 지인들은 연 선생의 안치단 앞에 모였다. 아버지가 추모사를 마치자 어머니가 손에 꼭 쥔 편지를 봉안함 옆으로 넣었다. 추모식 동안 열어두었던 돌문이 닫히면서 연 선생이 학위 수여식에서 찍은 사진이 문 뒤로 사라졌다. 주승후는 하염없이 눈물을 흘리는 어머니와 동생들 곁에 묵묵히 서 있었다. 그는 가족들과 친척들이 봉안담 옆의 별관 휴게실로 자리를 옮겨도 혼자 안치단 앞에 남았다. 나는 돌문에 새긴 고인의 생일과 사망일을 손으로 매만지는 주승후를 가만히 지켜보았다.

식이 끝나도 봉안담 주위가 북적북적했다. 수사관들이 뿔뿔이 흩어져서 아무리 둘러보아도 특수반 사람들이 보이지 않았다. 장완은 주차장으로 내려가는 길목에서 산을 둘러보며 다들 어디 갔느냐고 투덜거렸다.

"저기 있어요."

내가 연 선생의 안치단 앞에서 고개를 떨군 주승후를 가리켰다. 장완이 주승후의 뒷모습을 씁쓸하게 쳐다보았다.

"시간을 좀 주자. 우리는 밑에 내려가서 기다리든가."

나는 장완을 따라 터벅터벅 내려가다가 뒤를 돌아보았다. 키도 큰 사람이 꾸부정하니 웅크리고 선 게 안쓰러웠다. 이러다 나도 눈물이 왈칵 나올까 봐 얼른 고개를 돌리고 한참 앞선 장완을 쫓았다.

묵직한 빗방울이 이마에 툭 떨어졌다. 물을 잔뜩 머금은 시커먼 하늘에서 굵은 비가 우르르 쏟아졌다. 장완은 손바닥으로 비를 가리면서 주차장으로 냅다 뛰었다. 산 중턱에서 추모식을 치르는 동안 잠잠했던 바람이 다시 매섭게 불었다. 봄이면 따뜻한 기운이 살아나는 계절을 뒤흔들려고 바람이 한 번씩 드세게 불었다. 바람은 내 머리칼을 흩트리고 바닥 하수구에 쌓인 낙엽을 들어 올리고 주차장 안내판을 무너뜨렸다. 주위가 초저녁처럼 어둑해지면서 하늘에 불길한 주홍색이 퍼졌다. 한차례 퍼붓던 비가 그치고 가늘디가는 빗줄기가 사방에서 흩날렸다.

"날씨가 갑자기 으스스해요. 커피 빼 올까요?"

내가 조수석 창문으로 하품을 하는 장완에게 물었다.

"올바른 생각이야."

장완이 운전대 앞에 둔 지갑에서 카드를 꺼냈다.

"비싼 거 사줘요. 꼭 이럴 때 돈 꺼내시더라."

"말을 하나 안 듣는 애는 하나만 안 듣는 게 아니고 말만 안 듣는 것도 아니라니까."

"갔다 올게요."

장완이 우산 가져가라고 소리를 쳤다. 화단 너머에 바로 음료수 자판기가 있어서 화단들을 요리조리 피하면 쉽게 건너지 싶었다. 길을 빙 둘러 가기 싫어서 화단을 건너뛰려고 자세를 잡으며 누가 보나 주위를 살폈다.

공원의 분위기가 이상했다. 동풍이 거칠게 불고 하늘이 컴컴해도 조금 전까지 추모공원은 차분하고 조용한 곳이었다. 정적은 깨졌고 긴박한 상황이 거인의 걸음으로 다가오고 있었다. 어수선하고 붕 뜬 기운이 산 중턱에 봉안당부터 주차장으로 퍼졌다. 나는 재빨리 선사시대의 고인들을 본뜬 넓적한 돌의자로 올라가서 발꿈치를 들었다.

별관에서 뛰쳐나오는 사람은 분명 손 형사였다. 건물 안에서 다른 수사관 서너 명이 잇따라 손 형사가 있는 출입구 지붕 아래로 나왔다. 손 형사가 손을 들어 산 아래를 가리켰다. 그 순간 공원 곳곳에서 수사관들 여럿이 한꺼번에 모습을 드러냈다. 줄기와 이파리가 초록색 사탕이 주렁주렁 매달린 모양새로 뻗은 향나무에서 얼굴을 내밀거나, 가을이면 빨간 열매가 열리는 주목나무 뒤에서 나타난 수사관, 소나무의 둥치 아래에서 불쑥 솟은 선글라스. 가로등이나 표지판 뒤에서도 6수사대 특수반 소속 수사관들이 고개를 들었다. 땅 밑에서 두더지랑 어울려 땅이라도 팠는지 여태 숨었다가 한꺼번에 등장한 사람들 모두 한곳을 쳐다보았다.

나는 여러 사람의 시선이 내게 쏠리니까 너무 놀라 다리가 휘청했다. 손 형사가 앞을 가리키자 공원 여기저기 흩어졌던 수사관들이 동시에 돌의자를 향해 움직였다. 사람들이 해일처럼 밀려오니까 뒤로 물러나다가 의자 아래로 넘어질 뻔했다. 간신히 중심을 잡고서 돌의자에서 내려와 주차장으로 뛰었다. 그새 어디로 갔는지 장완의 검은 승용차가 있던 자리가 비었다. 엑스레이 필름처럼 차체 내부가 훤히 드러난 전기차가 주차된 차들 사이를 빠져나가려고 곡예를 피우고 있었다. 주차장으로 들어오는 승합차는 전기차를 피하다가 화단을 들이받았다. 전기차는 정문에 차단기를 들이받으면서 공원 밖으로 나갔다. 질주하는 전기차를 줄지어 쫓아가는 특수반 차량이 바닥에 널브러진 차단기의 가로대를 밟으면서 출구를 통과했다. 노란색과 검정색 띠가 엇갈린 차단봉은 아스팔트에 바짝 달라붙을 정도로 찌그러졌다.

수사관들은 내가 아니라 전기차를 몰고 달아난 사람을 쫓고 있었다. 추격하는 차들의 맨 끄트머리에 장완의 승용차가 따라붙었다. 나는 검은 차를 따라잡으려고 경기에 나간 단거리 주자처럼 달렸다. 심장이 터질까 봐 더 못 쫓아가고 멈춰서 눈으로 욕을 퍼부었다. 너무 숨이 차서 양손으로 허벅지를 짚으면서 헉헉거리는데 손 형사가 옆에 왔다.

"거울로 나 봤으면서 그냥 가는 거 봤죠?"

내가 우리 장 선배 인간성은 어쩜 저리 한결 같으냐고 씩씩거려도 손 형사는 대꾸는 않고 헉헉거리면서 앓는 소리를 냈다. 나는 주승후가 왜 고집불통처럼 달아났는지 궁금했다.

"왜 그래? 왜?"

"도, 도망, 도망을 가잖아."

손 형사가 숨을 몰아쉬면서 겨우 입을 뗐다.

"도망? 수갑부터 채웠구나."

"미쳤어?"

손 형사가 펄쩍 뛰었다.

"증거가 애매한데 어떻게 수갑을 내미냐."

"저분이 융통성이 없는 분이 아니거든요."

"참고인 조사니까 가볍게 같이 가시자 했지. 화장실에 간대.

막을 이유가 있니? 금방 온다더니 저렇게 튀시네?"

"왜죠?"

"네가 아니, 내가 아니."

"점잖은 분이 왜 이랬지?"

우리 둘이 똑같이 고개를 갸웃하며 곤죽이 난 가로대를 쳐다보았다.

"사람 일거리 늘어나게 도망부터 치고 난리야."

손 형사가 못마땅한 말투로 중얼거렸다. 우리는 손 형사의 차가 있는 후문으로 가려고 다시 공원 안으로 들어갔다. 아까 추모식에서 보이지 않던 최시림이 음료수 자판기 옆에 천막에 있었다.

"저기 고인돌 의자 뒤에 자판기 보이죠?"

내가 최시림과 수사대에 들어가겠다고 하자 손 형사는 알았다면서 후문으로 난 자갈길로 올라갔다.

무슨 생각을 하는지 최시림은 천막 안에서 허공을 물끄러미 보고 있었다. 나는 자판기에서 캔커피 두 개를 사서 최시림에게 다가갔다. 커피 하나를 내밀면서 손으로 그의 귀를 가리켰다.

"이거? 다쳐서 꿰맸어요. 오늘 병원에 가서 실밥 풀 거예요."

최시림이 오른손으로 귓불에 붙은 거즈를 감쌌다.

"경위님, 제가 어제 더블제작센터에 갔다가 얘기 들었어요."

더블을 급히 쓰려고 어젯밤에 센터에 갔었다. 결제용 카드를 내미니까 수납처 직원이 카드를 돌려주었다. 이미 내 이름으로 사용권 10회가 등록됐고 보낸 사람은 최시림이었다. 내가 사양

했던 더블 사용권을 그가 아예 내 소유로 바꿔놓은 것이다.

"조아일 경사는 남한테 신세 지는 게 너무 싫죠? 이 경우는 내가 조 경사한테 신세를 졌어요. 덕분에 곤란을 겪지 않았잖아요. 고맙다고 인사하게 해주세요. 부탁합니다."

"그렇게까지 말씀하시니까 감사히 받겠습니다. 잘 쓸게요."

"받아줘서 고맙습니다."

최시림이 그의 주머니처럼 넉넉하게 웃었다.

어젯밤에 배오가 만나자고 메시지를 보냈다. 배오의 마음을 아니까 선뜻 대답을 못 하고 망설였다. 사실대로 얘기하자니 용기는 없고 배오를 만나기는 만나야 할 기로에서 선택은 하나. 더블을 실행했다.

휴직하고 집에서 쉬는 동안 상담이 예약된 날만 밖에 나왔다. 누구도 만나고 싶지 않아서 사람들을 피했는데 배오에게는 나 대신 더블을 보냈다. 경찰 할인혜택으로 구입한 사용권 열 장 중에서 배오에게 여섯 번을 썼다. 그리고 아버지의 장례 기간 동안 이틀을 쓰고 49재에도 더블을 보냈다.

더블의 전원이 꺼지고 내가 캡슐에서 나오면 센터 직원이 더블실행보고서를 건네주었다. 집으로 가는 하이퍼루프 안에서 보고서를 펼치면 기분이 묘했다. 더블은 배오에게 믿음직한 친구였고, 어른이 되어 다시 만난 어머니 앞에서 입을 꾹 다문 딸이 아니었다. 더블은 어머니를 한 인간으로 이해하면서 마음을 살폈다.

처음에는 더블이 나를 비슷하게라도 흉내 낼까 싶었다. 지금은 더블이 나보다 더 내 인생을 잘 살아서 좋기도 하고 혼란스럽기도 하다. 더블실행보고서를 들고 집으로 돌아오면 어머니에게 '미안하고 고맙다.'는 메시지가 왔다. 더블을 실행하면 배오도 내가 알던 배오가 아닌 다른 사람으로 변했다. 배오는 밤늦게 혼자 어두운 골목으로 들어가는 나를 걱정했다. 더블이 나타나기 전에 배오는 단 한 번도 내게 집에 잘 들어갔느냐고 메시지를 보내지 않았다. 보고서에 더블이 느낀 감정은 기록으로 남지 않았지만 나는 알았다. 나는 내가 무엇을 느꼈을지 아니까.

어떤 사람들은 감정을 모르는 존재가 어떻게 인간을 대신하느냐면서 더블을 인정하지 않았다. 나는 오히려 더블이 감정을 몰라서 좋다. 마음에 일어난 감정은 몸에 각인이 돼버린다. 내가 어떤 감정을 느끼면 그것이 슬픔이든 기쁨이든 쉽게 떨치지 못한다. 그런데 더블이 내 삶을 대신 산 시간은 담담히 받아들이게 된다. 더블실행보고서를 읽으면서 나라면 느꼈을 감정을 짐작하더라도 이미 그 감정은 묽어져서 마음이 요동치지 않았다. 삶이 평화로웠다.

최시림이 언제 더블을 쓰는지 궁금했다. 상대가 어떨 때 더블을 실행하는지 알면 그의 비밀을 엿보는 아슬아슬한 기분이 들었다.

"최 경위님은 더블을 언제 실행하셨어요?"

"조 경사는요? 어제 누구한테 더블을 보냈어요?"

"제 친구요⋯."

내가 말끝을 흐렸다.

"싸웠어요?"

"요즘에 그 친구가 더블과 저를 혼동해요."

"설정 옵션을 썼군요?"

"쓰긴 썼죠. 그 친구하고 잘 지내고 오라고 성격 설정을 살짝 바꿨어요. 친절하고 다정한 면을 좀 올렸더니만 얘가 이제는 저를 더블 같은 사람으로 알아요. 어떡하죠?"

"설정 옵션을 바꾼다고 그대로 다 되지는 않잖아요. 조 경사도 알다시피 조아일이란 사람에게 이미 있는 면을 강화하거나 약화하는 거지. 조 경사가 인정을 안 해서 그렇지 조 경사는 친절하고 다정한 사람이 맞아요."

"설마요."

최시림이 수사본부로 우회전하기 전에 차를 세웠다. 최시림은 행동분석실로 급히 들어가야 하고 나는 셀병원에 들러야 해서 내가 사거리에서 먼저 내렸다. 아침에 복도에서 만난 최시림은 병원에서 처치 받은 소독밴드가 귀에 붙어 있었다. 최시림이 서둘러 복도를 지나가서 인사도 못 했다. 추모공원에서 내가 최시림의 귀를 가리키며 물었던 것은 '병원에서 실밥을 풀고 나니 괜찮으냐?'는 뜻이었다. 자판기 앞에서 내가 최시림의 귀를 가리켰을 때 그는 어제 우리가 나눴던 대화를 반복했다.

여기까지 차를 태워준 사람은 더블이었다. 아침에 본 최시림이 진짜 최시림이고 오늘 추모식에 온 최시림은 더블이다. 상처가 더블과 연동되는 과정에서 버그가 생겼나 보다.

병원으로 가려고 마을버스를 탔다. 셀정신의학과&셀상담센터는 병원에서 살인 사건이 일어난 뒤 당분간 문을 닫기로 했다. 사람의 눈길이 건물에 닿지 않으니까 외관에 반질반질 빛나던 윤기가 사라졌다. 나는 대문 앞을 두른 출입 금지선을 들어서 마당으로 들어갔다.

8

손가락 하나 들어갈 만큼 문을 열고 안을 들여다보았다. 복도 맨 끝에 있는 연 선생의 상담실은 창이 북서쪽으로 나서 날이 흐리면 방이 캄캄했다. 이곳은 방의 주인이 죽던 날 그대로였다. 손잡이를 당겨서 방문을 꼭 닫았다.

상담실에서 모퉁이를 돌면 계단이 있다. 난간을 잡고 층계참까지 내려와서 위를 올려다보았다. 이 건물 안에 사람은 나뿐이라고 되뇌었다. 지하 1층에 내려오자마자 발이 편의점 쪽으로 저절로 움직였다. 병원에 올 때마다 지하 편의점에서 닭날개봉한 봉지를 사 먹었다. 상담이 없는 날에도 가끔 왔다. 편의점 맞은편 의자에 앉아서 닭날개봉 열두 개가 든 봉지를 열었다. 딱 닭날개 한 개만 먹으려고 했지만 늘 봉지를 탈탈 털어먹고 나서야 의자에서 일어났다.

병원이 휴업해서 편의점도 문이 닫혔다. 나는 편의점 유리벽에 이마를 붙이고서 불 꺼진 안을 들여다보았다. 먹을거리가 진열대에 가득 쌓였어도 문 닫은 가게는 흉물스러웠다. 유리벽에서 이마를 떼고 다시 계단으로 갔다. 계단에서 오른쪽으로 꺾으면 복도 끝에 본관으로 통하는 출입구가 있다. 특별수사반은 직원들만 아는 이 출입구로 드나든 사람들의 명단을 구해서 조사를 시작했다.

복도 입구부터 놀이치료실들이 이어졌다. 나는 복도로 들어가서 놀이치료 1호실의 문을 열었다. 며칠 동안 공기 청정기가 가동을 멈추고 창문도 꽉 닫혔던 실내에서 퀴퀴한 냄새가 났다. 신발장에는 크기가 제각각인 실내화들이 가득했다. 아이들이 종이에 그리다 만 그림이 바닥에 떨어졌고 둥근 탁자 위에 놀이치료용 모래 상자와 인형 세트, 역할 놀이용 가면들과 물감, 크레파스, 색연필들이 너저분하게 쌓여 있었다. 직원들이 급히 문을 닫고 나가면서 정리를 하지 못한 흔적이 역력했다.

방에서 나와 놀이치료 2호실의 손잡이를 돌렸다. 문이 열리지 않았다. 3호실도 옆방처럼 문이 잠겼다. 3호실에서부터 벽이 길게 이어지다가 본관으로 통하는 철문에서 끊겼다. 복도의 어둑한 저 끝에 직원들만 다니는 문이 있다.

쿵쿵 벽을 치는 소리. 거대한 돌덩이가 떨어졌다! 가까운 곳에서 시작된 엄청난 굉음이 벽을 통과해서 통로를 지나 놀이치료실이 있는 복도로 퍼졌다. 방금 들은 소리가 너무 커서 소리가 사라져도 귓가에 진동이 남아 웅웅거렸다. 나는 귀를 예민하게 세우고 소리가 울린 지점을 찾다가 다시 편의점까지 갔다. 편의점에서 더 앞으로 가야겠는데 벽이 막혀서 갈 수 없었다. 벽의 양쪽 끝에 여자화장실과 남자화장실뿐이니 여기서 멈춰야 했다. 맥이 빠졌지만 달리 방법이 없었다.

화장실에 가려고 여자화장실 표지판이 붙은 벽의 뒤로 들어 갔다. 입구와 가까운 곳에 칸막이를 열었다. 변기 뚜껑은 닫혔 고 쓰레기통에 휴지가 흘러넘쳤다. 분뇨 냄새가 지독했다. 칸막 이 문을 닫고 두 번째 칸막이 안을 들여다보았다. 여기도 바닥 에 떨어진 휴지며 양변기 앉는 자리에 묻은 누런 자국 때문에 일을 볼 마음이 싹 사라졌다. 세 번째 칸막이도 변기 안에 오물 이 남아서 냄새가 심했다. 네 번째 칸막이 문을 열었다. 이곳은 청소용 도구를 보관하는 창고였다. 구석에 전동 대걸레와 전동 청소기가 있고 벽에 붙은 거치대에 걸레와 고무장갑들, 쓰레받 기와 빗자루가 걸렸다. 바닥에 놓인 바구니 안에는 청소용 세제 와 솔 여러 개가 들어 있었다.

나는 세면대로 와서 수도꼭지를 틀었다. 콸콸 쏟아지는 물에 손을 내밀면서 거울에 비친 얼굴을 바라보았다. 눈알이 빨갛고 피부가 부석부석한 얼굴이 눈살을 찌푸렸다.

"아이고, 피곤해 죽겠다."

혼잣말이 나왔다. 거울에 얼굴을 가까이 대서 눈 밑을 이쪽저 쪽 살피다가 한숨을 쉬었다. 기미는 짙어졌고 다듬지 않아 지저 분한 눈썹은 시커메서 거울 속에 내가 고대의 인류 같았다. 거 울 속 얼굴에게 혀를 차면서 왼손을 뻗어 비누를 집었다. 손 안 에 들어온 비누 감촉이 거칠었다. 사람들이 화장실에 드나들지 않는 동안 비누도 바싹 마르고 터져서 여러 군데가 갈라졌다.

물 묻은 손을 털면서 여자화장실에서 나왔다. 놀이치료실이 있는 복도로 가려다가 남자화장실 표지판을 보았다. 다시 맞은편 복도로 들어가면 바로 본관으로 넘어갈 테니까 온 김에 남자화장실도 내 눈으로 확인하고 싶었다.

남자화장실에 세면대는 여자화장실보다 상태가 좋지 않았다. 거울에 땟자국이 강바닥에 돌을 점령한 이끼처럼 거울에 들러붙었다. 칸막이와 마주하는 소변기 세 개가 여자화장실과 달랐다. 칸막이 안에서 나는 암모니아 냄새도 지독했고 쓰레기통도 난장판이었다. 예상했던 대로 남자화장실에서 아까 들었던 소리와 연관 지을 만한 것은 눈에 띄지 않았다.

남자화장실에서 나와 휴게용 의자에 앉았다. 목이 말라 물을 마시고 싶어도 편의점은 닫혔고 로비에 정수기도 텅 비었다. 화장실에서 수돗물을 마실지 말지 고민하다가 벌떡 일어났다. 나는 재빠르게 화장실 안으로 들어갔다.

내가 멈춘 곳은 남자화장실 네 번째 칸막이 앞이었다. 의자에 앉아서 수도꼭지에 입을 대고 물을 들이켜는 상상을 하다가 남자화장실 창고의 벽이 떠올랐다.

창고 칸막이의 문을 안으로 밀었다. 여자화장실 창고에는 거치대가 걸린 벽에 스테인레스 재질의 쪽문이 달렸다. 동그란 문고리에 손가락을 걸어서 잡아당겨도 문은 열리지 않았다. 대걸레를 거꾸로 들어서 막대 끝을 열쇠 구멍에 겨냥했다. 대여섯 번 정도 치니까 구멍이 휘어들면서 찌그러졌다. 대걸레를 바닥에 내려놓고 발로 문을 힘껏 찼다. 운동화 바닥에 박힌 쇠징 덕분에 두 번 만에 문이 짜부라졌다. 벽과 벌어진 문짝을 흔들어서 뒤로 밀자 숨은 공간이 드러났다. 화장실용 비품을 넣는 자그만 벽장일 줄 알았는데 벽에 난 문은 다른 공간으로 나가는 출구였던 것이다. 나는 쪽문에서 맞은편 벽까지 1미터 남짓한 사이 안을 들여다보았다. 왼쪽은 벽이 가로막았고 오른쪽으로 길이 트여서 좁은 복도가 3미터 정도 이어졌다. 복도의 양쪽 벽은 타일을 붙이다 말았는지 콘크리트 안에 철근들이 그대로 드러났다.

나는 양손으로 문턱을 잡고 다리를 들어올려서 복도 안으로 넘어갔다. 벽을 짚으면서 길을 따라가니 금세 막다른 벽에 다다랐다. 머리 위에 불빛이 깜박거렸다. 자동센서 조명이 켜지니까 막다른 벽에서 왼쪽으로 열린 길이 보였다. 여기서부터 시야가 닿는 곳까지 훤히 뚫렸고 주위가 환했다. 천장에 둥근 천창으로 빛이 들어와서 지하에 어둠이 희석되었다.

천창을 지나 안으로 들어갈수록 빛이 힘을 잃어 다시 앞이 어둑했다. 천장이 둥근 곡선을 그리는 입구에 이르렀다. 천창부터 이곳까지 오는 동안 천장은 평평했다. 여기서부터 천장이 반달처럼 굽었고 높이도 이전보다 두 배 높았다. 사람 열댓 명이 나란히 지나가도 될 만큼 폭도 넓었다. 터널 안 공기는 서늘했다. 숨을 들이마시면 등줄기에 오싹한 기운이 퍼졌다. 핸드폰의 조명앱을 켜고 안으로 들어갔다. 점점 어둠은 진해지고 앞이 캄캄해서 조명을 높이 들어 공중에 큰 원을 그렸다. 조명이 어두운 너머에서 꿈틀거리는 덩어리에 닿았다. 조명을 아래로 비추자 사람이 바닥에 엎드려서 머리를 땅에 대고 있었다. 나는 핸드폰을 들지 않은 손으로 바지 안에서 권총을 꺼냈다. 바닥에 웅크린 자를 향해 탄창이 장전된 리볼버를 겨눴다. 리볼버에 끼워 넣은 회전 탄창의 첫 발은 공포탄이다.

"손 위로 들고 천천히 일어나."

상대를 향해 날카롭게 경고했다. 엎드린 자의 팔이 위로 살짝 들리다가 툭 떨어졌다. 나를 속이려는 것인지 몸을 가누지 못할 만큼 부상을 입었는지 헷갈렸다. 나는 정체를 감춘 자에게 조명을 들이대면서 천천히 다가갔다. 자신에게 쏟아지는 빛으로 돌아보는 얼굴에서 피가 철철 흘렀다. 조명을 바로 보며 눈살을 찌푸리는 사람은 주승후, 연 선생의 약혼자였다.

최시림의 차에서 내려 병원으로 오는 마을버스를 기다리면서 손 형사에게 전화를 걸었다. 추모공원에서 수사관들을 따돌리고 달아난 주승후의 행방이 궁금했다. 손 형사는 공원에서 놓친 주승후가 방금 3스테이션으로 들어왔다면서 전화를 끊었다. 참고인 조사가 30분 만에 끝났을 리 없다. 주승후가 왜 여기 있지?

"주승후 씨, 움직일 수 있겠어요?"

내가 그의 옆에 쭈그려 앉았다. 주승후가 온 힘을 끌어모아 손가락을 입술에 댔다. 목소리를 낮추라는 신호였다. 어둠 저 너머에 주승후를 공격한 자가 있다. 앞은 너무 깜깜했다. 우선 긴급구조센터에 구조 메시지를 보내고 나서 손 형사에게 전화를 걸었다.

선배님. 내가 나지막이 손 형사를 부르자 손 형사가 잠깐만 기다리라고 조용히 말했다. 전화기 저편에서 사람들이 어수선하게 오가고 시끄럽게 떠드는 소리가 들렸다. 문이 열렸다가 닫히는 소리를 듣자마자 손 형사가 다시 전화를 받았다.

"피해자 손톱 끝에서 나온 미세혈흔이 네 거라고 연락이 왔어. 지금 여기 난리야. 네 위치가 셀병원 맞아? 지금 거기 있어?"

통화 종료 버튼을 누르고 일어섰다. 6수사대에서 내 위치 추적을 시작했으니까 곧 이곳으로 들이닥칠 것이다. 나는 주승후의 양쪽 겨드랑이로 팔을 집어넣어서 그를 일으켰다. 간신히 벽에 기대고 선 주승후의 한쪽 팔을 내 어깨에 둘렀다. 주승후가 무너지려고 하면 꽉 붙잡아 천창 아래까지 왔다. 화장실 창고로 통하는 복도로 들어오니까 자동센서 조명이 켜졌다. 남자화장실 창고의 쪽문으로 와서 주승후를 문턱에 앉혔다. 그의 다리를 들어 창고로 넘겨주고 양복 안주머니에 내 핸드폰을 집어넣었다.

"곧 구조대가 올 거예요. 수사관들이 도착하면 제 핸드폰 전원을 꼭 끄세요. 절대 전화기 뺏기지 말아요."

나는 창고 쪽문을 닫고 터널로 돌아왔다. 주승후를 공격한 자가 터널 저 너머에 숨어있다. 어둠 속에 오래 있었더니 눈이 길들어서 공간의 경계를 구분하게 되었다. 핸드폰 조명앱을 켜고 주승후를 발견한 곳에서 더 안쪽으로 들어갔다.

터널의 가장자리에 도랑에서 물이 흘러내리는 방향을 따라갔다. 아래로 흐르던 물이 팽이처럼 빙글빙글 회전하는 곳에 이르자 왼쪽으로 길이 갈라졌다. 어느 쪽으로 갈지 결정을 해야 했다. 그런데 물이 소용돌이 치는 곳 바로 위로 벽에 사다리가 놓였다. 사다리가 설치된 게 최근인지 위로 층층이 쌓인 가로대는 녹슨 데 없이 매끈했다. 천장이 너무 높아서 핸드폰 조명을 비춰도 사다리의 끝이 보이지 않았다.

사다리를 잡고 가로대로 발을 올렸다. 가로대를 스무 개 정도 밟고 올라가니까 천장이 보였다. 터널 천장에 둥근 모양의 뚜껑이 붙어 있었다. 나는 사다리 맨 끝으로 올라가서 정수리로 뚜껑을 들어 올렸다. 두 번 시도 만에 뚜껑이 쩍 벌어졌다. 지하에 상수도 시설을 만든 사람들이 꽉 닫아놓은 맨홀 뚜껑이 이렇게 쉽게 열릴 줄 몰랐다. 아마 나 이전에 다른 사람이 방패 같은 첫 덩어리를 열려고 힘을 꽤 써서 틈을 벌렸으니까 내가 금방 뚜껑을 열었을 것이다. 정수리로 받친 맨홀 뚜껑을 땅에서 한 뼘만 벌리고 바깥을 내다보았다. 눈이 닿는 곳마다 길이가 제멋대로인 잔디뿐이어서 여기가 어딘지 알 만한 게 보이지 않았다. 발돋움해서 뚜껑을 한 뼘 더 올렸다.

이곳은 어떤 건물의 뒷마당이었다. 그런데 건물을 두른 회색 담장이 무척 눈에 익었다. 회색 담장 너머에서 장완 경위와 강 형사 말소리가 났다. 그렇다면 맨홀 뚜껑이 있는 마당은 연 선생의 상담실 창문 너머에 담장 아래가 확실했다.

나는 뚜껑 밖으로 손을 뻗어서 길쭉한 돌을 집었다. 뚜껑을 닫으면서 돌을 뚜껑 밑에 끼워놓고 사다리 아래로 내려왔다. 뚜껑이 벌어진 틈으로 빛이 들어와서 터널 안의 어둠이 흐려졌다. 마당에서 끌어온 빛 덕에 밝아진 만큼 안으로 더 나아갔다. 먼지들이 맨홀 뚜껑을 열 때 죄다 몰려나갔는지 터널 안의 공기가 가벼웠다.

경사가 급격한 계단 열두 개가 앞을 막았다. 도대체 이 터널의 끝에서 무엇과 만날까. 계단을 다 올라가니까 다시 바닥이 평평했다. 여기서부터 통로의 폭이 좁고 천장도 낮게 가라앉았다. 바닥 한가운데에 노란 형광을 발하는 선이 안으로 길게 이어졌다. 누군가 일부러 칠한 선을 따라 곧게 뻗은 길을 걸었다. 야광 선이 사라진 곳에 우뚝 선 녹색 대문이 앞을 막았다. 철대문은 천장에 닿을 만큼 높았다. 손잡이나 잠금장치가 없어서 사람이나 사물이 드나드는 문인지 의심스러웠다. 주먹을 꽉 쥐고서 대문을 두드렸다. 대문 안에서 기척 하나 나지 않았다.

다시 사다리를 타고 맨홀 뚜껑으로 돌아왔다. 바깥은 조용하고 수사관들이 몰려와서 시끌벅적했던 상담센터도 잠잠했다. 나는 뚜껑을 뒤로 젖히고 마당으로 올라왔다. 회색 담벼락 아래로 기어가서 담에 등을 기대고 잔디에 앉았다. 2층 건물은 거대하고 탱탱한 젤리 같았다. 불이 꺼진 시커먼 건물의 삼면을 대나무가 빽빽이 둘렀고 출구 현관은 맨홀 뚜껑이 있는 마당으로 났다.

해가 지면서 구름 사이에 분홍 띠가 번졌다. 흰 구름에 떨어진 한 방울 분홍에 감탄할 사이도 없게 저녁이 몰려왔다. 하늘은 시퍼런 멍처럼 불길하게 물들었다. 대나무 꼭대기에서 새들이 노래를 불렀다. 노래를 마친 새들이 일제히 북악산으로 날아올랐다. 새들이 날아간 바위 위에서 둥근 달이 빛났다. 환한 달빛에 해골바위의 얼굴이 드러났다. 동네를 지켜보는 북악산 해골바위는 산 사람이 아니라 죽어서 육신을 떠나버린 사람의 얼굴을 닮았다.

9

시커먼 젤리를 닮은 2층 건물은 외벽이 전부 유리이고 벽에 검정 필름이 붙었다. 나는 핸드폰에 달린 고리에서 만능 칼을 뺐다. 이런 유리 현관문은 신용 카드와 만능 칼로 얼마든지 연다. 문을 안으로 밀자 우체부가 문 밑에 끼워 넣은 우편물들이 안으로 쓸려 들어갔다.

실내가 하나로 탁 트여서 어리둥절했다. 공용 복도를 두고 상점과 사무실이 줄줄이 붙은 여느 상가와 달랐다. 1층에 넓은 방딱 하나, 60평 남짓한 실내는 텅 비었다. 마치 현실과 멀리 떨어진 세계로 잠입한 기분이 들었다. 짙은 회색 벽과 헤링본 문양 타일이 깔린 바닥 어디에도 공간의 용도를 추측할 만한 흔적이 남지 않았다.

안쪽 벽에 반쯤 열린 문이 있어서 진회색 문을 당겨 안을 들여다보았다. 칸막이가 하나 있는 화장실이었다. 휴지통은 싹 비워져서 머리카락 한 가닥도 붙어 있지 않았다. 세면대 위에 거울은 지문 감식반이 와서 지문 하나 못 챙기게 깨끗했다. 나는 세면대 안에 물이 빠져나가는 구멍을 쳐다보았다. 물방울 세 개가 구멍 둘레에 맺혔다. 이 사무실을 정리하고 나간 사람이 마지막에 들른 곳이 화장실이었을까?

터널 안에서 먼지를 뒤집어써서 세수를 하고 싶었다. 아무 증거도 없는 건물에서 신경을 곤두세웠나 싶어 긴장을 풀려고 어깨를 툭 떨어뜨렸다. 수도꼭지를 열고 흐르는 물에 손을 비비면서 눈에 실핏줄이 터진 내 얼굴을 쳐다보았다. 비누를 집으려고 손을 뻗다 말고 거울 속에 내가 코웃음을 쳤다. 습관대로 몸이 움직이는 게 우스워서 수도꼭지를 잠그고 물 묻은 손을 털었다.

세면대 옆에 정말 비누가 있었다. 너무 하얘서 몰랐는지 수도꼭지를 틀 때는 비누를 보지 못했었다. 나는 엄지와 검지로 비누를 집어 들었다. 물렁물렁한 비누였다. 오늘 아침에 누군가가 이 비누로 손을 씻었을 것이다. 비누가 있던 자리에 은색 귀걸이 한 짝이 놓였다. 비누가 귀걸이를 덮어서 감쪽같이 숨었다가 나타난 귀걸이였다.

2층도 둘러보고 나서 밖으로 나왔다. 담을 빙 돌아 셸상담센터로 돌아왔다. 장완과 수사관들이 나를 찾으러 이곳에 왔다가 상담실 문만 열어놓고 간 모양이었다. 복도의 창으로 마당의 살구나무에 걸린 달빛이 들어왔지만 상담실 안은 어두컴컴했다. 네모난 창문을 차지한 저녁의 파란 공기가 번득이는 눈처럼 섬뜩했다. 바닥에 엎어진 전등을 세워서 전원을 켰다. 붉은 등이 들어오자 창문을 차지했던 남청색 밤의 공기는 물러나고 창문에 내 얼굴과 방 안에 사물들이 비쳤다.

조아일 님은 체스 둘 줄 알아요? 아일 님은 체스를 금방 배울 거예요. 저는 체스 기물 중에서 나이트가 좋아요. 나이트만 앞을 막는 다른 기물들을 뛰어넘거든요. 바닥에 검은색과 흰색의 체크무늬를 전부 더하면 체스판과 똑같이 64개라고 연 선생이 말했다. 나는 검은 칸에 왼발을 놓고 흰 칸에 오른발을 놓았다. 이제부터 어떻게 해야 하지? 화강석이 깔린 바닥 어디에 연 선생이 남긴 892가 숨었을까. 연 선생 집에 몰래 들어가서 개인 금고에 892를 눌렀고 연 선생이 다녔던 필라테스 체육관의 사물함에도 892를 시도했지만 892의 뜻을 찾기는커녕 금고와 사물함도 못 열었다. 체크무늬 바닥이 갈라지면서 비밀의 계단이 나타나길 기다리는 게 아니라면 다시 다리를 모으고 어디로든 가자.

나는 연 선생의 책상 앞으로 가서 의자를 당겨 앉았다. 컴퓨터를 켜고 대법원 인터넷 등기소로 들어가 옆 건물의 등기부 등본 열람을 신청했다. 2층 건물의 소유주는 경북 상주에 사는 노상술이고 5년 전에 사망한 최운영에게 건물을 상속받았다. 등기소 창을 덮으려다가 셸병원의 등기부 등본도 신청했다. 연 선생이 안정된 직장인 국가트라우마 심리상담센터를 갑자기 그만두고 셸정신의학과로 옮긴 이유가 궁금했었다. 셸병원의 소유주는 노상술, 2층 건물의 주인과 같은 사람이었다.

더 늦기 전에 배오에게 연락해야 했다. 책상 모서리에 놓인 전화 수화기를 들고 배오의 번호를 눌렀다.

"배오야, 아일이야. 네 사립탐정 면허 아직 유효하니?"

내가 다짜고짜 물었다.

"배오야! 네가 도와줘야 해. 너 말고 이런 부탁을 할 사람이 없어. 지금 상주에 가서 꼭 확인해야만 해. 그래야 여기서 빠져

나갈 방법을 찾는단 말이야."

전화기 너머에서 고르고 가늘게 쉬는 숨소리가 들렸다. 나는 초조하면 손톱으로 딱딱한 사물을 긁는 버릇이 도져서 책상을 긁어댔다. 책상에 유리덮개가 깔려서 아무리 긁어도 바닥이 패지 않으니까 신경질이 났다. 그런데 유리덮개 모퉁이 한군데가 하늘색 야광 빛을 띠었다. 딱 스탠드 조명등의 붉은 빛이 닿은 만큼만 야광색으로 변했다.

"아일아, 딱 하나만 물을게."

"뭔데?"

"수사대가 지금 널 찾는 이유가 정당하니?"

"내가 죽였냐고?"

"네가 죽였어?"

우리는 밤의 고속도로를 달려 상주로 갔다. 하이퍼루프를 타면 빠르지만 교통국 영상정보처리망에 내 얼굴이 잡히면 곤란했다.

6수사대 복도에 시계가 3시를 가리킬 때 3스테이션으로 돌아왔다. 장완 경위가 주승후를 앞에 앉혀 놓고 조서를 쓰고 있었다. 어깨가 축 처진 주승후의 뒤통수에 큼직한 의료용 밴드가 붙었다. 모니터를 보며 자판을 치던 장완이 나를 보자마자 일어나서 책상 밖으로 나왔다.

"조아일!"

"아이고, 늦어서 죄송합니다."

수선을 떨면서 나와 장완 사이로 끼어든 배오가 장완이 치켜든 손가락을 꽉 잡았다. 배오는 손가락을 두 손으로 잡아서 크게 흔들었다.

"제가 이분 변호삽니다."

배오가 눈짓으로 의자를 가리켰다.

"류 변이?"

장완은 악력이 센 손에 잡혔던 손가락을 간신히 빼서 쥐었다가 폈다. 다른 손으로 배오에게 잡혔던 손가락을 주무르면서 말했다.

"친구끼리 의리가 있는 거야 없는 거야. 조아일 변호는 누가 하고?"

"저는 아직 괜찮은데요."

내가 배오 앞으로 나서면서 배시시 웃었다. 자기가 무엇을 놓쳤나 생각하는 장완을 두고 나는 방수지 대장의 방으로 돌아섰다. 등 뒤에서 배오가 장완에게 의리는 경위님부터 챙기라고 짓궂게 구는 소리가 들렸다.

그때 귀를 쇠꼬챙이로 찌르는 것과 같은 충격을 느낄 만큼 맹렬하고 매서운 소리가 3스테이션 안에서 울렸다. 주승후가 고통을 참지 못해 외친 비명이었다. 우리가 와도 내내 웅크리고 있던 주승후가 몸을 뒤틀면서 두 팔로 머리를 감쌌다. 의자에 앉은 채 상체를 앞뒤로 흔들다가 괴성을 지르면서 벌떡 일어났다. 주승후는 자기 가슴팍을 손가락으로 찢듯이 쥐어뜯었다. 몸을 비틀고 발악을 하던 주승후의 얼굴이 움찔거렸다. 얼굴에 살이 들썩이면서 눈두덩이 불룩하니 불거졌다가 가라앉았다. 이내

다른 쪽 눈두덩이 두드러졌고 이마와 양쪽 뺨에 근육이 툭툭 올라왔다. 뜨거운 용암처럼 살이 부글부글 끓어오르면서 피부에서 증기가 솟았다. 살이 흐물흐물 늘어지고 왼쪽 눈가에 눈지방이 흘러내렸다. 눈동자가 질척한 반죽처럼 녹은 살 속으로 빨려들었다. 오른쪽 눈마저 살에 휩쓸려 양미간으로 밀려와서 빙글빙글 맴돌다가 콧등에 걸렸다. 눈자위가 핏물이 밴 듯 시뻘게졌다. 뻘건 눈자위의 한가운데에 검은 동공은 위아래 왼쪽오른쪽을 빠르게 돌아다니면서 주위를 살폈다. 얼굴에 하나 남은 눈은 점점 부풀어올라 도마뱀의 눈처럼 툭 튀어나왔다.

옆에서 지켜보는 장완과 배오도 주승후에게 감히 다가가지 못했다. 부글거리던 살이 가라앉으면서 치뿜던 증기가 사라지고 얼굴이 더는 꿈틀대지 않았다. 주승후의 끔찍하게 뒤틀린 얼굴은 악몽 속에서라도 만나고 싶지 않았다. 복도에서 주승후의 비명을 들었던 사람들은 참혹하게 바뀐 인간의 얼굴을 두려운 눈빛으로 지켜보았다.

주승후가 의자에 털썩 주저앉았다. 나는 의자 옆으로 가서 그의 팔에 손을 얹었다.

"일어날 수 있겠어요? 우선 병원으로 가요."

주승후의 코에 걸린 눈동자가 나를 쳐다보았다. 시커멓게 타버린 입술이 제발 아무도 없는 곳에 데려가달라고 말했다. 나는 의자에서 저만치 뒤에 있는 배오에게 손을 들었다. 배오가 허둥대기는 해도 재빨리 움직여서 우리 둘이 주승후를 일으켰다. 탕비실 간이침대에 주승후를 눕히고 배오와 강 형사에게 그를 지켜달라고 부탁했다.

내가 방으로 들어와 소파에 앉자마자 방 대장은 책상 서랍에서 봉투를 꺼냈다. 나는 은색 귀걸이를 넣은 봉투를 소파 탁자에 올렸다. 방 대장이 봉투를 들고 일어나서 소파로 왔다. 우리는 각자 가진 물건을 교환했다. 방 대장이 잘 아는 응급의학 전문의에게 연락했다면서 지금 주승후의 상태가 어떠냐고 물었다.

"더블오류 증상 같아요."

"추모식 날 여기 나타난 주승후가 더블이었지? 조 경사가 터널에서 만난 사람이 진짜 저 친구였고?"

"더블을 실행하고 본인이 캡슐에 들어가지 않으면 더블오류가 생길 확률이 80퍼센트래요."

"나도 소문으로만 들었지. 굉장하다."

방 대장이 창문으로 가서 블라인드의 널조각 하나를 들어 올렸다.

"사람이 어디까지 갈까…."

대장은 블라인드 사이로 바깥을 내다보다가 내게 말했다.

"시작해야지?"

이제 갈 시간이다. 행동과학부 면담실로 가기 전에 머리와 가슴팍에 센서를 붙였다. 면담실 옆방에서 법심리과 조사관들이 나의 뇌파와 맥박, 심박수와 스트레스 호르몬의 변화를 모니터로 지켜볼 것이다.

손 형사와 함께 면담실로 들어갔다. 최시림은 미리 와서 나를 기다리고 있었다. 내가 최시림과 마주 앉자 최시림이 손 형사에게 둘만 있고 싶다고 말했다. 손 형사가 최시림의 말대로 할지 망설이다가 알았다면서 밖으로 나갔다.

"집에 못 들어갔다고 들었어요. 많이 피곤하죠?"

최시림은 범인의 특성을 파악해서 수사관들에게 방향을 제시하고 범죄의 동기를 밝히는 사람이다. 수사관이 연극 무대의 배우라면 프로파일러 최시림은 객석에서 침착하게 무대를 관람하는 관객으로 용의자에게 접근했다.

"어제 친구하고 지방에 갔다가 아침에 올라왔어요."

"친구라면 조 경사가 더블을 대신 보냈던 그 친구인가요?"

최시림의 질문이 재미있어서 내가 하하하 소리를 내서 웃었다.

"기억력이 참 좋으세요."

"조 경사는 이런 상황에서 여유가 있고 밝아요."

"이런 상황이라면 어떤 상황을 말씀하시는 건지?"

내가 팔짱을 끼면서 상체를 앞으로 내밀었다. 최시림이 슬며시 입꼬리를 올렸다.

"최 경위님은 연 선생님 약혼자의 얼굴이 왜 뒤틀렸는지 아세요?"

"더블오류에 관한 얘기를 들었어요."

"주승후 씨가 추모공원에서 도망쳤잖아요. 더블을 여기 보내고 자기는 연 선생님이 근무하던 병원으로 갔대요."

"그리고 상담센터 지하에서 구조차에 실려 갔죠. 조 경사도 그날 거기 있었어요?"

나는 최시림이 나와 같이 넘으려는 선을 밟지 않기 위해 내가 가진 패를 꺼냈다. 그를 끌어당기려면 꽉 쥔 주먹을 펴서 손바닥을 보여줘야 했다.

"주승후 씨는 연 선생님이 죽은 장소를 직접 보고 싶었대요. 사건 현장이 정리되기 전에 가고 싶어서 더블을 참고인 조사에 보내고 자신은 병원으로 갔죠. 지하에서 어떤 소리를 들어서 그 소리를 쫓아가다가 뭔가 봤나 봐요."

"조 경사가 주승후를 공격했어요?"

최시림이 가라앉은 목소리로 내게 물었다. 나는 등받이에 등을 기댔다. 최시림은 만만한 상대가 아니다. 그가 내 눈을 집요하게 쳐다보았다.

"피해자에게 조 경사의 속 얘기를 많이 했다고 그랬죠? 점점 부담이 커졌을 거예요. 저도 상담을 받았던 입장에서 이해를 합니다. 우리는 일반인이 아니잖아요. 아무리 심리 상담사라도 대화를 나누면서 말을 가리게 되죠."

내가 다시 상체를 앞으로 내밀면서 나지막이 속삭였다.

"장완 선배가 아동 학대 신고를 받고 현장에 간 적이 있대요. 쪼그만 남자애가 부모한테 얼마나 맞았는지 온몸에 피멍이 들고 몸에 살이 하나도 없이 뼈만 남았대요. 아동보호기관 담당자랑 아이를 병원에 데려다주고 나오는데 배가 고픈 거죠. 다른 건 다 싫고 햄버거만 먹고 싶어서 3단 치즈버거 파는 매장을 찾다가 갑자기 오싹. 왜 그게 당겼는지 깨달았어요. 아이 옷에 3단 치즈버거 캐리커처가 떠올랐거든요."

최시림이 내 얘기를 듣고 나서 골똘히 생각하다가 말했다.

"조 경사는 장완 경위의 얘기가 불편해요? 사람이 모순적인 존재라는 사실을 받아들이는 게 어렵군요."

"최 경위님은 어때요? 그동안 살인범을 많이 만나셨죠. 얼굴에 내가 살인자라고 써 있는 사람보다 겉으로 보면 평범한 범죄자가 더 많잖아요. 궁금하지 않으셨어요? 왜 그자들이 살인을 저지르는지 이해하고 싶지 않아요?"

"조 경사는 내가 모른다고 생각하는군요. 조아일의 방식으로 살인을 안다는 게 어떤 뜻이죠?

"내 손으로 해봐서 아는?"

내가 당돌하게 턱을 치켜들었다.

최시림이 두 손을 깍지 끼면서 내 말을 알아들었다는 듯 끄덕였다. 그가 나는 어떠냐고 물었다.

"저요? 저는 그 정도로 궁금하지 않아요. 실제로 수사에 참여한 게 이번이 처음이고 살인범들과 대면한 경험도 적잖아요. 업무에 대한 중압감이 내가 직접 범인이 한 짓을 시도하고 싶을 만큼 크지는 않죠."

"그래요? 요즘은 스트레스를 어떻게 감당했어요? 얼마 전에 아버지가 자살했고, 어머니는 어릴 때 헤어졌다면서요. 이번에 장례 치르면서 혼자 힘들었을 텐데."

최시림의 말투가 너무 매끄러워서 거슬렸다.

"글쎄요."

나는 눈물을 흘리지 않으려고 눈을 치켜떴다.

"어머니하고 같이 사는 동생은 장례식에 왔어요?"

"힘들죠. 누구나 그런 일을 겪으면 힘들지 않나요? 그래서 상담도 받잖아요. 연 선생님한테 속 얘기를 하면 홀가분해지기도 하고, 그러는 거잖아요."

"이를테면?"

"피해자가 저 같아서 현장에 가면 화가 막 난다는 말도 했어요. 웃기죠? 최 경위님도 연 선생님하고 상담하면서 솔직하게 얘기하셨어요?"

최시림의 표정은 바닥에 떨어진 그림자를 뒤집어씌운 것처럼 잿빛 그늘이 덮였다. 부드러운 목소리에 속내를 감췄듯 그의 단단한 얼굴에는 아무 감정이 새지 않았다.

"솔직했죠. 적어도 난 솔직했어요."

"최 경위님은 솔직했고 연 선생님은 그렇지 않았나요?"

그림자의 틈으로 의혹이 삐져나왔다. 대화가 생물처럼 움직이며 그의 의도를 벗어난 게 자연스러운 흐름인지 되짚는 눈빛이었다.

"최 경위님은 연 선생이 녹음하는 걸 몰랐잖아요?"

의혹은 형체를 띠며 얼굴에 드리운 그림자를 밀어냈고 최시림의 눈동자에 의문이 스쳤다.

"아버지는 최태영. 출생 당시에는 아버지가 아니라 외삼촌이었죠. 최시림은 노시림이었고요. 고향은 경북 상주. 다섯 살에 아들이 없는 외삼촌 최태영에게 입양됐어요."

최시림은 일어나서 거울을 바라보았다. 그는 거울 너머에서 우리를 지켜보는 시선들을 응시했다.

"친부는 노상술, 친모는 최운영. 친모가 5년 전 사망한 뒤에 병원 부지와 종로구에 건물들 모두 친부에게 명의이전 됐어요. 물론 실질적인 소유주는 최시림 경위님이죠. 병원 리모델링이나 세입자 관리도 모두 최 경위님이 직접 하셨습니다. 제 말에 바로잡을 게 있나요?"

"왜 지금 내 배경이 거론되는지 이해를 못 하겠군요."

"어제 류 변호사하고 상주에 갔어요. 최 경위님 고향 분들이 사람 좋은 얼굴로 말을 참 매섭게 하대요. 노 씨네가 서울에 건물 두고 등 따시게 사는 게 아들을 양자로 팔아서 그렇다면서."

10

"내 뒷조사를 했어요?"

최시림이 다시 탁자로 돌아왔다.

"저는 경위님이 연 선생한테 솔직했다는 말을 믿어요. 녹음한 걸 알고 나서 정말 화가 나셨을 거예요."

최시림이 탁자를 쾅 내리쳤다.

"아니야!"

"그래요. 그게 이유는 아니죠. 상담 녹음했다고 사람을 그렇게 잔인하게 죽이진 않잖아요."

내가 옷 속에서 봉투를 빼냈다. 방 대장에게 받은 봉투에서 사진 한 장을 꺼내 탁자에 놓았다. 은색 귀걸이 한 개를 찍은 사진이었다. 2층 건물 화장실에서 비누를 집다가 발견한 귀걸이가 이 사진의 귀걸이와 한 쌍을 이뤘다. 나는 사진을 손가락으로 짚었다. 피딱지가 붙은 귀걸이를 노려보는 최시림의 얼굴이 창백했다.

"이건 경위님이 알레프 호텔 705호에 떨어뜨린 귀걸이죠."

최시림이 임장 보고서를 발표할 때 홀로그램으로 나타난 사진에서 피해자가 목 보호대를 했다. 나는 피해자가 정형외과에 간 날을 찾아서 그날을 중심으로 피해자의 동선을 조사했다.

추모공원에서 최시림을 만난 날, 내 안에 겨자씨만 한 의심이 떨어졌다. 겨자씨만 한 믿음이 있으면 산을 들어 옮길 수도 있다니, 겨자씨만 한 의심을 품어 상대를 이전처럼 믿지 못할까 봐 두려웠다. 최시림이 수사본부 내부 전산망에 들어가 혈흔 증거를 내 것으로 바꿔치지 않았다면 겨자씨는 흙에서 뿌리를 내리지 못 했을 것이다. 터널에서 전화로 피해자의 손톱에서 내 혈흔이 발견됐다는 소식을 들으면서 최시림을 생각했다.

특별수사반 모르게 알레프 호텔을 조사하려면 믿을 만한 사람이 필요했다. 나는 방수지 대장을 찾아갔다. 우리가 호텔 직원에게 연 선생의 사진을 보여주고 폐쇄회로 티브이 자료를 요청하자 직원들은 사진의 여자를 금방 알아봤다.

"경위님은 호텔 엘리베이터에서도 모자로 얼굴을 가렸어요. 짙은 안경도 꼈지. 난 그게 정말 이상했어요. 굳이 저렇게까지 폐쇄회로 티브이를 의식하면서 얼굴을 가려야 할까? 피해자의 통화 기록에 경위님 연락처는 없었죠. 왜? 경위님은 자신을 사랑하는 여자하고 대포폰으로만 통화를 했으니까."

최시림은 자기가 걸린 덫이 쉽게 발을 뺄 만한 노끈인지 살을 파고드는 쇠덫인지 아직 판단을 못 내렸다. 그는 거울을 노려보며 방수지 대장을 향해 소리쳤다.

"당신 지금 생각 잘못하는 거야!"

"호텔에서 피해자의 목을 조였어요. 피해자는 당신 손아귀에서 벗어나려고 발버둥 치면서 당신과 몸싸움을 벌였겠지. 이 귀걸이는 이불에 걸린 건가요? 아무튼 그 와중에 귀걸이가 어딘가에 걸려서 귀에 살점이 뜯겨나갔어요. 당신이 귀에 피를 닦는 동안 피해자 연희애는 밖으로 뛰쳐나갔죠."

호텔 직원들은 우리가 건넨 사진 속 여자가 호텔에 머문 날을 기억했다. 그날 밤 몸에 옷 하나 걸치지 않고 신발도 신지 않은 나체의 여자가 705호에서 나와 엘리베이터를 타고 1층에 내려왔다. 여자는 잠시도 머뭇거리지 않고 회전문으로 뛰쳐나갔다. 다음 날 아침에 705호를 청소하던 직원은 피가 엉겨 붙은 은색 귀걸이 한 짝을 침대 밑에서 주웠다. 나체로 달아난 여자 이야기가 호텔에 퍼져서 직원은 705호에서 찾은 사소한 것 하나라도 보관하기로 결정했다.

"피해자는 주말마다 북악산에서 달렸어요. 사건 당일, 산책로에서 가해자의 전화를 받았고 두 사람은 만나기로 했죠. 연 선생님이 다시 기회를 주겠다던가요? 당신이 둘러댄 말처럼 강박적인 성적 취향이라고 믿고 싶었겠죠. 진짜 믿지는 않았겠지만."

상담센터 놀이치료 1호실에서 아이들이 그린 그림을 보았다.

숫자를 동물로 상상해서 그린 그림이었다. 아이들은 6을 아기 캥거루를 품은 엄마 캥거루로 그렸고 2는 개구리를 잡아먹으려고 고개를 든 구렁이로 표현했다. 그림을 구경하면서 892를 닮은 동물들을 상상했다. 8은 개미가 떠오르고 9는 고래로 보였다. 2는 오리나 백조가 딱 어울렸다. 이런 동물들로 한 인간이 살해당하기 직전에 남긴 의미에 감히 다가갈 수 있을지 막막했다.

그때 터널 안에서 흑마 조각상을 망치로 내리치는 소리를 들었다. 최시림은 살해 도구를 없앨 시간이 필요해서 추모공원에 더블을 보내고 자신은 2층 건물의 지하 터널로 들어왔다. 최시림과 마찬가지로 더블을 수사본부로 보내고 상담센터에 갔던 주승후가 조각상이 부서지는 소리를 들었다. 최시림은 터널로 들어온 주승후를 먼저 알아보고는 어둠 속에 숨었다. 그리고 연 선생을 죽였던 흑마로 주승후의 뒤통수를 쳤다.

내가 터널에 쓰러진 주승후를 발견해서 남자화장실 밖으로 내보내고 나서 밤을 기다려 상담실로 올라갔다. 상담센터의 모든 상담실 바닥은 체스판과 똑같은 무늬라고 연 선생이 말했었다.

체스에서 기물의 위치를 표시하기 위해 체스판의 가로행 8칸은 알파벳 a부터 h를 두고 세로열 8칸에는 1부터 8까지 숫자를 붙인다. 킹(K)은 왼쪽에서 다섯 번째 행, 세로로 첫 번째 열인 e1에 놓는다. 퀸(Q)은 d1이 제자리이다. 두 개의 비숍(B)은 각각 c1과 g1으로 간다. 말머리를 닮은 나이트(N) 두 개는 b1과 g1이다. 성의 탑처럼 생긴 룩(R)은 체스판의 양쪽 끝, a1과 h1에 둔다. 1열에 기물들이 자리를 잡으면 2열에 여덟 칸은 전부 폰이 차지

한다. 신부가 되려던 사람이야. 장완이 검은 상복을 입은 최시림을 가리켰다. 그제야 연 선생이 남긴 메시지를 풀 방법이 떠올랐다.

"피해자는 평소에도 당신이 설계한 지하 통로로 옆 건물에 드나들었죠? 15지구 연쇄살인범 흉내를 내려고 그러셨나? 이번에는 노끈으로 목을 조였어. 목 보호대가 그분을 살렸는데…."

눈을 뜬 연희애는 도망쳤다. 핸드폰과 워치폰을 최시림에게 뺏겨서 당장 전화도 쓸 수 없었다. 지하의 밀실에서 뛰쳐나와 터널로 들어갔다. 화장실 쪽문을 통해 자신이 안전하게 느끼는 상담실로 와서 숨었지만 연희애는 비밀 통로를 만들고 모든 출입문 지문인식 장치마다 자신의 것을 등록한 건물 주인이 누구인지 몰랐다. 상담실로 들어온 연희애는 탁자에 핸드폰을 잡았다. 최시림이 밖에서 손잡이를 돌리고 있었다. 연희애는 자신에게 체스를 가르친 최시림이 눈치채지 못하게 메시지를 남겨야 했다. 긴급구조번호를 먼저 누르면 살인자가 들어오기 전에 구조대가 나를 구하러 올까. 연희애는 반드시 최시림의 정체를 바깥 세상에 알려야 했다. 조아일에게 비밀을 숨긴 숫자를 보냈다. 제발 꼭 찾아줘. 상담실 문이 열렸다. 연희애는 창가를 돌아보았다. 창문에 새들이 몰려와 재잘재잘 떠들었다. 연희애가 긴급 구조 번호를 누르려는데 살인자가 흑마를 들었다. 연희애는 바닥으로 쓰러지면서 창문에 모여 날개를 퍼덕거리는 새들에게 말했다. 잘 보렴, 저 얼굴이란다.

나는 상담실에서 유리덮개를 닦다가 파일을 찾았다. 책상에 유리덮개 한 장은 1개에 10페타바이트가 저장되는 장치 64개가 모인 판이었다. 유리덮개는 LED 칩이 내장된 조명이 비쳐야 체스판처럼 64개 사각형을 이루는 야광색 선이 나타났다. 내가 상담실에서 켰던 붉은 등이 바로 연 선생이 저장 장치를 찾을 때마다 쓰던 조명이었다.

배오와 통화를 하다가 유리덮개에서 붉은 조명이 닿은 모서리만 하늘색 야광으로 변한 게 이상했다. 책상으로 붉은 등을 가져와서 유리 덮개 전체에 빛을 비춰보았다. 그러자 덮개에 가로로 8개, 세로로 8개 선이 도드라지면서 가로세로선이 64개의 사각형을 이루었다. 상담실 바닥이 아니라 책상의 유리덮개가 연 선생의 비밀이 담긴 체스판이었다.

비숍을 활용하는 방법, 그것이 열쇠였다. 8은 B와 닮았고 9는 g나 q와 비슷한데 q는 기물의 위치를 표기하는 알파벳에 포함되지 않는다. 그러면 9는 g다. 8은 비숍이라고 확신했다. 1열 c1과 f1 중에서 어느 것이 연 선생이 보낸 8을 가리키는 비숍인지 고민했다. 9는 g열 그리고 2는 비숍이 이동한 행을 가리키는 숫자로 해석하면 문제가 풀렸다. 892는 Bg2, 비숍을 대각선으로 보낸 위치이다.

나는 체스판에서 비숍의 자리 f1과 f1에 비숍을 대각선 방향으로 보낸 g2의 사각형을 동시에 눌렀다. 그러자 비숍이 이동한 자리, Bg2에서 사격형 조각이 위로 솟았다.

"이걸 찾으셨죠?"

내가 셔츠 주머니에서 가로 3인치, 세로 4인치 크기의 저장

장치를 꺼냈다. 거울을 노려보고 섰던 최시림이 탁자로 와서 네 모난 유리 조각을 집어 들었다.

"이미 특수반 클라우드에 파일을 다 업로드했어요."

최시림은 투명한 저장 장치를 손 안에 움켜잡았다. 유리조각 이 부서지면서 최시림의 손가락들 사이 물갈퀴 살마다 피가 새 어 나왔다.

"나 때문에 연 선생을 그대로 두고 도망쳐야 했잖아요. 흔적 을 지울 시간을 벌려고 장 경위님이 현장에 나오라니까 더블을 보냈겠죠. 당신은 옆 건물로 가서 밀실에 가구며 거기 있던 물 건들을 전부 다른 장소로 옮겼어요. 흑마는 덩치가 커서 없애기 어려웠지. 추모식에 더블을 보내고 최시림 당신은 흑마상을 부 수러 지하 터널에 갔던 거야."

"그따위 상상력으로 강력반에서 얼마나 버틸 거 같아? 너 같 은 건 순찰반도 과분해."

최시림이 싸늘하게 나를 쳐다보았다. 그래, 저 사람의 눈빛은 싸늘했어. 그걸 왜 여태 몰랐을까.

"아하, 상상력이 부족한 내가 문제구나! 당신이 연 선생을 죽 인 것도 피해자 탓인가? 맞을 짓을 했으니까 때렸고 죽어 마땅 하니 죽인 거야? 피해자를 탓하고 자기 잘못은 없다던 살인자 들하고 최 경위님의 차이는 뭐죠?"

최시림이 주먹을 꽉 쥐고서 팔을 치켜들었다. 주먹은 무시무 시한 기세로 내 얼굴을 향했다. 그가 팔을 뒤로 젖혔다가 앞으 로 뻗을 때부터 단지 눈을 한번 깜박거린 순간인데 찰나가 영원처럼 길게 흐르며 최시림의 주먹이 한없이 느리고 느리게 다가왔다. 강철만큼 단단한 그의 주먹이 내 코 끝에 바람을 일으킬 때 면담실의 문이 열렸다. 손 형사와 강 형사가 멈추라고 외치는 소리도 먼 곳에서 뒤늦게 도착한 메아리처럼 아득했다.

탕! 리볼버에서 총알이 재빠르게 날아갔다. 9밀리 실탄이 최시림의 가슴으로 돌진하다가 곡선을 그으며 휘어졌다. 탄창이 그의 어깨를 흔들었다.

면담실에 들어오기 전에 마지막으로 내 몸에 권총을 부착했다. 내가 권총은 필요 없대도 방수지 대장이 강경했다. 나는 방 대장 말대로 권총에 탄창 뭉치를 장전하면서 공포탄과 9밀리 총알의 순서를 바꿨다.

최시림은 언제나 연 선생이 가장 원하는 것을 찾아서 선물로 보냈다. 연 선생이 새로운 도전을 갈망하던 시기에 좋은 조건을 제안한 새 직장도 최시림이 손을 쓴 선물이었다. 최시림은 병원 장이나 상담센터장이 아니라 자신이 연희애의 생사를 쥔 사람이라고 여자가 알아채기를 바랐다. 사람들이 최시림의 힘을 깨닫고 권위를 인정할수록 그는 쾌감을 느꼈다.

자정이 넘어서야 집으로 가도 된다고 허락을 받았다. 배오가 지금까지 3스테이션에 남아 있어서 좀 당황스러웠다. 상주에 내려가는 차 안에서도 나는 더블과 배오가 한 짓을 떠올리고 싶지 않아서 그 얘기를 피했다.

그날 더블의 실행보고서를 읽으면서 센터에 가서 더블을 꺼내 멱살이라도 잡고 싶었다. 도대체 왜 그랬니? 나는 배오와 키

스를 했다. 내가 배오와 키스를 했다니! 더블이 했지 내가 한 게
아니다. 하지만 나의 신경 세포에 배오와 키스를 한 시간과 장
소가 기록되었다. 이를 어쩌면 좋아.

내 입술과 배오의 도톰한 입술이 닿을 때 어땠을까? 맨질맨
질 말랑말랑했겠지? 너무 보드라워서 쪽쪽 빨고 싶었을까? 몰
라, 모른다. 조아일이 류배오와 키스를 했다. 그 기록은 남고 진
짜 내가 알고 싶은 모든 것은 아예 이 세상에 생성조차 되지 않
았던 아이러니여.

"아일아, 피곤하지? 내 차로 가자."

"내 차로 갈게. 너도 주승후 씨 챙기느라 힘들었잖아."

밤새 꿈에서 연 선생과 배오에게 시달렸다. 새벽에 눈을 떠서
침대 머리에 등을 기대 앉았다. 이제야 내가 아는 사람 연희애
의 죽음을 실감했다. 다시 이 세상에서 그 사람을 만날 수 없어
슬펐다.

아침에 출근해서 오후 반차를 내고 병원으로 갔다. 병실문을
여니까 콧등에 걸린 눈 하나만 내놓고 머리에 붕대를 감은 남자
가 창가에 서 있었다.

"아일 씨, 고생 많았다면서요."

"통증은 가라앉았어요?"

"아프지 않아요. 거울 보다가 자꾸 놀라서 제가 붕대를 감아
달라고 했어요."

"병원에서는 뭐라고 해요?"

"의사들이 우르르 들어와서 자기들끼리 뭐라 뭐라고 하고는

다시 우르르 나가요. 아직 아무 설명도 못 들었어요."

더블오류로 인해 얼굴이 뒤틀린 사람들이 어느 섬에 모여 산다는 소문을 들었다. 의학계는 변형된 얼굴을 재건할 수술 방법과 통증을 줄일 약을 찾고 있었다.

"구속됐죠?"

주승후가 물었다.

"긴급체포 영장은 기각됐어요. 증거를 더 갖춰 오래요. 어깨수술을 받고 아직 병원에 있어요."

그리고 법원은 내가 최시림에게 발포한 게 과잉 대응이라고 판단했다. 아침에 수사대에서 최시림의 구속 영장이 기각된 것보다 더 놀라운 소식을 들었다. 더블제작센터에 최시림의 더블 실행 로그파일을 찾으러 갔던 강 형사가 알려주었다. 최시림의 더블은 예약 시간이 끝나도 센터로 돌아오지 않았다.

"저처럼 사람만 오류를 겪는 게 아닌가 봐요. 그자의 더블도 오류 때문에 이상이 생긴 게 확실해요."

주승후는 사람의 얼굴이 이 정도로 변형된다면 더블은 어떨지 두렵다고 말했다.

"더블이 원인간의 행동을 반복했어요."

최시림의 귀에 난 상처가 더블과 연동이 더뎌서 더블이 최시림의 말을 되풀이했던 게 떠올랐다.

"최시림처럼… 더블도 살인을 시도할까요?"

주승후의 툭 불거진 눈동자에 공포가 번졌다.

"아마도…."

만약 그렇다면 더블은 나를 찾아올 것이다. 나도 더블을 기다린다. 최시림의 더블을 잡아야 인간 최시림의 범죄를 입증할 증거를 완성한다.

"내일 퇴원하면 집으로 가시나요?"

"집으로 갈지 다른 장소로 옮길지 생각 중이에요. 아일 씨는 다시 수사본부로 들어가세요?"

배오에게 해야 할 말이 남았다. 그동안 숨겼던 이야기를 시작해야 한다. 배오가 그 애의 삶에 나를 끼워주지 않을지도 모르겠다. 그래도 시작해야 하고 어디서부터 시작해야 할까.

"배오가 지금 오고 있대요. 만나고 가려고요."

유목연

서울 출생. 한국예술종합학교 영상원에서 영화를 공부했다. 영화와 문학에 관한 글을 쓰고 콘텐츠 기획을 했다. 재미있는 이야기, 웃기고 슬픈 이야기를 오랫동안 아주 많이 쓰고 싶다.

푸른 점

———

천선란

이렇게 멀리 떨어져서 보면 지구는 특별해 보이지 않습니다. 하지만 우리 인류에게는 다릅니다. 저 점을 다시 생각해보십시오. 저 점이 우리가 있는 이곳입니다. 저곳이 우리의 집이자, 우리 자신입니다. 여러분이 사랑하는, 당신이 아는, 당신이 들어본, 그리고 세상에 존재했던 모든 사람들이 바로 저 작은 점 위에서 일생을 살았습니다.

— 칼 세이건, 《창백한 푸른 점》

2층 테라스 정원은 엄마가 지구상에서 가장 사랑하는 장소였다. 스크린으로 만들어진 차양은 공기가 좋은 날에는 접혔다가 그렇지 않은 날에는 차단막처럼 내려와 인공 태양빛과 공기청정기를 작동시켰다. 대기질 상태와 상관없이 맑고 푸른 상태가 유지되는 공간이었다. 엄마는 집에 있는 매시간 그곳에 머물며 잠을 자고, 음식을 먹고, 책을 읽었으며 시에라의 이마에 입을 맞추었다. 엄마는 솜털이 보송보송한 시에라의 둥근 이마를 어루만지며 피로를 풀었다. 시에라는 언제나 그런 엄마의 투정을 다 받아주었지만 이따금 건조해서 각질이 심하게 일어난 볼을 이마에 갖다 대면, 시에라는 양 갈래로 묶은 머리를 격렬하게 흔들며 조그만 손으로 자기 이마를 가리기도 했다. 엄마는 아랑곳하지 않고 시에라의 뺨에 자신의 뺨을 맞대며, 시에라의 단단하고 검은 머리카락과 구슬같이 맑고 투명한 눈, 그리고 자신을 꼭 빼닮아 짙은 인중이 사랑스럽다고 중얼거렸다. 그 말은 시에라를 기쁘게 하기 위함이 아니라 엄마가 자신을 위로하기 위해 내뱉었던 말이라는 걸, 온통 가느다랗고 밝은 머리카락을 가진 사람들 속에서 엄마가 자신을 지키기 위해 내뱉은 말이라는 걸 시에라는 훗날 깨달았지만 어쨌거나 엄마가 그렇게 말을 해줄 때마다 시에라는 이마가 뜨거워질 정도로 좋았다. 엄마는 테라스 정원에서 언제나, 늘, 같은 말을 했다. 죽은 후에는 어떤 세계도 없다고 믿는 사람이었으므로 세 평 남짓했던 그곳이 엄마가 만든 천국이었다.

엄마는 종종 메모리로 허공에 홀로그램을 띄워 은하계와 태양계의 행성들을, 달과 지구를, 그리고 지구를 이루고 있는 지각판들을 시에라에게 보여주었다. 몇십억 년을 살아온 지구의 나이테에는 어떤 것들이 있는지, 가장 큰 공룡은 어떤 모습이었고, 그리고 바다에 남은 유일한 혹등고래도 보여주며 이 행성에 수많은 생명체가 태어나고 죽기를 반복한다는 설명을 덧붙였다. 지구는 끊임없이 자신이 만든 것을 흡수하고 그것을 양분으로 다시 무언가를 만드는 일을 반복하고 우리는 아주 짧게, 그렇지만 근사하게 지구를 머물다 가면 되는 것이라고. 시에라는 언제나 엄마가 너무 어려운 말을 한다고 불평했지만 그렇다고 흥미롭지 않은 건 아니었다. 이해하지 못한다고 해서 눈앞에 펼쳐지는 저 행성이 흥미롭지 않은 건 아니었다. 그 둘은 별개였다. 시에라는 주먹만 한 홀로그램 지구에 이미 오래전에 마음을 빼앗겼다.

스크린 하나가 망가져 하늘에 검은 구멍이 뚫렸는데도 연구실에 묶인 엄마는 며칠째 그 사실을 알지 못했다. 시에라가 여덟 살이었던 해였다. 엄마와 영상 통화는 매일 했지만 피곤해 보이는 엄마에게 집안일까지 신경 쓰게 하고 싶지 않았다. 여덟 살 시에라가 보기에도 스크린이 망가진 건 아주 사소한 일이었다. 시에라도 엄마처럼 테라스에서 잠을 자고, 밥을 먹고, 공부를 했다. 학교에서 돌아온 이후에는 온종일 테라스에서 시간을 보냈고, 어느 날 망가진 스크린을 바라보며 하늘에 구멍이 뚫려 보이는 우주 같다는 생각을 했다. 하늘에 구멍이 뚫리면 저렇게 우주가 보이는 걸까. 엄마가 들었다면 박장대소를 터트렸을 상상을 하며 밤이 깊도록 스크린에 박힌 우주를 바라보며 엄마를 기다렸다.

기다리는 게 힘들지는 않았다. 새벽에 오지 않더라도 아침에는, 아침에는 오지 않더라도 점심에는, 점심에 오지 못하더라도 그날 밤에는 반드시 왔으므로. 엄마는 초췌한 몰골에 곤죽이 된 몸으로 들어와 시에라의 이마에 입맞춤을 해주고 테라스에 놓은 소파에 쓰러지듯 누워 잠을 잤다. 시에라는 방에서 가장 푹 신푹신한 이불을 들고 와 엄마에게 덮어주고는 했다.

엄마는 평소와 다름없는 걸음걸이로 들어와 잠든 시에라를 꼭 끌어안았다. 엄마에게서는 짙은 알코올 냄새가 났다. 술을 잘 마시지 않는 엄마가 술을 마시는 날이란 일이 아주 잘 되었거나 그 반대의 경우뿐이었고, 다른 때였으면 엄마의 숨소리만 듣고도 둘 중 어떤 경우인지 알아맞힐 수 있었으나 그날 시에라는 엄마의 한숨이 무엇에서 비롯되었는지 예측할 수 없었다. 엄마는 한참 후에야 나직하게 입을 열었다.

'꿈을 꿨어. 시에라, 네가 우주선 끄트머리에 서 있는 꿈이었어. 마치 잭 스패로 같기도 했고 제임스 커크 같기도 했는데 제일 먼저 떠오른 건 캐럴 댄버스였어. 네가 캡틴 마블 옷을 입고 테라스 난간을 밟고 올라섰던 딱 그 모습이었거든. 시에라, 너는 언젠가 그렇게 될 거야. 한계를 극복해야 하는 순간이 오겠지. 정말 언젠가 네가 그렇게 끄트머리이자 시작점인 곳에 서게 된다면 네가 믿는 것을 잃지 않기를 바라. 네가 믿고 있는 것이 답이야. 그걸 잃지 마. 가끔은 진실보다 믿음이 더 중요하니까. 알겠니?'

엄마는 시에라의 이마에 입을 맞추고 잠이 들었다.

그날로부터 79일 후 연구실에서 총기 난사가 일어났고 범인은 같은 연구원 중 한 명이었으며, 그 연구원은 총 47명의 사람들을 사살 후 권총 자살했다. 그 47명 중 한 명이 엄마였다.

이웃집 아주머니의 손을 꼭 붙잡고 마지막으로 만난 엄마의 모습은 어째서인지 편안해 보였다. 살해당한 사람 같지 않았다. 그러니까 근심을 전부 내려놓고 후련해진 모습이었다. 엄마가 총을 든 사람한테 달려간 건 아니었을까? 시에라는 그런 생각을 했다.

며칠 후, 아침 뉴스에서 캘리포니아주 연구실에서 일어난 총기 난사가 집단 자살일 수도 있다는 추측성 기사가 보도되었다.

연구원이 총을 가지고 첫 방아쇠를 당겼던 시각이 오후 4시 41분이었고 두 번째 발사가 오후 4시 53분이었다. 첫 번째와 두 번째 발사 사이에 12분의 간극이 있었는데 그사이 신고한 사람이 아무도 없다는 것이다. 시에라는 기자의 얼굴을 응시했다. 밝은 기자의 숨소리, 옅게 떨리는 손, 광분에 쌓인 눈동자, 공포에 질린 얼굴. 기자는 쏟아내듯 연구실에서 발견된 자료들을 손에 들고 외쳤다. 옐로스톤 화산의 주기는 돌아오지 않았으나 화산이 폭발할 징조가 보이기 시작했고, 문제는 인류가 에너지와 자원 문제를 해결하기 위해 수소폭탄으로 뚫어놓은 해저굴이며, 이로 인해 판에 균열이 심해지면서 이는 곧 미대륙만의 문제가 아니라 연쇄적인 대규모 화산폭발로 이어질 거라는 예측을….

✳

빨간 불이 들어오며 시에라가 냉동 수면 상태에서 깨어났다. 몸을 감싸고 있던 액체가 쓸려나가며 문이 열렸다. 순번을 지키고 있던 자선이 달려와 시에라에게 통을 내밀었고 시에라는 그 안에 흰 액체를 토해냈다.

"기분이 어떠세요?"

시에라의 재킷을 들고 자선이 물었다. 시에라는 입에 남아 있는 액체를 끌어모아 통에 뱉은 후 끔찍하다는 의미로 인상을 찌푸렸다.

"자선도 깨어나기 직전에 꿈꿔?"

"보통 꿔요. 함장님도 끔찍한 꿈 꾸세요? 에디 박사님 말로는 잠들어 있던 뇌가 깰 때 제일 두려운 기억을 끄집어낸다는데, 저는 깨기 직전 몇 시간 내내 초코 시럽에 밥 말아 먹었어요. 어렸을 때 애들이 너는 뭐든 무조건 밥이랑 함께 먹느냐며, 초코 시럽에 밥을 말아서 억지로 먹였거든요."

"복수했어?"

"당연하죠. 고추장에 캡사이신 넣어 만든 스파게티를 토마토 스파게티인 척 먹였어요."

자선의 말에 시에라가 웃었다. 시에라는 '시에라 박'이라는 이름이 박혀 있는 보온 재킷을 입고, 머리를 두르고 있던 비닐 막을 벗겨냈다.

"함장님은 무슨 꿈 꾸셨어요?"

사투르호의 관리자인 인공지능 '러스'와 소통할 수 있는 칩을 관자놀이에 붙이며 시에라가 대답했다.

"엄마가 나왔어."

적당한 반응을 찾지 못했는지 자선의 표정은 퍽 난감했다. 시에라는 괜스레 미안해졌다. 시에라가 엄마의 이야기를 꺼내면 대부분 이와 비슷한 반응이었다. 어쩔 줄 몰라 하다가 끝내 비스듬히 고개를 숙여 미안하다고 짧게 중얼거리는. 어느 순간부터는 엄마의 이야기를 입 밖으로 꺼내지 않았다. 그렇게 8년 넘게, 마치 엄마 없이 세상에 잉태된 로마 신들처럼 굴다가 시에라는 엄마가 숨겨야 할 존재도, 피해야 할 존재도 아니란 걸 깨달았다. 그 죽음은 의문투성이였지만 시에라의 엄마가 엄마인 것에는 한 점의 의문도 없었다. 시에라는 자선의 어깨를 두드리고 자리를 떴다.

러스는 선체와 대원들의 냉동 수면 장치의 상태 보고를 마친 뒤 시에라가 잠들어 있는 동안 저장된 선체 외부 충돌 기록을 뒤이어 읊었다. 총 310번의 자잘한 외부 충격이 있었고, 그중 3건의 외부 충격은 타격 지수가 30퍼센트로 강도가 센 편이었으나 다행히 큰 외부 손상 없이 전부 경미한 손상 정도라고 보고했다.

복도를 지나가던 시에라가 걸음을 멈춰 비행기 창문처럼 난 조그만 창을 들여다보았다. 숨을 쉴 때마다 창에 희뿌연 김이 생겼다.

"그럼 당장 급한 건 없는 거네."

[예, 그렇습니다.]

창밖을 바라보고 있자 잠들었던 현실감이 조금씩 깨어났다. 스크린보다 더 작은 창문에 이마를 맞대며 이곳이 테라스와 12억 킬로미터 떨어진 곳에 정박한 우주선이라는 것을 생각했다. 토성 고리가 창문에 아름답게 걸쳐 있었다.

[기분이 어떠십니까?]

러스가 물었다.

"어떤 기분?"

[곧 태양계를 떠나지 않습니까.]

새삼스럽다고, 시에라는 생각했다. 러스가 인공지능이 아니었다면 하지 않았을 질문이었다. 태양계를 떠나는 소감이라니. 시에라는 질문을 되새기며 옅은 코웃음을 쳤다.

떠나는 것이 아니라 쫓겨나는 중이다. 옷을 갈아입으려는 지구로부터. 격변을 버틸 수 있는 많은 대안을 세웠으나 모든 시뮬레이션이 실패로 끝났다. 판이 뒤집히는 대혼란 속에서 생명체는 하늘에도, 땅속에도, 바닷속에서도 살아남을 수 없었다. 슬퍼하거나 억울해할 것도 없었다. 공룡이 사라졌듯 그렇게 인간도 순식간에 사라져야 할 때가 다가왔을 뿐이므로. 하지만 인간은 땅에 건물을 세우고 바다와 하늘에 길을 뚫은 존재가 아니던가. 지구에서 살아남을 수 없다면 저 우주로 길을 만들면 그만이었다.

시에라는 창밖을 응시하다 웃으며 걸음을 옮겼다. 시에라의 침묵이 1분 30초를 넘어가자 러스가 말을 물렸다.

[질문을 철회하겠습니다.]

"지겹게 들은 질문이니 색다른 질문을 만들어봐."

[그렇다면 가장 먼저 태양계를 떠나는 소감을 지겹게 들은 소감이 어떠십니까?]

질문에 대답하기 앞서 천둥이 치는 빗소리를 먼저 부탁했다. 러스가 선내 전체에 빗소리를 틀었다. 시에라는 뒷짐을 진 채

방으로 향하며 러스가 던진 질문에 답을 했다. 새삼스럽고, 유난스럽고, 왜 저러나 싶고, 자기들은 안 가나 싶고, 어차피 그곳도 곧 지구와 똑같아질 건데 왜 그러나 싶고, 그리고 또 그냥 다함께 종말을 맞이하면 안 되느냐고 말하고 싶고…….

사루트호는 선발대의 마지막 우주선이었다. 지구와 닮은 행성을 찾고, 우리가 그곳에 갈 수 있는지 확인하고, 그렇게 지구에 있는 모든 인간을 이주시키기 위해 움직였다. 발전은 절망에 비례했다. 40년의 세월 동안, 죽음의 순간 아이큐가 높아진다는 바퀴벌레처럼 인류 역시 살아남기 위해 구두에 밟히기 직전 탈출로를 만든 것이다.

호텔 침구처럼 부드러운 이불이 살에 닿자 지금까지의 잠은 거짓이었다는 것처럼 졸음이 쏟아졌다. 1시간 정도 여유를 부려도 일정에는 아무 이상 없을 것이다. 시에라는 그렇게 스스로를 납득하고 몰려오는 졸음을 애써 거두지 않았다. 여전히 낮게 울리는 천둥소리와 빗소리를 들었다. 시에라는 눈을 감으며 앞으로 해야 할 것들을 차분히 떠올렸다. 몇 시간 후 잠들어 있는 선원들을 깨워 웜홀을 통과하기 전 마지막 식을 치러야 했다. 선원들을 깨우기 전까지는 사투르호를 점검할 예정이었다. 선원들과 함께해야 하는 일이었지만 시에라는 혼자 하고 싶었다. 느리고 차분하게, 그렇게 외롭고 쓸쓸하게.

짧은 잠을 마치고 조종실로 향했다. 대원들이 깰 때까지 앞으로 4시간 16분이 남았다. 시에라는 그전까지 태양계에서의 마지막을 음미할 생각이었다. 러스에게 말한 것처럼 태양계를 떠나는 일에 의미를 두고 있지는 않지만, '영원히'라는 단어만큼은 어금니로 지그시 씹어 입 안에서 터져 흐르게 하고 싶었다. 혀에 붙은 알약의 씁쓸함을 느끼듯이.

임무는 '정착'이었다. 그곳에 갈 것. 무슨 수를 써서라도 그곳에 정착해서 살 것. 50년 후 지구에 남은 인간들이 그곳에 도착할 때까지 살아남을 것. 그곳에서 새 생명을 탄생시켜 자라게 할 것. 무슨 일이 있어도 절대로, 절대로, 절대로 돌아오지 말 것. 사람들에게 절망을 안겨주어서는 안 된다. 혼돈은 지구보다 더 빠르게 사람을 멸망시킬 테니.

선발대 1호에는 50명의 각기 다른 전공분야의 과학자와, 마찬가지로 각기 다른 전공의 25명, 15명의 간호사, 15명의 엔지니어, 5명의 심리상담사, 3명의 기록자, 17명의 우주비행사가 탑승했고 수경재배시스템과 3D 프린터, 고기를 만들어내는 배양통을 실은 채 떠났다. 그 후 여섯 척의 선발대 우주선 역시 각기 분야의 전문가들과 원목 재료, 동물 배아세포, 각 나라에서 추리고 추린 보물들을 싣고 차례로 이주했다. 그렇게 떠난 선발대는 다시 돌아올 수 없었으므로 각 선발대가 떠날 때마다 최소한 달씩 먼저 떠나는 이들을 위한 축제를 열었다. 노래를 부르고, 등불을 켜고, 기도를 하고, 강에서 몸을 씻고, 편지를 쓰고, 폭죽을 터트렸다. 그 환호와 안전의 기도를 피한 사람은 시에라뿐이었다. 시에라는 선원들을 위한 만찬에도 참석하지 않았다. 한 달 동안 시에라는 테라스에 있었다. 이마를 제 손으로 어루만지며 종일 잠을 자고, 책을 읽고, 밥을 먹었다. 영영 돌아올 수 없다는 것이 어떤 그리움을 짊어지는 건지 테라스에 있는 동안 깨달았다. 할 수만 있다면 테라스를 한 품에 끌어안고 가고 싶었다. 그럴 수 없어 결국 액자 하나만을 챙겼지만.

자율주행모드로 움직이고 있는 조종석에 앉았다. 오랫동안 홀로 움직였을 사투르호를 위로하며, 시에라가 잠시 자율주행 모드를 멈췄다. 모든 것이 정상적으로 작동되고 있다는 일정한 기계음을 들으며 시에라는 숨을 천천히 내뱉었다.

마지막 선발대인 8호 사투르호에는 함장인 시에라를 포함하여 총 200명의 성인과 1만 개의 얼린 수정관이 탑승했다. 9년 동안 웜홀의 출몰지점이자 토성의 위성인 엔셀라두스가 있는 지점까지 무사히 왔다. 남은 건 대략 4시간 뒤, 잠들어 있는 사람들을 전부 깨워 지구와 마지막 인사를 하고 웜홀을 통과하는 일뿐이었다. 사람들이 가장 기다리고 있는 순간이었다. 새 행성에 가는 것보다 다시 돌아갈 수 없는, 우리가 볼 수 있는 마지막 지구를 보는 일.

저 멀리 보이는 푸른 점.

실수로 떨어트린 물감처럼 찍혀 있는 저 점이, 우리가 보는 지구의 마지막 모습이었다.

시에라는 팔짱을 낀 상태로 의자에 기대어 앉아 푸른 점을 보았다. 바람이 불 때마다 스쳤던 나뭇잎, 바위에 부딪혀 부서지던 파도, 달이 선명하게 뜨던 밤과 창문을 두드리던 빗소리를 다시는 보지도, 듣지도 못하리라. 생명이 태어나고 죽고, 무언가 창조되고 멸망하기를 반복했던 지구는 그 모든 걸 제 몸의

한 줄의 테로만 남겨두고 새로이 바뀔 것이다. 인간은 다음 무대의 배우가 아니므로 그곳에서 퇴장해야 했다. 영겁 같은 시간이 흘러 저 행성이 인간의 흔적을 부단히 지우고 나면 자신이 존재하고 있다는 것도, 제 이름도, 이곳이 어디인지도 모르는 어느 생명체가 눈을 뜨겠지. 푸른 하늘과 광활한 대지, 혹은 흐르는 강물과 커다란 나무를 올려다보다 아주 천천히 자리에서 일어나 위대한 첫 발걸음을 내딛기 전까지 지구는 누구의 소유도 되지 못한 채 공전과 자전을 반복하리라. 시곗바늘을 되돌리면서.

시에라는 원시 상태로 돌아간 행성에 유일하게 남은 테라스를 그려보았다. 마음 한구석이 묵직하게 아려오는 서글픈 상상이었다. 생각을 지우기 위해 고개를 흔들었다. 그때 쿵, 하는 소리와 함께 선체에 작은 진동이 느껴졌다.

무언가 사투르호에 부딪쳤다. 곧이어 창틀에 떨어지는 빗방울처럼 흙먼지 같은 것이 사투르호를 훑고 지나갔고 곧 일정하던 기계음에 변주가 생겼다. 시에라가 침착하게 러스를 불렀다.

"무슨 일이야?"

선체 전체를 점검하느라 러스의 대답이 느려졌다. 비상 경고등이 울리지 않은 거로 보아 큰 문제는 아닐 터였다.

[토성 고리와 가까워졌습니다.]

[선체 후미 31번 정화시설 외부 나사가 느슨해졌습니다. 크게 걱정하실 필요는 없습니다. 외부 선체 수리 작동시키시겠습니까?]

넋을 너무 놓았다. 시에라가 운전대를 10시 방향으로 밀었다.

"선체 수리 작동하지 말고 내버려둬. 위치만 다시 잡고 내가 나갈게."

수리 로봇이 있음에도 시에라는 직접 나가고 싶었다. 우주복을 입는 김에 길게 뻗은 선체의 부리까지 나가 지구를 조금 더 가까이에서 보고 싶었다. 그런다고 크기나 밝기에 차이가 있을 리 없다는 걸 알지만 시에라가 4시간이나 일찍 냉동 수면상태에서 깬 것은 이를 위함이었다. 어차피 나가려고 했었으므로 굳이 수리 로봇을 움직일 필요가 없었다.

[왜 그렇게 하십니까?]

그런데 러스가 되물었다. 자율주행모드로 맞춰놓고 자리에서 일어나려던 시에라가 동작을 멈췄다. 지금 러스가 인간의 명령에 이유를 물은 것인가?

"왜라니?"

[로봇을 작동시키면 3분 내외로 해결됩니다.]

"그건 나도 알아. 네가 내 명령에 이유를 물은 걸 물어보는 거야."

[저는 사투르호에 승선한 모든 인간이 안전하게 도착하도록 관리하는 것이 임무입니다. 함장님이 위험한 일을 하지 않도록 막는 것도 저의 임무 중 하나입니다.]

러스는 자신의 임무를 다 했을 뿐이라는 걸 시에라도 받아들였다. 예민하게 반응한 건 자신이었다.

"그래도 내가 나가야겠어. 31구역 해치 오픈 준비해줘."

하지만 시에라는 기어코 러스에게 명령을 내린 뒤 칩을 잠시 꺼두었다. 소리를 듣고 조종실로 달려온 자선에게 외부 충격을 살펴보고 오겠다고 말하고 우주복 탈의실로 향했다.

장비를 챙기고 31번 구역 출구 해치 앞에 섰다. 시에라가 다시 칩을 켰다. 해치는 여전히 꽉 닫혀 있었다.

"해치 열어줘."

러스는 아무런 말도 없었다.

"러스, 해치 열어."

[일의 위험도를 떠나서, 외부로 나가는 것 자체가 위험합니다.]

"열어."

[열 수 없습니다.]

"함장 지시야, 열어."

[긴급한 상황 시 저는 함장의 지시 없이 판단할 수 있으며 경우에 따라 함장이 사투르호를 위험에 빠트리거나 위험에 처할 경우 지시를 거역할 수 있습니다.]

위험한가. 위험해질 수도 있는 상황은 맞았다. 인간에게 허락되지 않은 공간에 발을 들이는 것은 언제나 위험했다. 그렇다고 러스의 반응이 타당한 것은 아니었다. 러스는 과잉으로 대처하고 있었다.

"네가 열지 않으면 내가 열어."

[제가 열지 않으면 열 수 없습니다.]

"아니, 네가 열지 않아도 열 수 있어."

비상 개폐 레버 뚜껑을 열었다.

[제가 열겠습니다.]

출입문의 상태가 개방에 맞춰졌다. 공간은 완벽한 밀실이 됐고, 공기가 천천히 빠져나갔다. 들고 있던 헬멧을 썼다.

[함장님, 꼭 나가셔야 합니까?]

"네가 이러니까 무조건 나가야겠다는 마음이 들어서."

[그렇다면 저를 왜 판단할 수 있게 만드셨습니까?]

시에라는 해치 문을 잡아당기며 웃기만 했다.

전동 드라이버로 느슨해진 나사를 조였다. 러스가 유난을 떤 게 우스울 정도로 간단한 일이었다. 전동 드라이버가 날아가지 않도록 허리 벨트에 채웠다.

"너무 간단해서 더 수상하네."

[안전하게 일을 마치셔서 다행입니다. 어서 들어오십시오.]

"아니, 그럴 생각 없는데."

선체와 우주복을 연결해두었던 고리를 풀었다. 선체 외벽을 두르는 사다리를 붙잡고 선미로 향했다.

[어디 가십니까?]

"맨 앞으로."

[왜 가십니까?]

"보고 싶은 게 있어서."

[그만 돌아가셔야 합니다.]

"한 번 보기만 하고 곧바로 들어갈 거야."

[그만 들어가시기를 권고합니다.]

빠른 속도는 아니었지만 사다리를 붙잡고 선미까지 가는 길은 수월했다. 머리카락을 스치는 바람도, 눈앞을 떠다니는 먼지도, 멀리서 들려오는 소음도 없었다. 여기는 우주니까. 멈추지 않는다면 하염없이, 끝도 없이 계속 나아가리라. 사다리를 놓치며 사투르호와 멀어지는 상상을 했다. 발바닥에 찌릿찌릿한 감각이 돌았다. 둥근 언덕 부분 꼭대기에 다다랐다. 저 언덕만 지나면 곧장 선미였다.

[시에라 박 함장님. 그만 들어가시기를 권고합니다.]

러스가 다시 한 번 말했다. 시에라가 헛웃음을 터트렸다.

"이상해. 너무 강경하게 말리는데. 그렇게 위험하지 않은 상황인 거 네가 더 잘 알잖아."

[그만 들어가십시오.]

"그럴 생각 없는데. 거의 다 왔어."

[함장님, 들어가십시오.]

"그렇게 말해도 이미 늦었어."

[지금이라도 들어가십시오.]

"다 왔거든. 여기만 넘으면……."

선체 언덕 정상을 지나며 시에라가 기대에 가득 찬 얼굴로 고개를 들었다.

[함장님.]

시에라의 시선이 갈피를 잃었다.

[함장님.]

"……."

[시에라 박 함장님.]

"러스."

[네, 함장님.]

"지구가······."

시에라가 천천히 숨을 내뱉었다.

"어디에 있지?"

돌아갔던 선체는 분명 제자리로 돌렸다. 그런데 아니었던가. 축이 조금 엇나갔나. 그렇다고 해도 크게 엇나가지는 않았을 것인데 시에라의 시야 반경 어디에도 파랗게 빛나고 있는 조그만 점이 보이지 않았다.

[함장님.]

러스가 다시금 시에라를 불렀을 때, 시에라는 러스가 그토록 만류했던 이유를 알아차렸다. 너무 늦었지만.

[지구는 현재 화산재에 휩싸여 있습니다. 빛이 들어가지도, 나올 수도 없을 만큼 두껍습니다. 그래서 이곳에서 지구는 보이지 않습니다.]

"······그럼 안에서 내가 본 건 뭐야?"

[그건.]

러스가 간격을 두고 대답했다.

[유리에 띄운 홀로그램입니다.]

＊

팔을 붙잡아오는 자선의 손길에 시에라가 화들짝 놀랐다. 자선은 불러도 왜 듣지를 못하느냐고, 수리는 잘하고 왔느냐고 물었다. 시에라가 고개를 끄덕였다. 자선이 손을 뻗어 시에라의 이마를 만지려 했다. 시에라는 그제야 자신이 땀에 흠뻑 젖어 있다는 걸 알아차렸다. 왜 이렇게 땀을 많이 흘렸느냐며 자선이 물었다. 우스갯소리였겠지만 시에라는 당황함을 감추지 못하고 대답을 망설이다 씻고 오겠다는 말로 서둘러 자리를 피했다. 다행히 자선은 시에라를 쫓아오지 않았다.

넓은 복도가 그날따라 좁아 보였다. 끝이 보이지 않았다. 아니, 걸어가는 동안 점점 좁아지고 있는 것일까. 숨이 막혀오는 기분에 시에라는 벽을 짚고 서서 잠수 훈련을 하다 산소통 고장으로 5분간 숨을 참으며 수면 위로 올라와 숨을 토해냈던 그때처럼 거칠고 절박하게 호흡했다. 숨이 진정될 때까지 잠시라도 주저앉아 있고 싶었지만 자선이 뒤에서 지켜보고 있을지도 모른다는 생각에 그럴 수 없었다. 시에라는 꿋꿋하게 걸음을 움직였다.

다른 탑승객들이 깨어날 때까지 3시간 11분이 남았다. 그러니까 3시간 11분 뒤, 수면 상태에 있던 198명의 사람과 함께 웜홀을 통과하기 전, 그리고 앞으로 영원히 갈 수 없는 지구에 안녕을 고하는 마지막 시간을 가질 것이다. 그러는 것이 원래 계획이었는데.

샤워를 마친 시에라가 머리카락 물기를 닦아내며 방으로 들어왔다. 마음은 그 전보다 훨씬 가벼워졌고, 숨과 생각이 차분하게 제자리로 돌아왔다. 침대에 걸터앉아 시간을 확인했다. 남은 시간 2시간 53분. 시에라는 지구의 모습을 떠올리려다 그만 눈을 감았다. 빛을 거두시고 나누었던 궁창과 물을 한데 섞어, 바다와 물을 구분할 수 없고 빛 한 점 들어오지 않는 어둠으로 덮어버리시면 그곳에 살고 있던 사람들은 어찌 되었느냐고. 시에라는 불러본 적 없던 신에게 물었다. 답은 없었다. 애초에 답을 할 줄 아는 신이었다면 40년 동안 그 숱한 기도에 불응하지 않았으리라. 시에라는 질끈 감았던 눈을 떴다. 이미 몇 번이나 물어 대답을 익히 알고 있는 상태임에도 불구하고 자신에게 가장 확실한 답을 줄 수 있는, 일말의 거짓도 섞지 않는 존재에게 다시 물었다.

"지구가 멸망했다는 거지."

[예, 그렇습니다.]

"화산이 터져서."

[예, 그렇습니다.]

"그 화산재로 뒤덮여서 여기서도 보이지 않는다는 거고."

[예, 그렇습니다.]

"생존자는?"

[옐로스톤이 폭발한 이후 딱 한 번의 교신이 있었습니다. 그 이후로 지금까지 아무런 교신도 오지 않고 있습니다.]

"그 교신을 확인한 사람은?"

[없습니다. 1급 교신으로 함장님만 열람하실 수 있습니다.]

"마지막 교신 들려줘."

['계속 가라.']

두 손바닥으로 얼굴을 감쌌다.

"그게 언제 온 거야?"

[지금으로부터 4년 전입니다.]

"그럼 나에게 왜 그 사실을 숨긴 거지?"

[숨긴 것이 아니라 지킨 것입니다.]

"아니, 숨겼어. 홀로그램 지구를 띄워 그게 정말 있는 것처럼 굴었어. 내가 나가는 걸 말렸고, 나가서도 계속 들어가라고 했어. 그건 숨긴 거야."

말을 할수록 목소리가 격해졌다. 하지만 러스는 동요하지 않았다. 너무도 당연하지만.

[사투르호를 지키는 것이 저의 임무입니다. 지키지 못한다는 것은 사투르호가 난파되거나 항로를 이탈하거나 왔던 길을 되돌아가는 것을 모두 의미합니다. 사투르호가 난파될 가능성은 외부적 요인과 내부적 요인이 있고, 항로를 이탈하는 경우 역시 실수로 방향을 잃거나 의도적으로 선로를 바꾼다는 두 가지 경우가 있습니다. 난파가 내부적 요인일 경우, 의도적으로 선로를 바꿀 경우, 왔던 길을 되돌아가는 경우는 인간의 의지이며 의지에는 다수의 결단에 의해 소수의 의견이 반영되지 못하는 상황이 있을 수 있으며 그 다수의 결단이 폭동으로 이루어질 가능성이 큽니다.]

"폭동이 왜 온다고 생각해?"

[절망하시지 않았습니까.]

"내가 언제……."

[지구가 어디에 있느냐고 제게 물었을 때 함장님의 심박수는

평소보다 느렸습니다. 1초에 55회. 현실을 깨닫기 직전 인간이 가지고 있는 직감이 곧 다가올 절망을 피하기 위해 아주 찰나의 순간 모든 신체 대사를 느리게 작동시킵니다.]

"그게 무슨 억측이야."

[저를 설계한 박사님이 그렇게 입력했습니다. 인간의 호흡이 아주 느려질 때는 다가올 미래를 알기 때문이라 하셨습니다. 시간을 멈추기 위한 몸의 마지막 발악입니다.]

러스의 근거 없는 추측을 듣고서도 아니라는 말을 할 수 없었다. 그 감정은 절망이 맞았다.

"내가 절망할 걸 알기에 숨겼던 거라는 거지."

[폭동은 절망에서 옵니다.]

"폭동은 희망에서 와."

시에라가 천천히 숨을 골랐다.

"지금 돌아가면 지구에 남은 사람들을 살릴 수 있을지도 모른다는 희망."

상상하지 않으려고 했지만 화산재가 깔린 지구 어딘가에 구조를 기다리고 있을지도 모르는 불특정 사람들이 자꾸 떠올랐다. 버티다 보면 반드시 살아날 수 있을 거라는 희망을 가지고 4년 동안 모닥불을 피워놓고 살았을 어떤 이들을.

"지구에 사람이 살아 있을 확률은?"

[없습니다. 대지에는 평균 10미터의 화산재가 쌓여 있고 대기 역시 두꺼운 화산재로 뒤덮여 뇌우가 반복되고 있으며 현재 지구의 평균 온도는 영하 80도입니다.]

"하지만 일말의 희망으로라도 어디선가 생존자들이 모여서……."

[함장님.]

"……."

[폭발 당시에는 살았다고 하더라도 4년 넘은 현재까지 생존해 있을 확률은 극히 낮습니다. 지구로 돌아가는 시간인 9년을 합친다면 생존 확률은 제로에 가깝습니다.]

"방공호를 준비해뒀을 수도 있어."

시에라는 가능성을 쥐어짰다. 메마른 수건을 비틀어 물을 얻으려는 듯이.

"미리 만들어둔 거지. 몇 년을 버틸 수 있게. 충분히 가능하지 않나. 많이는 아니더라도 아주 소수는 그렇게 살아 있을 거야. 방공호를 잘 만들었다면 4년이 뭐야, 20년도 더 버틸 수 있어. 기다리고 있을 거야. 끊임없이 구조신호를 요청 중일 거라고. 우주선에 자리도 많아. 그러니까……."

[저는 회항을 허락할 수 없습니다.]

시에라는 손바닥에 묻은 고개를 들지 않았다.

[방공호를 찾을 인력이 사투르호에는 없습니다.]

러스가 계속 말을 이었다. 시에라는 묵묵히 들었다. 어쩌면 마음 한 편에서 이 말을 기다렸는지도 모른다.

[사투르호는 1만 개의 얼린 수정관을 수송하고 있습니다. 사투르호가 무사히 도착하지 못한다면 인류의 미래는 없습니다. 함장님, 앞으로 나아가셔야 합니다. 지각의 변동과 인류의 종말

은 예견되어 있었습니다.]

모두가 알고 있던 사실. 막을 수 없기에 피했던 것. 언제 갑자기 일어날지 모른다는 불안감 속에 버텼던 35만 400시간.

"사람들에게 사실만이라도 알려야 해."

[말씀드렸듯이, 숨기시는 걸 권장합니다.]

"마지막을 봐야만 해."

[영원히 잊을 수 없는 슬픔이 될 것입니다.]

"그래도 사실을 알아야 해."

[진실을 안다면 남는 건 고통뿐입니다.]

"하지만 도착한 뒤에도 한참 동안 사람들을 태운 수송선이 오지 않는다면 결국 모두가 알게 될 일이야. 영원히 진실을 감출 수는 없어."

[인간들이 기억하는 마지막 지구의 모습이 푸른 점으로 남을 수 있습니다. 도착 후 지구의 소식을 들었다고 하더라도 인간들이 기억하는 지구의 모습은 저 푸른 점일 것이며, 그로 인해 지구에서의 기억을 떠올릴 때마다 푸르고 아름다웠던 공원을 떠올릴 것입니다. 한낮의 축구 시합을 떠올릴 것이고, 영화관에서 영화를 봤던 기억을 떠올릴 것이며, 사랑하는 이와 함께 했던 매순간의 빛을 떠올릴 것입니다. 그리고 지구를 한 번도 밟아본 적 없는 배양 세포들에게 말해줄 것입니다. 지구는 푸르고 아름다웠던, 하나의 점이었다. 12억 킬로미터 떨어진 곳에서도 보였던.]

러스가 덧붙여 말했다.

[함장님이 고통스러운 이유는 진실을 보았기 때문입니다. 진

실은 때로 가장 행복한 순간을 앗아갑니다.]

"도대체 누가 너한테 그런 말을 가르친 거야?"

시에라가 허탈하게 웃으며 말했다.

[저를 제작한 곳은 캘리포니아주 외행성 개조 연구기관 'OCP(Outer Planets Colony Pioneer)'. 초기 모델을 만들 때 같은 연구기관인 캘리포니아주 지질학 연구원들이 참여했습니다. 그들은 옐로스톤의 화산폭발로 인해 지구에 연쇄적인 대규모 화산폭발과 지진이 일어날 것을 예측해 제작에 참여했습니다. 그들이 제게 명령한 것은 딱 하나입니다.]

엄마가 속해 있던 연구기관이었다.

['진실을 모르게 하라.']

'가끔은 진실보다 믿음이 더 중요하니까.'

시에라는 상상했다. 사투르호에 탑승한 이들 앞에서 4년 전 지구가 멸망했다는 소식을 전하는 자신을.

"마지막 인사까지 얼마나 남았지?"

[2시간 47분 남았습니다. 30분 뒤 전부 깨어날 것입니다.]

더는 러스와 이야기 나눌 시간이 없었다. 시에라는 옷을 갈아입은 뒤 조종실로 향했다. 그 어느 때보다 더 고요하고, 외로운 우주였다.

＊

사람들이 조종실에 모여 경건하게 섰다. 자선이 시에라의 이마를 어루만졌다. 땀이 아직도 나고 있어요, 라고 조용히 알려주었다. 시에라는 손등으로 이마의 땀을 훔쳤다. 천천히 숨을 내뱉으며 러스에게 불투명도를 낮추라 명했다. 조종실 전체를 두르고 있던 유리가 점점 투명해졌다. 사람들의 시선이 한곳으로 몰리더니 곳곳에서 옅은 탄성을 내뱉었다.

시에라가 뒤돌았다. 푸른 점을 보며, 그리고 그 너머에 있는 잿빛 행성을 떠올리며 입을 열었다.

"모두 지구를 향해, 우리의 집이자, 우리 자신이었던, 우리가 사랑했던 세상 모든 존재들이 있던 저 작고 푸른 점을 향해."

경례.

천선란

대표 저서로《천 개의 파랑》,《어떤 물질의 사랑》,《밤에 찾아오는 구원자》를 썼다. 동식물이 주류가 되고 인간이 비주류가 되는 소설을 꿈꾼다.

공룡이 잠든 도시

————

강다연

1

태주는 확신에 찬 걸음을 내디뎠다. 희미한 달빛이 가까스로 길을 비추고 있는 어두운 숲속을, 정해진 발자국 자리가 있기라도 한 듯 민첩한 몸짓으로 가로질렀다. 여기저기 쌓여 있는 나뭇가지 더미를 건너기 위해 평소보다 큰 보폭으로 걸어야 할 때는 허리춤에 차고 있는 갖가지의 장비들이 덜그럭거리는 소리가 들렸다.

어느 경계 앞에 멈춰 서자, 태주의 움직임을 따라오던 나뭇잎의 바스락거리는 소리가 한순간에 사라졌다. 누군가 숲을 댕강 잘라놓은 것처럼 발끝이 닿는 경계선부터는 작은 나무 하나 보이지 않는 끝없는 잔디 공터가 펼쳐졌다. 높은 나무와 갖가지의 장애물을 헤쳐야 했던 숲과 달리, 뻥 뚫린 넓은 평지 위로 거대하게 내려앉은 늦여름의 밤하늘은 그 아래의 모든 것들을 끌어안는 것만 같았다.

움직임을 따라 바스락거리던 나뭇잎도, 옷자락을 잡아세우려던 날카로운 나뭇가지도, 태주의 작은 몸조차도 숨길 수 없는 드넓은 평지 한가운데에 우물 하나가 떡하니 놓여 있었다. 태주는 한 치의 망설임도 없는 듯 그곳을 향해 성큼성큼 걸어갔다.

단단한 회색빛 돌로 이루어진 우물 입구 앞에 멈춰선 태주는 메고 있던 짐을 잔디 위에 내려두었다. 가방에 담아 온, 털이 잔뜩 달린 두꺼운 옷들을 껴입고는 정해진 순서가 있는 것처럼 탁탁거리는 소리와 함께 능숙한 듯 무언가를 준비하기 시작했다. 허리에 두꺼운 밴드를 차고 그 위에 밧줄을 묶은 갈고리를 단단히 매달았다. 그러자 가죽이 힘껏 조이는 소리가 들렸다.

모든 준비가 끝난 태주는 우물 구멍 안으로 하나둘 발을 집어넣은 채로 벽돌 위에 걸터앉았다. 차고 있던 손목시계 버튼을 눌러 타이머를 작동시키고는 늦여름 속에서 홀로 차디찬 겨울을 맞이할 준비를 했다. 밧줄이 제대로 장착됐는지 확인하기 위해 한 번 더 당겼을 때 단단함이 느껴졌고, 출발할 때가 됐다는 확신이 스며들었다. 누군가의 시체가 널브러져 있다 해도 그 아무도 모를 것만 같은 조용하고 넓은 들판, 그리고 그 위에 놓인 의미심장한 작은 우물. 그 안으로 태주가 사라져갔다.

밧줄에 의지한 채 우물 밑을 향해 가는 태주의 눈빛이 능숙했다. 내려가는 도중엔 아래를 내려다보지 않는 것을 자신만의 규칙으로 삼았는데, 우물 안을 응시할 때면 익숙한 곳임에도 매번 무한한 웜홀 속에 빨려 들어가는 것만 같은 기분이 들어 섬뜩했기 때문이다. 태주는 회색빛 우물 벽에 가까이 시선을 두고서 조심스러운 몸짓으로 움직였다. 이미 습관이 되어버린 행위였지만 발이라도 헛디디면 그대로 추락이라는 걸 누구보다도 잘 알고 있었다.

얼마 지나지 않아 지상의 빛은 사라지고 어두운 터널 속으로 빨려 들어가는 듯한 구간이 시작됐다. 그러자 태주의 시야를 가득 채우던 회색 표면은 동굴 벽이 되었고, 그 질감이 손끝에 닿을 때 마음의 준비를 하는 듯 침을 꼴깍 삼켰다.

태주는 그곳이 제일 싫었다. 눈을 가리는 암흑이 찾아오면 기다렸다는 듯 후각이 살아났다. 동굴 벽으로 둘러싸인 구간에서 코를 찌르는 건조한 먼지 냄새 같은 것이 강하게 났는데, 그 냄새는 기억하고 싶지 않은 어렸을 적을 떠오르게 했다. 주먹과 몽둥이에 더는 맞을 수 없어 도망치다 숨어 들어간, 낡은 옷장 안에서 나던 냄새와 비슷했다.

그럴 때마다 밧줄과 벽에 의존하던 것을 뿌리치고 힘껏 뛰어내려 한 번에 착지하고 싶었지만, 뾰족한 고드름 같은 것이 사납게 서 있을지 모를 일이었다. 죽기 직전엔 지금껏 살아온 인생이 필름처럼 되감긴다고 하던데. 이대로 뾰족한 무언가에 찔려 어이없이 죽는다면, 자신이 볼 필름은 공포스러운 소리를 피해 정신없이 도망치는 모습뿐일 터라 분명 그 어떤 것보다 하찮을 거라 생각했다. 그보다 더 억울한 게 있을지 떠올리기 싫었다.

그러면서도 어두운 옷장 문틈으로 봤던, 자신을 찾는 '그 사람'의 바보 같은 표정과 흘러내리는 콧물이 떠올라 자기도 모르게 옅은 웃음을 흘렸다. 태주는 종종 베개 안에 들어 있는 솜을 죄다 꺼내 합친 후 칼로 가운데를 깊게 찔러보며, 그 사람의 불룩 튀어나온 배를 찌르는 상상을 했다.

오늘도 이 냄새 탓에 어김없이 옷장의 장면이 찾아와버린 것이다. 피 줄줄 흐르는 산더미 같은 배를 감싸 안고선 울부짖는 그 사람의 우스꽝스러운 표정이 떠오를 때면, 아직까지도 태주는 더는 참을 수 없다는 듯 침을 튀기고 픕하는 소리를 냈다. 어린 태주는 상상을 실현으로 옮겨보고자 매일 같이 기회를 노렸지만, 작고 마른 팔은 두꺼운 손으로 단숨에 붙잡혀 불쌍한 나뭇가지처럼 꺾일 뿐이었다.

태주는 여전히 아쉬운 듯 발끝으로 우물 벽을 차며 고개를 쳐들고서 큰 소리를 내질렀다. 작은 포효는 우물 벽을 타고 올라가 고요한 들판 위로 희미하게 퍼지더니 이내 사라졌다.

한참을 더 내려갔을 때 급격히 기온이 훅 내려간 듯 태주의 입가 근처로 뽀얀 입김이 흘러나왔다. 태주는 그 급작스러운, 그러나 예상한 변화에 정신을 차린 듯 평소의 무뚝뚝한 표정으로 살며시 눈을 감았다. 우물 깊은 곳에 갑작스러운 겨울이 찾아왔다는 건, 이제 아래를 내려다볼 수 있다는 뜻이기도 했다. 겨울을 마주하는 태주의 얼굴에 푸른빛이 어렸고 반사된 잔상으로 눈동자가 반짝였다.

빙하였다. 우물 아래에, 거대한 빙하로 둘러싸인 얼음동굴이 있었다. 왠지 모를 좋은 예감이 들었다. 정확한 이유를 알 순 없었지만, 오늘 따라 꽤 괜찮은 얼음 큐브를 캐내 평소 이상의 실적을 낼 수 있을 것만 같았다. 한편으로는 저조한 최근 실적 탓에 그렇게 믿고 싶은 건지도 몰랐다.

얼음동굴 땅에 조심스럽게 착지한 후 먹잇감을 찾기 시작했다. 허리춤에 차고 있던 둔탁하면서도 뾰족한 여러 도구들이 태주의 움직임을 따라 서로 부딪치는 소리를 냈다. 푸른 반짝임을 한가득 간직한 얼음동굴은 매혹적이면서 위험한 마법 같았다. 아름다움에 취해 정신없이 이끌리다보면 투명한 얼음이 붉은 피로 뒤덮일지도 몰랐기 때문에, 사이사이 돋아나 있는 뾰족한 기둥들에 찔리지 않으려면 민첩하면서도 정확하게 움직여야 했다.

얼어버린 수족관을 연상케 하는 동굴에서 손바닥만 한 얼음덩어리들을 발견할 때면 가까이 다가가 그 안을 살폈다. 납작한 얼음 덩어리들은 벽, 천장, 모퉁이에서 종종 발견되곤 했다. 그저 얼음으로 가득 찬 덩어리들이 대부분이었지만 그럼에도 하나씩 확인해야만 했다. 그래야 수많은 시행착오 속에서 공룡으로 태어날 큐브를 운 좋게 발견할 수 있었으니까.

스무 살의 태주는 한 사업가를 위해 매일 밤 우물 안으로 파고들었다. 건수만 채우면 도시에서 하는 일보다 더 많은 돈을 벌 수가 있었다. 가끔은 종이로 된 책과 그 위를 적시는 잉크의 질감이 그리워지곤 했지만 태주는 자신에게 주어진 단 하나의 선택지가 곧 선택일 수밖에 없었던 사실을 후회라는 단어로 다독이려하지 않았다.

고요한 얼음조각 속에 숨은 공룡 큐브는 정해진 곳에서 자라나지 않는다는 점 때문에 얼마큼의 경력이 쌓이든 채굴은 어려웠다. 분명 고드름 쪽에 있던 큐브가 다른 날엔 돌 바위 아래에 잠들어 있었다. 다가가려 하면 멀어지고, 잡으려고 하면 도망가는 것이 마치 숨바꼭질 같았다. 태주는 그런 얼음 큐브를 얄미워하면서도 은근히 그것과 줄다리기 하는 것을 즐겼다. 먹고 살기 위해 시작한 일이었지만, 이리저리 피해 다니던 공룡 큐브를 손 안에 쥐었을 땐 묘한 애정을 느꼈다. 스스로는 그 사실을 인정하려 하지 않았지만, 어찌 됐든 한 군데에 정착하지 못하고 이곳저곳을 배회하던 태주가 가장 오래 유지하고 있는 직장이었다.

원형 우물 아래에 존재하는 얼음동굴은 어디까지가 끝인지 알 수 없을 정도로 수많은 경로가 있었다. 태주는 본능적으로 항상 다니던 길을 기억했지만, 혹시 모를 돌발 상황을 대비해 직접 기록한 지도를 들고 다녔다. 조금이라도 집중력을 놓치면 금세 미로로 변해버리고 마는 곳이었기 때문에, 지상으로 올라갈 수 있는 유일한 입구를 찾지 못한다면 그 안에 갇혀 공룡 큐브처럼 얼어 죽는 건 시간문제였다. 배를 채울 음식이나 체온을 위한 두꺼운 가죽도, 말동무로 삼을 존재도 없었다. 그저 이 고요한 추위 속에서 잠들어 있는 작은 '공룡 씨앗'과 조용하지만 사나운 '얼음'만이 자리할 뿐이었다. 태주는 길을 새겨둔 지도를 들고서 매일 밟는 발자국 자리를 기억해야만 했고, 새로운 길을 발견할 때마다 꼼꼼히 그려 넣었다. 아직 드러내지 못한 미지의 공간이 얼마나 될지는 아무도 몰랐다.

지금까지는 항상 다니던 길에서 큐브 수확을 할 수가 있었다.

오랜 시간 동안 새 지도를 그려 넣기 위한 모험을 떠나지 않았는데, 담당자의 코를 납작하게 만들기 위해선 조만간 새로운 길을 찾아나서야만 했다. 지금까지 함께해 온 길들의 수명이 다해 간다고 생각하니 죽음 위를 걷고 있는 것 같아 기분이 이상했다. 태주는 곧 날을 잡고서 여분의 음식과 더 많은 도구, 옷을 챙겨 개척의 날을 맞이해야겠다고 생각했다.

몸이 기억하고 있는 각인된 경로를 따라 조심스럽게 나아갔다. 미끄럼 방지 기능이 장착된 두꺼운 털신을 신은 발이, 단단한 장갑으로 둘러싸여 있는 손이 거대해 보였다. 그때 태주가 멈칫하고는 툭 튀어나온 얼음벽을 빤히 응시했다. 투명한 빛을 내는 큐브 혹은 덩어리였다.

탕! 낫과 얼음이 충돌하는 명쾌한 소리가 들렸다. 이 얼음이 큐브가 될지 덩어리가 될지는 곧 알 수 있을 것이다. 태주는 날카로운 낫을 내리칠 때마다 큐브였으면 좋겠다고 마음속으로 중얼댔다. 최근 영 실적을 내지 못하자 태주의 심기를 건드리기 시작한 큐브공방 담당자의 목소리가 어디선가 들려오는 듯했다. 이렇게 매번 빈손으로 찾아올 거면 이 일을 하고 싶어서 줄을 선 사람들의 목록을 들여다봐야겠다고, 공방을 나가는 태주의 뒤통수에 대고 중얼거리는 식이었다.

태주의 얼굴에 미소가 번졌다. 바닥에 던져버릴 덩어리가 아닌 얼음 큐브였던 것이다. 손목에 차고 있던 시계를 들여다봤다. 28분. 생각보다 빠른 속도였다. 보통 2시간 이상은 돌아다녔을 때 운이 좋아야 하나 얻을 수 있었는데, 지금 이 순간 우물을 품에 안을 수만 있다면 꽉 껴안아주고 싶었다.

그나저나 발견하긴 했는데… 이번엔 어떤 종일까.

손바닥 위에 얼음 큐브를 올리고서 가만히 들여다보았다. 행운을 물체로 만든다면 이런 모습이 아닐까 생각했다. 태주의 입김을 받은 큐브 표면 위를 스윽 닦아냈다. 육각 얼음 속에 곤히 잠들어 있는 초식공룡. 태주가 공방으로 가져가면, 공방에 있는 숙련된 직원들이 얼음을 깎는 것을 비롯한 특수 공정을 거쳐 투명케이스에 보기 좋게 포장할 것이고 곧 '상품'이 될 초식공룡이었다. 백화점에 진열된 후 얼마 지나지 않아 일부 사람들의 반려공룡이 될 모습을 떠올렸다.

얼음동굴에서 갓 캔 공룡은 양손에 들어오는 크기였지만 큐브를 깨고 나면 그 공룡들은 코끼리 정도로 커졌기 때문에 공룡을 반려동물로 수용할 수 있는 사람은 한정적이었다. 물론 본래 공룡보다는 작지만 말이다. 모두가 반려공룡의 등장을 흥미로워했지만, 그중에서도 직접적인 관심을 보일 '자격'이 있던 것은 빅돔에 거주하는 사람들이었다.

오늘의 주인공은 콤프소그나투스. 몸길이 1미터밖에 되지 않는 작은 초식동물을 보며 태주는 끌끌 혀를 찼다. 약해 빠진 너 또한 일생의 대부분을 도망치는 일로 보내겠구나. 아니, 헐값에 팔리겠구나라고 해야 할까?

태주는 강한 공룡이 좋았다. 이왕이면 도망 다니지 않고 굳건히 자기 자리를 지킬 수 있는, 힘이 센 존재를 발견하는 것이 좋았다. 그리고 그것들을 볼 때마다 알 수 없는 질투심이 스며들었다. 여전히 기억할 수 있었다. 예전에 딱 한 번 기가노토사우루스를 발견했을 때는, 태주 자신도 모르게 환호에 차 몇 초간 숨도 쉬지 못했다. 정신이 들자 큰 소리를 힘껏 내질렀는데, 아무도 들을 수 없다는 걸 알기에 잠깐 멈추었다가 또 한 번 길게 터뜨렸다. 확률적으로 잘 나오지 않는 큐브이기도 했고 강한 공룡을 품고 있으면 허망하지만 확실한 용기가 생겨났다.

공방에 방문하고 나서야 육식공룡 중에서도 가장 강력하다고 할 수 있는 기가노토사우루스라는 걸 알게 되었다. 강한 존재를 이런 식으로 가까이 관찰할 수 있다는 사실이 내심 신기했다. 잠들어 있지 않았다면 상상하지 못할 일이었으니까. 강한 것이 높은 보수를 받을 수 있어 그날 아침은 삶은 달걀과 목이버섯, 당면을 섞은 요리로 기념했다.

그러나 기가노토사우루스 큐브는 공방에 운송되자마자 폐기 처분되었다. 실제 폐기되었을지는 아무도 모르는 일이었지만 모든 사람이 그렇게 알고 있었다. 태주는 육식공룡 큐브를 발견한 것도, 그런 식으로 빼앗긴 일도 처음이라 자신의 손에서 큐브가 빠져나갈 때 되잡을 생각조차 할 수 없었다. 애써 발견한 희귀큐브가 처분되다니, 태주는 분하기도 했다. 이럴 줄 알았으면 몰래 가져갈 걸 하고 후회했다. 그리고 더 강한 공룡을 찾고 싶었다. 또 한 번 그런 기회를 얻게 되면, 그때는 훔쳐낼 생각이었다. 숙련된 기술자가 없는 상태에서 그걸 가지고 무얼 해낼 수 있을지 전혀 알지 못했지만, 그저 그럴 마음이었다.

매고 있던 배낭에 콤프소그나투스 큐브를 조심스럽게 집어넣

었다. 그러고는 자신이 밟았던 발자국을 기억하며 날렵한 몸짓
으로 우물을 빠져나갔다.

2

벗겨진 전깃줄, 반쯤 쓰러진 전봇대, 고장 나버린 간판들, 페
인트가 벗겨진 낮은 건물들이 막무가내로 뒤엉킨 채로 축 늘어
져 있었다. 그리고 그 사이로 태주가 걸어갔다. 배낭에 담겨 있
는 콤프소그나투스 큐브가 태주의 걸음에 맞춰 특수케이스 안
에서 덜거덕거리는 소리를 냈다. 어느덧 이른 새벽이 되었고,
낡은 도시는 저 깊은 곳에서 태양이 떠오를 준비를 할 때 뿜어
내는 푸른빛으로 물들어갔다.

하루의 시작을 알리는 아침도, 그렇다고 고요한 밤도 아닌
그 사이 어딘가에 있는 시간, 길거리에 널브러져 있는 사람들은
눈을 가느다랗게 뜨고선 태주의 움직임을 응시했다. 태주는 이
거리 특유의 시선이 이미 익숙한 듯, 전혀 개의치 않은 태평한
얼굴을 하고선 계속해서 걸음을 옮겼다.

망설임 없이 지하식당 문을 열자 문 위에 달린 작은 종이 흔
들거렸다. 과거엔 들깨 칼국수와 소주를 팔았을 법한, 일이 끝
나긴 했지만 그렇다고 집에 들어갈 수 없는 심정이 드는 때면
찾아올 법한 식당이었다. 모락모락 김이 났을 칼국수가 사라지
고 그 자리엔 낡은 내음이 가득했지만, 벽에 붙은 메뉴판, 식탁

과 의자, 수저통을 보며 과거의 모습을 어느 정도 짐작할 수 있었다.

이 식당 안에서 일하는 사람들은 이곳이 공방으로 불리길 바랐다. 내부 안쪽에 놓인 책상 위엔 뒤통수 큰 컴퓨터가 놓여 있었고, 그 앞에 머리 벗겨진 남자 하나가 의자에 눕다시피 앉아 잠들어 있었다. 무언가 작동하는 소리, 그러니까 큐브가 가공되는 소리가 들려오자 태주는 무심코 그 소리를 따라 주방을 쳐다봤다. 이 세상에 태어나길 기다리고 있는 공룡들이 한가득 잠들어 있는 거대한 회색 냉동고가 주방에 단단히 자리하고 있었다.

태주는 배낭에서 꺼낸 콤프소그나투스 큐브를 키보드 옆에 내려놓았다. 그 소리에 번뜩 눈을 뜬 담당자는 태주에게 시선을 한 번 던지더니, 얇고 가느다란 빨간 안경을 코끝에 올려놓고선 턱을 들어 큐브를 살펴보기 시작했다. 집중한 채 입을 동그랗게 모아 옹졸하게 만들자 담당자의 입술에 나무껍질 같은 마른 주름이 빼곡했다. 오늘따라 살짝 긴장한 태주는 침을 꿀꺽 삼키면서도 그 소리를 내지 않기 위해 괜히 힘을 주었다.

안경 너머로 큐브 점검을 완료한 담당자가 큼큼거리더니 말했다.

"또 이거구만."

태주는 어깨를 한 번 들썩였다.

"요즘 이건 흔해 빠졌잖아. 인기가 없어서 값도 안 나간다고."

부엌 너머로 큐브가 가공되는 소리가 들렸다. 태주마저도 큐브가 가공되는 모습을 본 적이 단 한 번도 없었다. 첫째로 작업

기술이 외부에 유출되어선 안 됐고 무엇보다 납득할 수 있을 만한 위치의 사람만이 큐브의 비밀을 볼 권리가 있다고 했다.

"그래도 가장 빨리 왔잖아요."

"빨리 오면 뭐해. 죄다 호리호리한 것들만 가져오는데."

빨간색의 얇은 안경 너머로 태주를 바라보던 담당자는 서랍 속 두꺼운 장부를 꺼내 들었다.

"참, 다음 주 일정 확인하고 가."

태주는 달갑지 않은 눈초리로 담당자를 바라보더니 가죽표면으로 둘러싸인 장부의 표지를 열었다. 그 안엔 태주와 같은 일을 하는 작업자들의 이름과 각자에게 부여된 일정이 표에 한 가득 길게 늘어서 있었다. 검지 끝으로 '박태주'를 찾는 태주의 눈이 빠르게 움직였다. 반복적으로 적혀 있는 많은 이름들 사이에서 자신의 것을 찾기 위해 표 정상에서 아래로 추락하듯 손끝을 움직였다. 손가락이 낡은 종이를 쓸어내리는 마찰음이 날 때, 반복되는 이름들을 구성하고 있는 글자 하나하나가 태주의 목덜미를 향해 날아오는 것만 같았다. 이대로라면 조만간 글자들의 날카로운 칼날이 태주를 찌르고 그 위를 차지할 거란 걸 알았다.

순간 태주는 짧은 콧바람을 내뿜었다. 손가락은 이미 표의 제일 끝에 다다라 있었다. 태주의 이름은 단 한 군데에도 자리하지 못했다. 담당자를 빤히 쳐다봤다. 그러자 그는 반응을 예상이라도 한 듯, 안경다리를 접으며 태주의 시선을 노련하게 회피했다. 둘 사이에 짧은 침묵이 흘렀다.

"제가 이 근방에서 가장 넓은 지도를 만들었다는 건 아시죠?"

"난 지도가 아니라 큐브를 원해."

"남은 일정들 이거 다 누가 나갈 건데요."

"새로 한 명 들어왔어. 옆 도시 공방에서 알아주는 실력자래."

담당자를 노려보는 태주의 동공이 미세하게 흔들렸다. 목적 없이 두꺼운 모니터를 응시하는 그의 얼굴이 얄미워 두 눈을 꾹 감았다. 진정하기 위한 태주의 눈꺼풀이 미세하게 떨렸지만, 담당자는 보란 듯 옅은 콧노래를 부르며 정리할 것 없는 책상 위 물건들을 만지작댈 뿐이었다.

공방을 나와 버스 정류장에 멍하니 선 태주는 생각했다. 이건 해고였다. 담당자만의 비겁한 방식으로 이루어진 해고. 그저 대놓고 말하면 될 것을 담당자는 항상 이런 식으로 돌고 돌아 찌르는 걸 즐겼다.

지저분한 버스가 덜덜거리며 다가오는 것이 보였다. 흙먼지 풍기며 정류장 앞에 멈춰 섰을 때 태주는 버스 위에 올라탔다. 자신도 모르게 이른 아침이라 앉을 수 있어 다행이라는 생각이 불쑥 들었다가도, 지금 처지에 이걸 다행스럽다고 여기는 자신이 우스웠다.

에어컨이 작동하지 않아 수많은 사람의 땀냄새가 뒤엉켜 있는 이 불쾌한 공기가 익숙했다. 중간좌석에 앉아 창문을 세게 열어젖히자, 덜컹거리는 창문으로 이른 아침바람이 쏟아져 들어왔다. 번진 채로 빠르게 지나가는 도시의 낡은 장면들을 응시했다. 잡아둘 수 없는 잔상들을 바라보며 태주 자신도 그 속으로 섞여 들어가 사라지는 상상을 했다. 누구도 자신을 발견할 수 없고, 알아차릴 수 없고, 그저 덩어리로 남을 수 있는 방법 속에서 마음의 평온을 찾고 싶었다.

담당자의 흉측한 빨간 안경을 부러뜨릴 걸 그랬다, 냉동고의 스위치를 몰래 빼고 올 걸 그랬다, 쓸모없는 취급을 받는 콤프소그나투스를 훔쳐 올 걸 그랬다라고 생각하다가도 마지막 생각은 취소해야겠다고 정정했다. 담당자는 태주에게 핀잔주면서도 큐브를 채굴하는 일이 쉽지 않다는 것 또한 알고 있었고, 그게 무엇이 됐든 큐브는 그들의 소중한 자산이었다. 본질적으로는 사업가의 것이었지만 어쨌든 자신이 관리하는 소유물에 집착하는 담당자라면, 지금까지 태주가 지켜봐 온 담당자라면 잃어버린 큐브를 찾기 위해 언제까지라도 태주를 쫓아왔을 것이다.

약하고 흔하다는 이유만으로 세상에 의해 발견되면서부터 쓸모없다고 낙인된 콤프소그나투스에 대한 생각을 쉽게 지울 수 없었다. 조만간 어떻게든 태어나 누군가의 가정으로 소속되겠지만, 공룡 멸망 전 세상이었다면 본인보다 강한 존재를 피해 다니며 살아갔을 콤프소그나투스의 삶을 그려보곤 했다. 그건 자유일까 속박일까? 어떤 것이 안전함이고 불안전함일까?

이런 생각을 할 때면 자연스레 콤프소그나투스가 타고 있는 배 구석에 쭈그려 앉은 태주 자신의 모습이 떠올랐다. 같은 배를 탄 두 존재는 강 위에 둥둥 떠다니고 있다. 어떤 강인지 알면서도 모르는 척하며, 어떤 냄새가 나는지 알고 있는데도 모르는 척하며. 태주는 머릿속에서 그 장면을 밀어내려다가 실패하고는 결국 배 위에 타 있는 콤프소그나투스를 강 위로 밀어버리는 선택을 하곤 했다.

✳

무의식이 영원했으면 하는 마음을 비웃기라도 하는 듯 어김없이 잠에서 깨어났다. 여전히 깊은 잠 바깥의 세상이 본래 세계이구나 하며 눈을 떴을 때, 익숙한 나무 천장이 보였다. 태주가 유일하게 소유하고 있는 무언가, 숲으로 둘러싸인 낡은 오두막이었다. 편의점이라도 가려고 하면 자전거로 한참을 달려야 했지만, 문을 열고 나가면 바로 보이는 절벽과 그 너머의 바다는 태주의 유일한 안식처였고 그렇기에 포기할 수가 없었다.

집 앞 풍경은 바래지다 못해 재 가루가 되어버린, 한때 유일했던 기쁨을 떠올리게 했다. 어렸을 적엔 그 기쁨을 예진이 주는 것인지 함께 바라보던 숲속 호수가 주는 것인지 잘 알지 못했다. 끝내 답을 내리고 싶지 않은 것인지, 정말로 알지 못하는 것인지조차 몰랐다. 예진은 태주의 기쁨이다가 무너진 폐허가 되는 것을 반복했기에 모든 것이 어렵기만 했다.

절벽 끝에 다리를 모으고 앉아 선선한 바람을 맞을 때면 그에 맞춰 들려오는 희미한 파도 소리는 예진의 발걸음이 되었다. 절벽에 부딪히는 파도를 타고 터벅터벅 걸어와 장난스럽게 어깨를 툭 건들고는 옆에 앉아 태주를 바라볼 것만 같았다. 벽에 걸린 광활한 그림을 바라보며 그 안에 서 있는 사람이 그림 밖으로 걸어 나오길 바라는 허황된 꿈을 꿨다.

낡은 탁자 위 기차 카드를 확인했다. 카드의 작은 화면 위에 '17시 빅돔행'이라는 디지털 신호가 적혀 있었다. 직업소개소를 통해 전달받은 기차 카드였다.

직업소개소에 찾아가 다른 우물을 소개해달라고 했지만 가까운 지역부터 먼 지역 모두 남은 자리가 단 하나도 없다고 했다. 미련 가득한 마음으로 할 수 있는 건 큐브 작업자 대기 명단에 이름을 적는 일뿐이었다. 적으면서도 새로운 우물이 발견되길 바라는 것만큼 기약 없는 허무한 일임을 알았지만 다른 방법이 없었다. 직원소개소 직원도 태주의 마음을 눈치 챘는지 슬며시 말했다.

"아, 다시 보니 빅돔에 한 자리 있긴 해요. 안전무한지대 단지에 위치한 집 가정부요."

직원은 태주의 떨떠름한 표정을 보더니 빅돔의 인력 요청이 흔한 일은 아니라면서, 타이밍이 들어맞아 운이 좋은 거라고 몇 번이나 덧붙였다.

빅돔. 어렸을 때부터 진절머리 나도록 많은 소문을 들었지만 단 한 번도 가본 적 없는 서쪽 지역이었다. 그래서 직접 캐낸 공룡 큐브들이 어떤 식으로 살아 있고 숨 쉬는지 알지 못했다. 큐브 가격보다도 공룡 크기의 생명체를 수용할 수 있는 공간이 필요하다는 점에 있어 큐브는 빅돔 주민들에게 큰 인기를 끌었다. '빅돔 주민만이 키울 수 있는 반려동물'이라는 부제가 사랑받던 것이다. 그래서 암시장으로 가는 것을 제외한 거의 모든 얼음 큐브는 빅돔으로 유통되었다.

반려 공룡들은 넓은 마당을 돌아다닐까? 산책을 하기도 하는 걸까? 그럼 도로에 금이 가진 않을까? 평소 큐브를 캐면서 이런 궁금증들이 머릿속을 둥둥 떠다니다가도 유통 이후의 과정을 모르는 편이 나을 것 같아 이내 관두곤 했다.

오늘 태주는 새벽 일찍 일어났다. 직원 앞에서 떨떠름해 하긴 했지만 괜히 긴장된 마음 탓이었다. 원하던 채굴 일을 얻을 순 없었지만 받아들일 수밖에 없었다. 부엌 천장에 채워둔 통조림과 개별 포장된 국물들은 금세 동날 것이 분명했고, 태주는 자신이 원하는 대로 이 세상이 굴러갈 리 없다는 것을 너무 일찍부터 알아버렸기도 했다.

빅돔 내부에서도 가장 좋은 지역은 5대 기업에 소속된 직원과 그 가족들이 지낼 수 있는 특수 단지가 차지하고 있었는데, 태주가 향할 곳은 그 5대 기업 중에서도 가장 거대한 안전무한지대 회사의 단지였다. 마음이 이상했다. 항상 말로 듣기만 하던 설화의 장소를 직접 가보는 것만 같은 기분이었다.

이른 새벽부터 오두막 안을 청소했다. 빅돔의 가정부가 된다 해도 2주에 한 번은 집으로 돌아올 휴가가 주어졌기 때문에 아예 돌아올 수 없는 것은 아니었다. 그러나 이 낡은 오두막이 누군가의 손길 없이 방치된다면 언제라도 폭삭 내려앉을 수 있다는 생각에 두려웠다. 마지막 남은 태주의 소유였던 것이다. 허허벌판에 길 잃은 아이를 두고 가는 기분으로 한동안 사람 손길을 받지 못할 외로운 오두막을 구석구석 보듬어 주었다.

＊

　기차가 빠른 속도로 달려갔다. 태주는 벽에 머리를 기댄 채 창밖을 바라보았다. 침체되어 있는 낡은 도시 풍경들이 저 멀리 사라지기 시작했다.

　태어나면서부터 지금까지 도시에 살아본 적이 없었다. 세상에 태어나 가장 처음 보았던 보육원의 천장도, 어디에도 입양되지 못한 10대 고아들이 향하던 아카데미도, 아카데미 원생들을 무급으로 착취하여 운영하던 쓰레기 고기 레스토랑도 모두 나무와 자연으로 둘러싸여 있었다. 열여덟 살이 되었을 때야 태주는 비로소 고아라는 그늘을 벗어나 여러 일자리를 전전했고, 짧은 여정을 거쳐 열아홉에 큐브를 만날 수 있었다. 도시에서 꾸역꾸역 살아가는 자신의 모습을 상상하면 왠지 모르게 느끼했고 적응할 수 없을 거라는 강한 확신이 언제나 있었는데, 그 도시보다 더한 빅돔에 가고 있다니. 무언가 잘못 되어 가는 듯한 기분이 들었다.

　멀어져 가는 낡은 도시 뒤로 알록달록하게 물들어가는 가을 숲이 보였다. 그 숲길을 따라가다 보면 분명 태주가 살던 보육원이 나올 것이다. 똑같은 옷을 입고 줄 맞춰 걸어가던, 꿈을 품고 잃는 것을 반복하던, 내보내지 못한 눈물을 몸 안으로 채우는 방법을 배우던 그 보육원이 나올 것이다. 붉고 노란 나뭇잎으로 뒤덮인 가을 숲 사이에 파묻힌 어떤 기억들이 태주의 머릿속에 싹을 피우기 시작했다.

또래보다 작은 체구의 말수 적은 태주는 쉽게 괴롭힘 대상이 되곤 했다. 여러 무리들의 괴롭힘을 가만히 지켜보고 있다 보면, 그들이 어떤 식으로 괴롭힘을 전개해 가는지 파악할 수 있었다. 그래서 태주는 각각의 무리마다 대응하는 방식을 달리하며 한 편의 연극무대를 만들었고, 그중에서도 모든 무리에게 어느 정도 잘 먹히는 역할은 소리 지르고 악을 쓰는 미친 사람이라는 걸 깨달았다. 태주는 자신의 작은 몸을 지켜내기 위해 여러 시행착오를 거쳤고 어느 순간 뒤를 돌아보니 이미 집단 내의 미친 사람이 되어 있었다. 태주의 미친 기운이 그들에게 옮기라도 하는 듯 자신을 애써 무시하는 아이들을 보며 태주는 남몰래 종전의 기쁨을 누렸다.

그러나 그 역할이 단 한 순간에 무용지물이 되는 건 배불뚝이 남자가 태주에게 다가올 때였다. 그 남자는 10대 후반 아카데미 원생들에게 서빙과 주방 일을 시키고, 그들이 갈 곳이 없다는 점을 이용해 돈을 주지 않았던 쓰레기 고기 레스토랑의 사장이었다. 사장은 셔츠 안에 거대한 호랑이 문신을 숨겨 두었다가 여자 원생들을 깜짝 놀래키는 일을 즐겼다. 아마 그게 인생의 낙이었을지도 모르겠다. 사장은 태주에게도 자신의 비밀병기인 호랑이 문신을 내보였지만, 태주는 아무 반응 없이 그 모습을 지켜보았다. 태주는 아직도 기억할 수 있었다. 무표정으로 호랑이 문신을 응시했을 때 당황스러워하던 사장의 얼굴을. 거기다 사장의 배가 꿀렁거릴 때 그 뱃살을 따라 호랑이의 입이 옹졸해지는 걸 보고 웃음을 터뜨렸는데, 사장의 목표물 반경 안에 태주가 들어가버린 건 그때부터였다.

태주는 이 생각을 그만두기로 했다. 온몸에 멍이 들었던 과거를, 쫓아오던 사장을 피해 옷장 안에 들어가 숨죽이던 공포를 새 출발의 순간에 굳이 기억할 필요가 없었다. 그러면서도 친구가 단 한 명이라도 있었다면 함께 작전을 세워, 두꺼운 주먹으로 원생들의 뼈를 으스러뜨리는 그 사장을 죽여버릴 수 있었을 텐데 하는 아쉬움이 여전히 스멀스멀 기어 나오는 건 어쩔 수가 없었다.

20분이 조금 넘는 시간이 흘렀을 뿐이지만 어느새 창밖 너머로 빅돔이 한눈에 담길 정도로 가까워져 있었다. 직업소개소가 전달해준 기차 카드는 직행열차였는데, 자동차나 싸구려 열차를 타면 2시간이 걸리는 거리를 단 30분 만에 도착할 수 있었다. 다음 역이 종착역이라는 안내가 나오자 승객들이 주섬주섬 소지품을 챙기기 시작했다. 태주 또한 몇 벌의 옷가지만으로도 꽉 차버린 낡은 가죽 가방을 손에 쥐었다.

기차역에 내린 태주는 마중 나온다고 했던 누군가를 기다렸다. 사람으로 빼곡하게 차 있는 거대한 기차역 구석에 긴장한 채로 서 있는 태주의 숨이 턱 막혀왔다. 동네 기차역과는 비교할 수 없을 정도의 거대함이었다. 이렇게 사람이 많은 곳에서 어떻게 반려 공룡을 키울 수 있다는 건지 이해하기가 힘들었다. 당장에라도 한적하고 고요한 오두막으로 돌아가 김을 내뿜으며 큐브를 캐고 싶었다. 다들 어디를 그렇게 바삐 가는 것인지 여러 개의 빠른 움직임들이 태주의 마음을 계속해서 어지럽혔다.

그때 누군가가 태주 앞에 서서 의도적인 헛기침 소리를 냈다. 고개를 들어보니 비슷한 또래 여자가 흰색과 고동색이 섞인 유니폼을 입고서 박태주가 맞느냐고 물었다. 태주는 고개를 끄덕였다.

그들이 탄 택시 안에 고요한 정적이 흘렀다. 박태주가 맞느냐는 물음 외에 그들은 어떤 말도 하지 않은 채 목적지로 향하고 있었다. 태주는 자신을 어떻게 알아봤는지 궁금하기도 했지만, 어색한 듯 쭈뼛대고 서 있는 모습이 분명 이질적이었을 거라며 머릿속의 질문을 대충 흘려보냈다.

기차역을 벗어나 시내로 들어서자 훨씬 여유로운 분위기가 흘렀다. 기차역에 있던 많은 사람은 대부분 빅돔을 들락날락하는 노동자라는 사실을 알아차리는 데엔 그리 오래 걸리지 않았다.

창밖으로 전설 속 빅돔이 보였다. 예상과 달리 빅돔은 더 한적하고 평화롭고 깨끗했다. 그런데 무엇을 예상했던 걸까? 스스로도 무엇을 기대하고 있었던 건지 몰랐다. 감히 무언가 어긋나 있기를 바랐던 걸까? 뒤틀린 부분 하나 없이 단단하게 맞물린 퍼즐 앞에 태주는 숨을 죽였다. 하얗고 밝은 건물들, 그리고 깔끔한 도로들이 있어야 할 곳에 침착히 자리했다. 여유롭게 늘어선 건물들 사이로 각종 나무와 꽃들이 심어져 있었는데 그 때문인지 빼곡한 느낌이 없어 아름답게만 느껴졌다. 자연과 조형물의 완벽한 조화였다. 산책하는 사람들, 카페에 앉아 있는 사람들, 빵이 구워지길 기다리고 있는 사람들 모두 거대한 건축모형 속에서 살아 숨 쉬는 인형들처럼 보였다.

태주는 내심 공룡들을 찾았다. 직접 캔 큐브 속 공룡들이 어떤 식으로 숨 쉬고 어떤 질감의 피부를 가지고 있을지 너무나 궁금했다. 빅돔에 오면 바로 공룡들을 볼 수 있을 줄로만 알았는데, 화려하고 반짝이는 유리 건물들과 인도를 걷는 약간의 사람들이 있을 뿐 공룡 같은 것은 전혀 찾아볼 수가 없었다.

시내 깊숙한 곳까지 들어오자 5대 기업 단지들의 방향이 적힌 표지판이 보였다. 택시기사는 안전무한지대 방향이 표시하고 있는 곳으로 핸들을 꺾었다. 안전무한지대 구역에 도착하자 택시기사는 속도를 줄이더니 멈춰 섰다. 입구에 있던 덩치 큰 경비원이 다가와 매서운 눈빛으로 택시기사와 여자 그리고 태주의 신원을 확인했다. 방문 목적과 인적사항까지 기록을 끝냈을 때 경비원은 출입을 허가했다.

안전무한지대 내부로 들어오자 큰 마당이 있는 주택들이 넓은 간격을 두고 즐비해 있었다. 기괴한 깔끔함과 기묘한 고요를 풍기는 것이 꼭 인형마을 같았다. 나중에 태주가 듣기로 안전무한지대는 좁은 공간에 사람이 많을수록 불행해질 수밖에 없다며 한 가구당 최적의 공간을 제공하는 것을 자랑스러운 가치로 둔다고 했다. 제1의 기업이 그들만의 마을을 만들자 단지 형성은 5대 기업까지 퍼져 유행처럼 생겨났다.

조금 더 들어가자 어떤 집 앞에서 택시가 멈춰 섰고, 동행한 여자가 말없이 비용을 처리했다. 태주는 임시로 일하게 될 공간을 바라보기 위해 고개를 들어 올렸다. 갤러리를 연상시키는 현대적인 분위기의 거대한 건물이 당당히 서 있었고 넓은 잔디마당이 그 주변을 감싸고 있었다.

위압감으로 가득 찬 태주 너머로 택시가 떠났다. 태주는 들어가지 않고 뭐하냐는 듯, 어깨를 고의로 스치며 건물 안으로 향하는 여자의 뒷모습을 멍하니 바라보았다.

3

동행했던 여자는 집 안으로 들어가자마자 저녁 준비를 돕기 위해 부엌으로 사라졌다. 내부는 밖에서 보이던 것 이상으로 큼직했다. 숨 막히는 깔끔함 속에서 짐 가방을 든 작은 태주는 어색한 얼굴로 신발장 앞에 서 있었다.

그때 저 멀리에서 부산스러운 소리가 나더니 누군가가 다가오는 것이 보였다. 그 사람이 빳빳하고 각진 몸짓으로 복도를 걸어오는 동안, 태주는 눈을 마주치지 않기 위해 주변을 살피는 듯 시선을 피했다. 어두운 실루엣이던 사람은 입구에 도착하자 정확한 형체가 되었다. 나이가 한참 들어 보였고 키가 컸다. 그 여자는 신발장 앞에 가만히 서서 눈을 내리깔고는 태주를 살펴보기 시작했다.

"이렇게 작고 마른 애를 보내서 도대체 뭐에다 써먹으라는 거야."

키 큰 여자는 자신을 매니저라고 소개하더니 태주에게 손에 물은 묻혀본 적이 있느냐고 물었다. 매니저는 대답을 바랐던 게 아니었는지 대답하려는 태주의 첫 숨을 끊고는 자신을 따라오라며 빠른 속도로 걷기 시작했다.

깔끔한 잔디가 자리 잡은 뒷마당을 가로질러, 별채라 불리는 소형 나무주택을 향하는 매니저를 뒤따랐다. 뒷마당은 마당이라기보다 공터에 가까울 만큼 넓은 공간이었고 공터는 숲과 연결되어 있는 듯 보였다. 태주는 걸음이 빠른 매니저를 힘겹게 쫓았다. 그러면서 처음으로 입양되었던 작은 집 앞의 잔디를 떠올렸다. 사람 손길을 받은 지 오래되어 막무가내로 자란 잔디들. 입양된 첫날, 태주는 잔디들에게 돌봐주겠다는 다짐을 했지만 끝내 그 약속을 지키지 못했던 것을 기억했다. 그 잔디들은 여전히 막무가내일지 막연한 궁금증이 스쳐 지나갔지만, 새로운 그림들이 머릿속에 입력되자 허무하게도 과거의 것들은 금세 증발되어 버렸다.

공터 깊은 곳에 자리한 나무 별채 앞에 멈춰 섰다. 똑같이 생긴 두 개의 출입구 중에서 매니저가 오른쪽 문을 열었다. 일정 간격을 두고 침대 네 개가 놓여 있는 것이 보였는데, 태주는 그 모양새가 꼭 소규모로 축소된 보육원 침실 같다는 생각을 했다. 매니저는 고이 개어진 유니폼이 놓인 침대 하나를 가리키며 저 자리가 태주의 것이라고 말해주었다.

"본채 2층은 절대 올라갈 생각도 하지 마. 특히 복도 끝에 있는 방."

2층은 집 주인 부부가 업무를 보는 곳이고 청소도 부부가 있는 시간대에 자신만이 허용된다며 자부심을 느끼듯 말했다. 또 별채 왼쪽 문은 자신의 침실이니 실수인 척 열어볼 생각도, 벽에 귀를 대고 무언가를 엿들을 생각도 하지 말라고 덧붙였다. 태주는 매니저의 전혀 비밀스럽지 않은 무언가를 알아내기 위해 벽에 귀를 댈 일은 없을 것 같다고 생각했다.

"옷 다 갈아입으면 바로 부엌으로 와."

매니저는 말을 끝내자마자 문을 닫고 나갔다. 갑작스러운 정적 속에서 태주가 멍하니 서 있었다. 태주와는 다른 속도로 살아가고 있는 것만 같은 빠른 몸짓의 매니저가 사라지고 낯선 공간에 홀로 남게 되자, 비로소 지금 자신의 두 발이 어딜 딛고 있는지 자각하기 시작했다.

불 켜지지 않은 내부는 어두웠지만 작게 나 있는 창문으로 들어온 빛줄기들이 그 안을 옅게 비추었다. 작은 먼지들이 고요한 몸짓으로 그 안을 둥둥 떠다니고 있었다. 태주는 자신의 침대가 될 자리 위에 살포시 앉아 그 안을 천천히 둘러보았다. 작고 네모난 공간 안에 들어 찬 네 개의 네모난 침대들, 처음 오두막으로 이사를 갔을 때 맡았던 익숙한 냄새, 발을 움직일 때마다 들려오던 삐걱대는 나무 소리. 태주는 침대 위에 개어진 옷을 보며 생각했다. 이런 바보 같은 유니폼을 아카데미 졸업 이후로 또 입게 될 줄은 몰랐는데. 이 집에 속한 것들은 계속해서 보육원과 아카데미를 떠오르게 했다. 태주는 최대한 이른 시일 내에 직업소개소에 연락할 방법을 찾아 다른 공방으로부터 별다른 연락은 없었는지 물어봐야겠다고 다짐했다.

고동색과 흰색이 섞인 유니폼을 입은 태주가 불편한 몸짓으로 별채에서 걸어 나왔다. 본채로 향하는 걸음을 내디딜 때마다 잔디가 사각사각 짓눌렸다. 오두막으로, 거기까진 아니더라도 빅돔행 열차를 타기 전 순간으로 돌아가고 싶다는 생각을 했다. 그럼 다시 이불 속으로 들어갈 수 있을 텐데. 새로움에 익숙해진다는 건 여간 귀찮고 버거운 일이 아니었다. 하지만 숨을 크게 들이마셨다가 내쉬고는 앞으로 걸어가야만 했다.

그때였다. 태주의 것과는 비교할 수 없을 거대한 발걸음 소리가 들렸다. 태주는 깜짝 놀라 그 자리에 멈춰 서서는 모든 신경을 곤두세워 그 소리에 집중했다. 거대한 발과 단단한 땅이 강한 힘으로 부딪히며 쿵, 쿵 하고 느리게 울려 퍼지고 있었다.

거대한 공룡이 이 주변 어딘가를 돌아다니는 모습이 머릿속을 스쳤다. 손 안에 들어오는 큐브 물체가 아닌, 살아 숨 쉬는 공룡이 근처에 있을지도 모른다는 생각에 태주는 손발 끝이 저리는 것을 느꼈다. 당장에라도 주변 여기저기를 둘러보고 싶은 충동이 일었지만 가만히 기다렸다.

작은 새가 지저귀었다. 부드럽게 스쳐지나가는 바람결에 잎사귀가 부대끼고 태주의 옷자락이 느리게 흔들거렸다. 쿵쿵거리는 발걸음 소리가 일제히 멈추더니 그 이후로 아무런 소리도 인기척도 없었다. 그저 숲으로부터 전해 오는 공기뿐이었다. 혹시 몰라 조금 더 기다려보았지만 여전히 아쉬운 평화와 고요뿐이었다.

당장 반려 공룡을 만날 수는 없었지만, 좀 전까지만 해도 돌아가고 싶다고 생각한 걸 잊기라도 한 듯 태주의 얼굴에 희미한 미소가 서렸다. 소리의 정체가 공룡이길 바라면서 동시에 확신했다. 숲속에 들어가보고 싶었지만 우선 매니저의 말을 기억하기로 했다.

부엌으로 들어가자 매니저를 포함한 총 세 명의 가정부가 음식 준비를 하고 있었다. 큰 유리창이 나 있는 화사한 부엌엔 맛있는 냄새가 났다. 매니저는 눈썹을 찌푸리며 얼른 들어오라 했고, 두 명의 가정부는 태주를 쓱 쳐다보더니 아무 말 없이 도로 일을 했다. 기차역으로 태주를 마중 나왔던 젊은 여자는 윤이라고 했다. 무뚝뚝한 얼굴의 윤은 처음 만났을 때처럼 단단해 보였다. 윤은 그릇에 반찬을 덜며 식탁을 준비했고, 나머지 한 명은 끓고 있는 국을 저으면서 동시에 생선을 구웠다. 생선을 굽던 가정부는 조미료 병을 챙기며 태주를 툭 치고 인사했다. 수다스럽고 웃음기 많은 이 가정부는 자신을 제니라 부르라고 했다. 그러자 그 옆의 윤이 원래 이름은 제니가 아니라 향자라고 했고, 제니는 당황한 듯 얼버무리며 어쨌든 제니라고 불러달라고 했다. 태주가 얼떨결에 웃다가 물었다.

"여기도 반려 공룡이 사나요?"

"응 살지. 이 동네는 웬만하면 다 키워. 공룡이 없으면 딸리는 취급을 받으니까 싫어도 억지로 키울 거야."

간을 보던 제니는 돈을 뜻하는 손짓을 보였다.

현관문 열리는 소리가 들렸다. 그러자 부엌에 있던 가정부들이 일제히 벽시계를 확인하더니 살짝 긴장한 듯 금세 조용해졌다. 태주가 의아한 듯 눈치를 살필 때, 매니저는 뛰는 듯하지만

걷고 있는 부지런한 몸짓으로 현관문으로 향했다. 기둥 너머의
보이지 않는 곳으로부터 고등학생쯤 되는 여자아이의 목소리가
들렸다.

"아줌마, 오늘 엄마아빠 밥 먹고 들어온대. 나 친구들 부를
거야."

"또 시작이네."

제니가 작은 목소리로 투덜거렸다. 깔끔한 교복을 입은 열여
덟 살의 여자아이 유미는 집주인 부부의 딸이라고 했다.

당황한 기색이 역력한 매니저는 종종걸음으로 유미의 뒤를
따라다녔다. 매니저는 부부에게 오늘 외식한다는 이야길 듣지
못했고, 오늘 저녁 메뉴를 말씀드리니 좋다고 하셨고, 직접 전
달받은 바가 없으니 친구분들의 방문은 굉장히 곤란하다며 설
득 아닌 설득을 하고 있었다.

제니 말로는 유미가 부부의 예상을 거스르는 행위를 계획할
때마다 매니저는 전전긍긍한다고 했다. 이 집에서 오래 일한 매
니저는 유미의 유모 역할을 하기도 했었는데, 오랜 신뢰를 깨뜨
리고 싶지 않다는 이유로 화살이 자신에게 향하는 것을 극도로
두려워하는 듯했다.

시간이 이미 늦었다는 매니저의 말에도 유미는 아랑곳하지
않았다. 다른 가정부들은 익숙한 일인 듯 묵묵히 그들이 해야
할 일을 했다. 얼마 지나지 않아 주 요리를 올림으로써 식탁이
완성되었다.

유미는 평소 부모 자리인 상석에 앉았다. 고집스러운 얼굴이

었다. 그 옆에서 매니저가 난감해했지만 그 이상으로 할 수 있는 것은 없었다. 식사 시간이 지났는데도 부부가 집에 들어오지 않자 매니저는 그제야 유미의 말이 사실이라는 것을 받아들였는지 알아들을 수 없는 말들을 중얼거렸다. 부부가 외식한다는 사실을 자신에게 직접 말하지 않은 것에 대해 큰 서운함을 느끼는 듯했다.

태주를 비롯한 다른 가정부들은 큰 부엌 구석에 자리하고 있는 조리용 탁자에 단출한 식사를 슬슬 차리기 시작했다. 제니는 유미의 버르장머리 없는 성격에 관해 이야기하며 치를 떨었다. 어디 공주라도 되는 양 착각하고 있다고 했다.

"어렸을 때부터 지능향상 뇌 치료를 받았대. 지금도 받고 있고. 엘리트 코스를 밟은 과학자 부모 밑에서 나고 자랐는데도 얼마나 멍청한지 성에 안 차는 거지."

제니가 수군댔다.

"오늘도 바둑 공부하고 왔을 거야. 바둑 배운 지가 얼마나 됐는데 아직도 그런 걸 하고 있으니. 내년이면 대학을 가야 하니까 부모나 저 애나 얼마나 다급하겠어."

큰 식탁을 빼곡하게 채운 수많은 음식 사이로 유미가 홀로 놓여 있었다. 그 화려한 음식들에 유미가 단숨에 잡아먹힐 것만 같은 모양새였다. 형광등 하나 켜진 또렷하면서도 어두운 공간에서 유미는 젓가락으로 음식들을 툭툭 건드렸다. 재미없는 텔레비전 쇼를 보는 듯한 표정이었다.

쩌렁쩌렁 외치던 친구들은 올 생각을 안 했다. 제니는 애초에 유미가 친구들을 부르지도 않았고 부를 생각도 없었을 거라고, 매니저와 우리를 괴롭히는 맛에 사는 것이 분명하다고 했다. 차라리 집주인 부부가 집에 오래 있는 것이 나을 지경이었다. 유미는 부모 앞에서 얌전하고 말 잘 듣는 온순한 강아지처럼 굴었기 때문이다.

유미가 실수인 척 물을 엎지르고 억지로 헛구역질을 하고 너무 짜서 못 먹겠다고 어린애처럼 굴 때마다 밥을 먹고 있던 가정부들이 한 명씩 뛰쳐나가 처리를 했다. 유미가 그 어떤 말을 하더라도 그게 무엇이 됐든 가정부들은 말 없는 인형처럼 아무 대꾸도 하지 않거나 잘못한 일이 아님에도 죄송하다고 했다. 그리고 뒤치다꺼리를 끝내자마자 다시 식사 자리로 돌아와 한숨을 쉬고는 밥술을 떴다.

그럴 때마다 유미는 이를 악 문 듯 떨리는 목소리로 말했다.

"그러니까 그거 말고 무슨 말이라도 좀 해보라고."

여전히 그 누구도 말하지 않았고, 유미는 기계처럼 구는 가정부들이 분한 듯 계속해서 고집을 부렸다.

유미가 또 한 번 무언으로 그들을 호출했고 이번엔 태주 차례가 되었다. 보육원을 비롯해 처음 입양되었던 곳에서 갖은 가사 일을 해보았기 때문에 가정부 일이 크게 걱정되진 않았다. 다만 이런 고등학생을 상대해야 한다는 걸 미리 알았더라면 이런 상황을 어떻게든 피할 수 있었을 텐데.

기둥 뒤에 서서 큰 숨을 들이쉬고 내쉬었다. 앞치마 위를 괜히 툭툭 털더니, 식탁에 앉은 유미를 향해 다가갔다. 태주를 처음 본 유미가 사뭇 놀란 얼굴로 빤히 태주를 바라보았고 그에 태주는 눈길을 피하지 않으려 애쓰며 작은 침을 삼켰다. 둘 사이에 묘한 정적이 흘렀다. 앉은 채로 태주를 올려다보던 유미가 이내 알겠다는 듯 간장 종지를 건드리자 간장이 식탁보와 바닥으로 쏟아졌다. 사방으로 튀는 간장에 자기도 모르게 움찔한 태주는 황급히 발을 뒤로 빼며 피했다.

바닥에 흩뿌려진 간장을 가만히 바라보았다. 검은 액체는 바닥 틈새에 피처럼 고여 느린 몸짓으로 흐르듯 움직였다. 그 움직임 위로 익숙한 잔상이 어리기 시작했다. 보육원과 아카데미에서 만난 아이들과, 미친 사람이 되어야만 했던 순간들이 보이면서 지금의 상황이 태주에게 익숙하게 다가오기 시작했다. 어떻게 대해야 할지 누구보다도 잘 알고 있었다는 걸 안타깝게도 깨닫고 말았다.

먹음직스러운 생선 요리가 바닥으로 툭 하고 떨어졌다. 이번엔 유미가 아닌 태주였다. 유미가 황당하다는 얼굴로 태주를 가만히 응시했다. 둘 사이에 흐르는 고요하면서도 진동이 이는 공기 속에서 서로를 마주했다. 보육원에서의 생존 방식이 오랜만에 피에 흐르는 것 같아 자기도 모르게 흠칫했지만, 이미 저지른 일이었다.

그때 유미가 국그릇과 여러 접시를 한꺼번에 쏟으며 말했다.

"이거 다 누가 치워야 할 것 같은데?"

태평하게 말하는 듯했지만 생전 처음 보는 가정부의 반응에 유미의 목소리가 미세하게 떨렸다. 요란한 소리가 울려 퍼지자

화들짝 놀란 매니저와 가정부들이 기둥 뒤에 숨어 난장판이 된 바닥과 두 사람의 모습을 지켜보고 있었다.

태주가 한 발 한 발 힘주어 걸으며 향한 주방에서 쟁반을 가져오더니, 유미 앞에 놓인 음식들을 치우기 시작했다. 빠른 속도로 쟁반 위에 올라타는 유리그릇들이 부딪치며 쨍그랑댔다. 당황스러워하던 유미가 태주의 팔을 세게 잡으며 노려보자 태주가 힘주어 뿌리치고는 말했다.

"먹기 싫으면 먹지 마."

보다 못한 매니저가 호들갑을 떨며 달려와 태주를 밀쳐냈다. 그리고 유미의 옷을 닦으려 들었지만 유미는 신경 끄라는 듯 매니저의 손을 톡 쳐냈다. 어이없다는 듯 코웃음을 치고 자신의 방으로 성큼성큼 걸어가는 유미의 뒷모습을 바라보며, 매니저는 또다시 안절부절못했다. 유미의 방문이 쾅 닫히는 소리가 들리자 매니저가 한심해 죽겠다는 짜증 가득한 표정으로 태주를 노려보며 말했다.

"다 치워."

매니저는 유미의 방을 향해 부리나케 사라졌다. 그러자 제니가 다가와 여기에 온 이후로 유미의 저런 표정은 처음 본다며 즐거워했다.

늦은 밤, 내려앉은 분위기가 별채 안을 가득 채웠다. 그 속에서 제니와 윤은 각자의 침대에 기대앉아 태주가 가방 싸는 모습을 지켜보고 있었다.

"날 밝으면 가도 될 걸 매니저님도 참…."

제니가 안타깝다는 듯 중얼댔다. 태주는 작은 숨을 내쉬며 눈을 살짝 감았다. 생각했던 것 이상으로 빨리 쫓겨난다는 사실이 태주를 피곤하게 만들었다. 또다시 몇 번이나 직업소개소를 들락거려야 하는지 모를 일이었고, 해고당한 기록이 있을수록 그것도 하루 만에 잘렸다면 일을 구하기 더 힘들어질 게 분명했다. 왜 참지 못했는지, 보육원이 아니라 여기는 일하는 곳이라는 사실을 왜 제대로 인지하지 못했는지 후회스러웠다.

그때 누군가가 문을 두드렸다.

4

매니저였다. 열린 문 입구에 선 매니저는 자신을 바라보는 가정부들의 눈을 피하며 말했다.

"유미가 너 보내지 말래. 공룡 밥 주는 거나 씻기는 거나, 하여튼 공룡 돌보는 건 네가 다 해."

그러고는 들고 있던 양동이를 입구에 놓더니 자신의 옆방으로 돌아갔다. 문이 닫히자마자 제니가 잘 됐다며 다행이라고 했고 윤이 말없이 슬쩍 미소 지었다.

태주도 마찬가지로 다행이라 생각했다. 기약 없는 불확실함 속에서 직업소개소를 들락거리지 않아도 됐으니까. 게다가 만나보고 싶었던 공룡을 돌보는 일까지 맡아 가슴이 두근거렸는데, 제니를 통해 알게 된 사실은 공룡 돌보는 일은 가정부들이 제일 하기 싫어하는 일 중 하나였고 매니저는 벌을 주는 의미로 태주에게 모조리 맡긴 것이었다. 그 이유를 묻자 제니는 다른 집 가정부들이랑 이야기를 해보면 공룡들이 그렇게 귀여울 수가 없다는데 이 집 공룡은 그 누구의 말도 듣지 않고 사람의 접근을 거부하는 것 같다고 했다. 흙을 뒤집어써야 할 때도 있었고, 공룡이 가만히 내려다볼 때는 어쩌나 높아 보이는지 가끔 소름이 끼친다고 했다.

이 집의 공룡 이름은 주주였다. 오늘 저녁때를 놓쳐 아마 예민해져 있을 거라고 제니는 말했다. 깜깜한 밤, 태주는 크고 무거운 양동이를 들고 낑낑대며 뒷마당을 돌아다녔다. 잔디가 잘 가꾸어져 있어 걷는 데엔 큰 무리가 없었지만 앞이 잘 보이지 않았다. 본채로 향하는 길에 등이 하나 켜 있을 뿐, 숲 방향의 공터는 어둠 그 자체였다.

작은 휘파람을 부르며 주주를 찾기 시작했다. 왠지 입술이 바싹 말라 평소처럼 휘파람이 잘 나오지 않고 금세 끊겼다. 예민해진 주주를 상대해야 할 자신을 바라보던 제니 얼굴에 영 안타깝다는 마음이 서려 있던 것을 떠올리며 양동이를 끌어당겼다. 어둠 속에서 갑자기 튀어나와 자신을 덮칠지도 모른다는 생각에 침을 꿀걱 삼켰지만, 육식공룡은 공방에서 완전하게 처리된다는 것을 상기시키며 용기의 발걸음을 천천히 내디뎠다.

그 순간 느리지만 강한 발걸음이 어둠 속을 한가득 채웠다. 오늘 낮에 들었던 바로 그 소리였다. 태주의 동공이 확장되면서 동시에 어깨가 움츠러들었다. 조금씩 떨려오는 다리에 힘을 주고는 소리의 방향을 따라 천천히 고개를 돌렸다. 거대한 무언가에 의해 나뭇잎이 정신없이 휩쓸렸고, 우거진 나무들 사이에서 공룡 그러니까 주주가 천천히 걸어 나왔다.

태주가 고개를 높이 들어 올렸다. 큰 나무 높이의, 목이 긴 브라키오사우르스인 것이 확실했다. 이전에 실제 공룡을 본 적은 없었지만 큐브 속에 잠들어 있던 모습과 비슷해 알 수 있었다. 공방에 가져가면 높은 확률로 사장이 좋아할, 초식공룡 중에서 꽤 값이 나가는 상위 클래스 종이었다.

주주는 우람한 나무들이 우거진 숲 밖으로 걸어 나오고 있었다. 그리곤 태주를 발견하더니 가만히 멈춰 섰다. 얼음 속에 잠들어 있던 작은 공룡이 이제는 눈앞에서 태주를 내려다보고 있었다. 태주는 들어왔다 나가는 작은 숨결이 떨리는 것도 모르고 혼이 빠진 채 주주를 바라보았다.

주주가 목을 숙이자 주주의 얼굴이 태주를 향해 천천히 다가오기 시작했다. 주주의 움직임을 따라 희미한 바람이 불었고 그로 인해 태주의 머리칼이 느리게 휘날렸다. 뒷걸음질을 치려는 듯 태주의 발이 움찔거렸지만 끝내 움직이지 못했다.

코앞까지 가까이 다가온 주주의 두 눈을 마주했다. 옅은 빛이 은은하게 흘러나오는 것이, 마치 눈 깊은 곳에서 푸른 사파이어를 품은 얼음 동굴이 보이는 것만 같았다. 태주는 있는 힘껏 숨을 참았고 피부 끝에 빠른 속도로 닭살이 일었다. 제니 말대로 왜 이제야 밥을 주냐며 태주를 향해 발길질해 흙을 뒤집어쓸 수도 있었고, 태주 귀에 대고 울부짖으며 위협을 할지도 몰랐다.

그러나 주주는 얼어버린 듯 태주를 바라볼 뿐이었다. 용기를 쥐어짜내 주주의 피부를 쓸어내렸을 때에도 주주는 그저 가만히 있었다. 태주는 큐브에서 태어나 생명을 얻은 공룡의 감촉을, 주주는 얼음 동굴에서 큐브를 캐던 사람의 손길을 받아들이며 서로를 인지했다. 태주의 얼굴 위로 환희에 찬 미소가 피어올랐다.

태주가 손을 떼자, 주주는 입구가 넓은 양동이 안으로 얼굴을 집어넣고 밥을 먹기 시작했다. 초식공룡이라 사방에 널린 풀을 뜯어 먹으면 될 일인데 어째서 이런 진흙 덩어리 같은 것을 주어야 하는지 이해할 수 없었다. 주변 풀보다는 이게 더 맛있는 걸까? 눈으로 보기엔 납득하기 힘들었다. 이런저런 궁금증이 들다가도 애초에 우물 아래에서 공룡이 태어난다는 사실부터가 기존에 알던 것과는 많은 점들이 다를 것이기에 이내 그러려니 했다.

밥을 먹는 주주의 움직임을 보고 있으니, 어쩌다 우물에서 이런 생명체가 태어날 수 있는 건지 새삼 이 세상의 모든 것들이 기묘하고 신비롭게 다가왔다.

✳

열일곱 살이 됐을 때 태주는 태어날 때부터 쭉 살던 보육원에서 아카데미로 옮겨갔다. 아카데미는 열일곱 살이 넘은 아이들을 관리하는 고등 보육원으로 이전의 보육원보다는 훨씬 큰 여학교 같은 곳이었다. 아카데미 아이들은 똑같은 흑백의 교복을 입고서 기술을 배우고 일을 했다. 짜인 시간표에 맞춰 옷과 신발 등을 꿰매는 바느질과 천 염색, 원예, 향초 제작 같은 것들을 했고 일정에 따라 만들어진 생산품들은 외부로 유통되었다.

여러 수업 중 태주가 가장 싫어했던 건 바느질 시간이었다. 손끝을 찔러가며 신발에 쓰이는 천을 꿰매고 있을 때 바느질 선생이 교탁 위를 두드리며 말했다.

"자자, 동작 그만."

등까지 오는 긴 머리를 가지런히 땋고 있는 전학생이 살짝 고개를 숙인 채 선생 뒤에 숨은 듯 서 있었다. 선생은 전학생에게 교탁 자리를 내어주고는 간단히 자기소개를 하라고 했다. 쭈뼛대며 교탁 앞으로 걸어나온 전학생은 부끄러운 듯 머뭇거렸다.

그 틈으로 태주는 모두에게 허락된 '새로 온 친구를 쳐다볼 시간' 위에 자연스럽게 올라탔다. 평소엔 잘 없는, 누군가를 빤히 바라볼 수 있는 시간이기도 했다. 같은 교복을 입고 있는 전학생을 보면서 정말 같은 교복이 맞는지 궁금했다. 그럴 리가 없는데도 자신의 것과는 달리 더 예쁘게 디자인된 교복인 것만 같았다. 교실 창문으로 흘러들어오는 태양에 반짝이는 전학생의 갈색 잔머리를 보며, 이 바느질 교실이 원래 이렇게나 햇빛이 잘 들었는지 곱씹어보기도 했다.

망설이던 전학생은 결국 이름은 김예진, 올해로 열여덟 살이고, 해안가 근처 아카데미에서 살다가 이번에 옮겨오게 됐다며 작은 목소리로 말했다. 살짝 긴장한 듯 말 끝에 옅은 미소를 지었다.

예진의 소개가 끝나자 선생이 말했다.

"저기 저 자리에 앉아."

선생이 가리킨 건 태주의 옆자리였다. 예진이 고개를 끄덕이며 태주를 향해, 사실은 태주의 옆자리를 향해 걸어왔다. 예진이 옆자리에 앉을 때 태주는 자신도 모르게 괜히 숨을 참았다. 한껏 숨을 참았다가 예진의 반대편으로 최대한 자연스럽게 고개를 돌려 숨을 내쉬는 일을 반복했는데, 숨을 내뱉을 땐 지루해서 한숨 쉬는 척을 했다. 그런 바보 같은 짓을 하는 자신을 스스로도 이해할 수 없었지만, 쉽게 멈출 수가 없었다.

과목마다 교실을 옮겨 다녔기 때문에 예진과 짝을 이뤄 앉는 건 바느질 시간뿐이었다. 신경 쓰지 않으려고 했지만, 바느질에 영 소질이 없는 예진이 답답했다. 바늘을 저런 식으로 찌르면 안 되는 건데 하고 마음속으로 끊임없이 간섭하고 트집을 잡았다. 자신이 제일 못하는 과목이 바느질이고 서투른 실력으로 주어진 시간을 겨우 따라간다는 사실을 굳이 떠올릴 필요가 없었다. 마음속은 그 무엇도 해낼 수 있는 자유가 있어서, 예진의 모든 움직임이 바늘이 되어 미세한 신경 하나하나를 건드리는 것을 마음껏 느낄 수 있었다.

태주는 몇 주가 흐를 동안 예진의 작업물에 대해 말을 할지 말지 고민했다. 참견했다가 보육원에서 태주를 괴롭혔던 아이들처럼 자신을 점찍을 수도 있었고, 하찮은 벌레처럼 보고 말 수도 있었다. 특히나 자신의 우악스러운 결과물 때문에 충분히 그럴 수 있을 것이라 생각했다. 보육원에서 아카데미로 이동하면서 크게 새로울 건 없었지만 그럼에도 나름의 시작을 해보고 싶었다. 이를테면 다수에 적당히 묻혀가는 것, 눈에 띄지 않는 것. 귀찮은 일에 휘말려 방해받지 않는 조용한 환경을 만드는 것.

그러나 결국 참지 못하고 예진을 도왔다. 참견을 도움으로 말할 수 있던 건 예진이 감탄한 표정으로 태주를 바라보았기 때문이다. 태주가 바느질하는 모습을 예진이 집중한 눈으로 지켜볼 때면 손가락이 미세하게 덜덜 떨려왔다. 예진의 눈빛이 손가락 피부 결 하나하나에 닿는 것 같기 때문이었는데, 태주 또한 바느질에 익숙하지 않아 버벅델 때 더욱 그랬다. 그럴 때마다 티를 내지 않기 위해 손가락 끝에 힘을 주었고, 그 때문에 엉뚱한 곳에 바늘을 찔러 넣으면 도로 빼느라 실이 엉켜버리곤 했다. 그럴 때마다 웃음을 참는 예진 옆에서 태주는 달아오른 얼굴로 남몰래 입술을 깨물었다.

그날 저녁부터 태주는 모두가 잠든 어두운 침실에서 이불을 머리 위까지 뒤집어쓰고는 바느질 연습을 했다. 다시 찾아올 바느질 시간을 위해, 나란히 함께 앉아 바늘 끝이라는 같은 곳을 바라볼 시간을 위해 손을 끝없이 움직였다.

지루한 아카데미 생활 속에서 유독 지긋지긋했던 바느질 시간이 기다려졌다. 예진과 수많은 이야기를 나누었고 화장실 칸에 들어가 '똑똑부호'로 둘만의 비밀 신호를 주고받았다. 가을의 한가운데에 왔을 때는 창문으로 쏟아져 들어올 것만 같은 황금 낙엽들에 압도되어 예진의 옷깃을 힘주어 잡았다. 그럴 때면 예진은 태주를 바라보며 미소 지었다. 예진과의 시간 속에서 태주는 입양 따위 가지 않더라도 충분히 행복할 수 있다는 것을 처음으로 배웠고 매일 아침 눈 뜨는 일이 기다려졌다.

"도착하니까 호흡기를 차고 다녀야 하는 양언니가 있었어."

입양되었던 집에 처음으로 도착한 날을 떠올리며 태주가 말했다.

"크리스마스 때 나도 선물을 받았거든. 혼자 있을 때 열어보려고 했는데 양언니가 같이 열어보자고 했어. 난 그게 싫어서 실랑이하다가 양언니 호흡기를 망가뜨려 버린 거야. 새엄마한테 그런 게 아니라고 했는데도 소용없었어. 세게 맞고 다시 보육원으로 돌아갔지, 뭐."

새엄마 눈에 들기 위해 갖은 노력을 했고, 더는 가정부를 고용할 수 없어 무급으로 양언니를 보살피기 위해 자신을 입양했던 거라는 이야기는 덧붙이지 않았다. 예진은 연민이 없었고 그 모습에 태주는 고개를 숙여 머리칼로 얼굴을 가리고는 몰래 미소지었다.

모두가 잠든 밤, 태주와 예진은 아카데미 담장을 몰래 넘어 근처 숲을 돌아다니곤 했다. 그 어떤 것도 제대로 볼 수 없는 암흑이었지만 태주는 그곳이 집이기를 바랐다. 아카데미 주변 숲속에서 발견한 탁 트인 작은 호수는 둘만의 공간이 되었다. 그 어떤 나무도 호수의 시야를 방해하지 못했고 달빛을 있는 그대로 받아들일 수 있었다.

호수에 비쳐 아른거리는 예진이 말했다.

"난 빅돔에 가 보고 싶어."

어렸을 때부터 뿌리내린 단단한 마음이라고 했다.

"언젠가 꼭 갈 거야."

예진은 아카데미 원생들이 차라리 공룡이 되면 빅돔에 소속될 수 있다고 말하는 걸 들은 적이 있다고 했다. 예진은 '우스갯소리'라고 덧붙이며 웃었지만, 내심 태주를 통해 그 소문이 어느 정도는 사실일지도 모른다는 대답을 듣고 싶은 듯 보였다.

태주는 그런 예진의 눈을 보고 있자니 말도 안 되는 소리라는 말이 도무지 입 밖으로 나오질 않아서 시선을 피했다. 그러자 예진은 실망감을 애써 감추는 듯 춥다며 황급히 아카데미로 돌아갔다.

아카데미에는 생산품을 유통하는 배달원이 일정 주기에 오고 가고를 반복했는데, 어느 순간부터 예진이 그 배달원에게 지속적인 관심을 가지기 시작했다. 눈이 소복이 쌓인 크리스마스의 계절이었다. 예진은 팔찌를 손수 만들어 그에게 선물할 기회를 기다리고 있었다. 예진이 태주에게 어려운 존재로 다가오기 시작했던 건, 배달원이 어떻게든 없어졌으면 좋겠다는 생각을 했을 때부터였다.

어두우면서도 은은히 빛나는 까만 밤, 그들은 여느 날처럼 호수 근처에 앉아 있었다. 교장에게 심하게 혼난 예진은 억울하다며 눈물을 흘렸다. 이곳이 진절머리난다고, 빅돔에서 사는 아이처럼 가족을 갖고 싶다고 했다. 예진은 그곳에 앉아 한참을 울었다. 한편으로는 자신이 옆에 있는데도 항상 빅돔을 꿈꾸는 예진이 서운하기도 했지만, 울음소리가 태주의 가슴팍에 하나씩 박혀 들어올 때마다 마음이 한없이 무거워지는 것을 느꼈다.

울음이 점차 잦아들 때쯤 예진의 볼에 묻은 눈물이 미세하게 빛났다. 예진을 처음 보았을 때처럼 예진의 갈색 잔머리가 선선한 바람을 타고 느리게 움직였다. 그런 예진이 아무 말 없이 자신을 가만히 바라보자, 태주는 바느질 시범을 보여주었을 때처럼 떨려오는 손가락에 남몰래 주먹을 세게 쥐었다. 예진의 갈색 눈동자가 이보다 더 또렷하게 보였던 적이 없었다.

그 안에서 깊고 부드러운 갈색 바다를 보았다. 태주는 이 순간이 지속될 수 있다면 어디든 따라갈 수 있었다. 그럴 수 있다면 그곳이 어디가 되었든, 예진이 바라는 빅돔이든 아니든, 따라갈 수 있었다.

예진의 눈동자 너머에 있는 무언가가 보일 듯 말 듯 희미했다. 태주는 한 손을 예진의 볼 위에 조심스럽게 얹고는 조금씩 다가가기 시작했다.

*

예진은 그 날 이후 태주를 마주칠 때면 못 본 척 피해 다녔다. 시간이 지나도록 둘 사이의 서먹함이 전혀 흐릿해지려고 하지 않자 태주는 필사적으로 예진 앞을 막아섰다. 실수였다고 설명하고 싶었다. 그런 의미가 아니었다고, 스스로 잠깐 이상해졌던 것 같다고 설득하고 싶었다. 그러면서도 태주는 온전한 마음을 왜 해명해야만 하는지 받아들이기 힘들었다. 그러나 자신을 피하는 예진을 멈춰 세우기 위해선 그래야만 했다.

예진은 들으려 하지 않았고 그럴 때마다 태주의 숨이 가빠왔다. 새엄마나 예진이나 마음을 다했던 사람들이 항상 자신의 이야기를 들으려 하지 않는 것에 화가 났고 동시에 추락하는 것만 같았다. 얼굴 모르는 어떤 여자의 배 속에서 태어나면서부터 애초에 자신의 육체는 잔해로 가득해 무언가를 담을 수 없던 것은 아닐지 생각했다. 따뜻한 눈송이, 어둠 속에서 빛을 내는 크리스마스, 마음을 두근거리게 하는 코끝 시린 내음을 사랑했지만, 이제는 자신에게 무한한 슬픔만을 가져다주는 겨울이 두렵기만 했다.

태주보다 먼저 열아홉 살이 된 예진은 공장에 취직하며 아카데미를 떠났다. 물리적인 거리마저 멀어진 둘에게, 그 어떤 이야기도 나누지 못한 것이 그들의 마지막이었다.

5

순탄하지 않았던 첫 만남 이후로 유미와 마주칠 용기가 없었다. 어떤 표정을 하고 있어야 할지 몰랐다. 이곳에 남아 있으라는 말을 남긴 유미에게 고맙다는 얼굴을 하고 있어야 할까? 왠지 잘 해내지 못할 것 같았지만 걱정도 잠시, 꽤 많은 시간이 흐를 동안 유미를 제대로 볼 수조차 없었다. 열고 닫히는 문, 매니저와 나누는 대화 소리가 가끔 멀리서 흘러 들어올 뿐, 태주가 하루를 시작하려 할 때면 이른 시간이었는데도 유미는 이미 집을 나서고 없었다.

유미는 학년 진급을 앞두고 꽉 조여진 시간표에 끌려 다니느라 분주했다. 이른 아침과 늦은 밤 외에는 집에 머무는 시간이 없었고, 집에 있을 때도 항상 방 안에 틀어박혀 있었다.

태주는 요리와 청소를 도우며 주주를 돌봤다. 가정부들은 주주 돌보는 일에 능숙한 태주와 태주의 말만큼은 잘 따르는 것 같은 주주를 보며 신기해했다. 매니저는 티를 내진 않았지만 주주에게 가야 한다고 말하면 토 달지 않고 태주의 당번을 미뤄주기도 했다.

"대체 어떻게 한 거야?"

제니가 물었지만 그저 얼버무렸다. 주주를 만난 이후로 직업 소개소에 연락해야겠다는 약속을 매번 잊을 뿐이었다.

태주는 여러 종류의 샤워 도구를 챙겼다. 공룡을 씻기는 건 생전 처음이라 긴장으로 몸이 굳는 것 같았다. 샤워 도구와 공터 위에 있는 물 호스를 사용하면 된다고 제니는 마치 간단한 일인 것처럼 말했다.

태주가 가장 먼저 해야 할 일은 주주를 물 호스 옆으로 유인하는 것이었다. 샤워 도구가 담긴 큰 양동이를 끌어안고 뒷마당 공터로 향했다. 공터로 통하는 유리창 문으로 다가갈수록 평소라면 없을 인기척이 느껴졌다. 태주는 걸음을 늦추고 조심스럽게 유리창 너머로 소리의 정체를 쫓았다.

"주주야. 이리와 봐."

유미였다. 유미가 주주 앞을 가로 막고 서서는 손바닥을 부딪치며 주주를 불렀다. 그 목소리엔 낯선 긴장감이 서려 있었다.

"와보라니까?"

하지만 유미가 아무리 불러대도 주주는 움직일 생각을 안 했다. 무슨 생각을 하는지 모르겠는 표정으로 꿈쩍도 하지 않고 돌이 된 것처럼 멈춰 있었다.

그 모습을 바라보던 태주는 뒤꿈치를 들고서 몸을 도로 틀었다. 꼭 오늘 씻기지 않아도 문제 될 건 없었다. 지금이 아니라면 늦은 오후에 하면 될 일이었고 오늘이 안 된다면 내일이라도 충분했다. 내일이 안 된다면 모레에, 모레가 안 된다면… 어쨌든 이런 상황 속에서 유미와 단둘이 마주치고 싶지 않았다.

긴 솔이 바닥으로 툭 하고 떨어졌다. 태주는 깜짝 놀라 그 자리에 멈춰 선 채 양동이를 끌어안았다. 뒤를 돌아 몰래 빠져나가려다가 하필 양동이에 담긴 솔이 유리창 손잡이에 걸려 바닥으로 떨어졌던 것이다.

"야."

제풀에 지쳐버린 유미가 태주를 불렀다. 뒤를 돈 채 가만히 서 있던 태주와 유리창 너머의 유미 사이로 정적이 흘렀다.

"너 말이야. 다 보여."

태주는 고개를 푹 숙이더니 결국 양동이를 내려놓고는 유리창 문을 열었다.

"쟤 나한테 오라고 해봐."

"왜 너한테 가야 하는 건데."

그러자 유미가 한숨을 쉬었다.

"그냥 좀 해봐. 얘가 그렇게 네 말을 잘 듣는다며."

대답을 찾으려는 듯 머뭇대던 태주가 말했다.

"지금은 쉬고 싶은 것 같아."

"그걸 어떻게 알아?"

유미의 시선을 피했다. 주주가 다른 사람들에 비해 태주에게 조금 더 가까이 다가올 뿐, 사실 가정부들이 아는 것처럼 태주의 말을 곧이곧대로 알아듣고 재주를 부리진 않았기 때문이다. 그렇다고 주주의 말을 알아들을 수 있던 것도 아니었다. 언제 어디서나 눈덩이처럼 하염없이 불어나는 것이 소문이라는 생각을 했다.

"너 거짓말 하는 거지? 왜 주인인 내 말은 안 듣고 네 말을 듣겠어."

허공에 대충 시선을 두고서 어깨를 으쓱하는 걸로 답을 회피했다.

"그럼 주주 앞에 누워봐. 둘이 교감이라도 한다면 안 밟고 지나가겠지."

멍하니 유미를 응시했다. 유미도 피할 생각이 없었는지 태주를 빤히 쳐다보았다. 말도 안 되는 시비일 뿐이라고, 여기에 속아 넘어가선 안 된다고 태주의 본능이 말해주고 있었다. 다시 본채로 돌아가 당장 아무 일이라도 찾아서 해야겠다고 생각했다.

그때 유미가 성큼성큼 다가와 태주의 팔목을 잡아 세웠다.

"왜, 무서워?"

유미의 얼굴에 오랜 고집과 질투, 그리고 태주를 향한 관심이 복잡하게 섞여 꾹꾹 눌러 담겨 있었다. 태주가 잡힌 손을 빼내어 다시 한 번 무시하려고 하자, 유미는 주주가 있는 곳으로 있는 힘껏 태주를 잡아당기기 시작했다. 태주도 질 수 없었다. 태주의 유니폼과 유미의 교복이 팽창되고 수축하는 것을 반복했다. 그들은 반대 방향으로 서로를 이끌기 위해 이를 악문 채 안간힘을 썼다.

그것도 잠시 태주와 유미는 서로 발이 꼬여 잔디밭 위로 동시에 넘어졌고, 역할이 끝난 도미노처럼 몸이 겹친 채로 쓰러졌다. 그때 정체모를 거대한 움직임이 땅과 그 주변에 진동을 일으켰다. 신음하던 태주와 유미가 부리나케 그 소리를 쫓았고, 그 종착지는 몸을 일으키고 있는 주주였다. 주주가 그들을 향해 천천히 다가오기 시작했다.

태주와 유미가 경악한 얼굴로 주주를 바라보았다. 큰 몸집의 주주는 성큼성큼 그러나 느린 속도로 다가오고 있었다. 태주의 머릿속으로 유미의 질문이 스쳐 지나갔다. 주주가 나아갈 길에 태주가 쓰러져 있다면 자신을 피해 걸어갈 것인지 아니면 그대로 뼈를 으스러뜨릴지. 만들어내지 못한 용기는 여전히 그 질문을 회피할 수밖에 없었다.

주주는 둘 앞에 멈춰 선 후 시선을 맞추려고 하는지 고개를 숙였다. 주주가 잡아먹기라도 하는 것처럼 유미는 두 팔로 머리를 감싸 안았다. 이대로라면 끝장이야라고 외치는 것 같았다. 그러나 주주는 유미를 잡아먹지도, 피부가죽을 벗겨 저 멀리 던져버리지도 않았다. 그저 투명한 사파이어 눈으로 태주와 유미를 응시할 뿐이었다. 태주는 이 접근이 어떤 의미를 담고 있는 것인지 알고 싶었지만, 깊은 눈빛에 사로잡혀 더는 어떤 생각도 할 수 없었다.

유미는 이 정도로 가까이서 주주를 마주한 적이 단 한 번도 없었는지 잔뜩 겁을 먹은 듯 보였다. 유미의 손이 미세하게 떨려오는 것을 느꼈다. 숨마저 가빠오기 시작했을 때 태주는 유미의 손을 꽉 잡았다. 단 한 치의 망설임도 없었다. 태주 자신도 왜 유미의 손을 감싸 쥐었는지 알지 못했다. 스스로 당황스러워할 행동이라는 인식조차 못 할 정도의 자연스러운 무의식 속의 지였다.

태주가 유미의 손을 잡은 채 주주의 코 위로 손을 뻗었다. 유미는 어찌할 줄 모르는 표정으로 태주를 쳐다보았고, 그에 대답이라도 하는 듯 태주에 의해 하나가 된 두 손이 주주를 향해 나아가고 있었다.

그 순간 주주가 울부짖으며 쓰러졌다. 큰 몸이 바닥으로 주저앉으며 추락했고 그 무게가 만들어낸 바람이 태주와 유미 위로 쏟아져 내렸다. 깜짝 놀란 태주가 멍하니 주주를 바라보고 있을 때 엄마, 하고 내뱉는 좌절 가득한 유미의 목소리가 들렸다. 그 절망을 따라 태주가 고개를 돌렸을 때, 날카로운 얼굴을 한 유미 엄마가 가정용으로 보급되는 마취총을 들고 서 있었다. 마취총을 맞고 그대로 기절해버린 주주와 불장난을 하다 집을 태워버리기라도 한 아이처럼 벌벌 떨고 있는 유미 사이에 놓인 태주는, 온몸이 뜨거운 불덩이가 된 것처럼 달아오른 채로 굳어가고 있었다.

✳

유미 엄마를 제대로 본 건 그때가 처음이었다. 집주인 부부가 집에 올 때는 2층 비밀의 방에 잠깐 들렀다가 다시 외출하는 일이 대부분이었고, 여러 번의 출장으로 태주는 그들이 어떤 사람들인지 전혀 알 수가 없었다. 다른 가정부들이 전하는 이야기를 들으며 머릿속에 집주인 부부를 그려보곤 했다. 반면 유미 엄마는 뒷마당에서 태주를 처음 보았을 때 그제야 새로 온 가정부가 있었다는 걸 기억해 냈을 것이다. 일하느라 바쁜 그들에게 가정부란 그저 똑같은 유니폼을 입은 채 쓸고 닦는 배경 자체로 존재했을 것이다.

매니저는 집주인 부부가 요 근래 중요한 프로젝트를 진행하고 있다고 했다. 그러니 웬만해선 예민한 그들의 심기를 건들 일 자체를 만들지 말라고 당부한 그날, 하필 유미 엄마와의 첫 만남이 이루어졌던 것이다. 태주는 또 한 번 짐을 싸야만 하는 자신의 모습을 상상했지만, 다행스럽게도 유미 엄마는 아무런 말도 하지 않았다. 단 한 가지 확실한 건 태주를 향한 매니저의 까칠한 태도가 이전보다 더 강해졌다는 것이다. 어쩌면 기분 탓일지도 몰랐다.

집주인 부부가 안전무한지대라는 거대 기업의 높은 위치에서 어떤 역할을 맡았고 어떤 프로젝트를 진행하고 있을지 태주는 종종 궁금하곤 했다. 절대 올라가지 말라고 했던 2층 방과 어떠한 관련이라도 있는 걸까? 금지된 것은 무언가의 끝을 부른다고 했다. 그럴 때면 유미 엄마가 매서운 표정으로 마취총을 들고 있던 모습이 떠올랐다. 안정적이고, 솟구치면서도 무겁고, 노련하던 힘을, 말 한번 내뱉지 않고서 그 공간을 단숨에 통제하던 그 힘을 마주한 순간은 쉽게 잊을 수 없었다.

마취총에 맞은 뒤 풀썩 잠들었던 주주는 몇 시간이 지났을 때야 눈을 떴다. 태주는 그런 상황을 만든 자신에게, 혹은 인간 그 자체에게 주주가 화를 낼 것이라 생각했지만 주주는 평소와 다를 것이 없었다. 그 점이 더 기묘하게 다가와 차라리 울부짖으며 화를 냈으면 좋겠다고 바랐다. 마치 기억을 삭제당한 것처럼, 혼자만이 시간을 되돌아간 것처럼, 아무리 발길질을 당하고 버림 받아도 똑같은 표정을 짓고 있는 인형처럼, 그저 아무것도 생각하지 못하는 것처럼 모든 것이 평소와 같았다. 늘 그랬듯 거리를 유지했다 좁히기도 했고 마당에 앉아 있다가 그 주변 숲에 숨어 있기도 했다. 변함없는 그 무거운 움직임이 태주를 슬프게 했다.

그 일 이후로 또 다시 유미를 보는 일은 드물었다. 모든 것이 일상으로 돌아간 듯 했다. 이전처럼 유미는 입시반 진급으로 바빴고, 매니저 말로는 부부가 유미를 지능향상센터에 입원시킬지 기숙사형 입시반에 등록할지 고민이 된다고 했다. 그러니 유미를 위한 괜찮은 곳이 없는지 알아봐달라는 부탁을 했다고 말했다. 그 와중에도 유미는 치료와 시험과목을 병행했고 근본적인 해결책이 필요하다는 이유로 바둑과 퍼즐도 그만두지 않았다.

태주 또한 가을맞이 대청소로 바빴다. 집주인 부부와 유미가 집을 나선 이른 아침부터, 매니저의 지시에 따라 가구를 들어내고 그 밑을 쓸고 닦았다. 매니저를 포함한 세 명의 가정부들이 새 계절을 맞이하기 위해 어느 때보다도 분주하게 움직이고 있었다. 가을 옷을 꺼내 정리하고 이불을 빨아 말렸다. 허리를 숙였다가 일어날 때마다 통증이 찾아왔지만, 유난히도 맑은 날씨에 고개를 들어 올리면 보이는 하늘이 아름다웠다. 이곳에도 풍경이 있구나 하고 태주는 생각했다. 집에 두고 온 풍경이 나의 부재에도 여전히 잘 있었으면 하는 그리움이 떠올랐다. 태주는 숨을 크게 들이마시고 다시 몸 밖으로 천천히 내뱉었다.

매니저는 오늘 저녁에 만찬이 있을 예정이라고 했다. 집주인 부부가 직장 동료 부부를 저녁 식사에 초대했다는 것이다. 대청소가 어느 정도 마무리되었을 때 매니저가 장을 봐오라며 목록이 적힌 종이와 안전무한지대 단지 내에서만 사용할 수 있는 카드를 태주와 제니에게 건넸다.

"오늘 날씨도 좋으니까 차 타지 말고 걸어가자."

단단하면서 각 잡힌 장바구니를 챙겨든 제니가 방긋 웃으며 말했다.

요즈음 계속해서 기분 좋은 날씨가 이어졌는데, 그 속에서 태주는 일말의 불안감을 느꼈다. 좋은 것은 계속될 리 없다는 학습에서 오는 체감 같은 것이었다.

제니는 마음이 들뜬 듯 평소보다 수다스러웠다. 구름 위를 등

둥 떠다니는 것 같은 제니에게서 충만한 기쁨이 담겨 있는 발걸음과 미소 머금은 눈빛을 보았다. 처음 보는 것이었다. 재미없는 쇼핑몰에 간다는 사실이 즐거울 리는 없을 텐데, 신나는 일이라도 있는 것이 분명했다.

안전무한지대 단지 내의 가정부들은 외출을 할 때 두 명씩 짝을 지어 가야 하는 암묵적인 규칙이 있었다. 그것이 '정상'이었고 '알맞은 그림'이었다. 보통 장은 일주일에 한 번씩 봤는데, 신입인 태주는 안전무한지대 단지 안에서 지켜야 할 규칙들과 쇼핑몰 이용하는 방법을 배우기 위해 매니저와 함께 쇼핑몰을 방문했던 것이 처음이자 마지막이었다. 이곳에 온 지 두 달이 넘는 시점에서 바로 오늘이 매니저 없이 처음으로 집 밖의 안전무한지대 땅을 밟는 날이기도 했다.

6층으로 이루어진 큰 규모의 쇼핑몰은 층마다 식료품, 전자기기, 생활용품, 미용품, 아기용품, 명품관의 테마로 구성되어 있었다. 태주와 제니는 다른 층을 갈 필요가 전혀 없었으므로 쇼핑몰에 들어서자마자 곧장 엘리베이터를 타고 식료품을 파는 2층으로 향했다.

둘은 운전하며 앉아서 장을 볼 수 있는 전동 카트에 올라탔다. 이 넓고 어지러운 공간에서 빠른 속도로 원하는 물건을 정확히 담기 위해서는 전동 카트는 필수였다. 두 다리로 걸어 다닌다면 필요한 물건을 다 사지도 못한 채 시간만 훌쩍 흘러갈 만큼 널찍한 공간이었다. 그곳엔 태주와 제니의 것과 똑같은 유니폼을 입은 여러 가정부가 보였는데, 그들도 두 명씩 짝지어 전동 카트에 올라타 있었다.

이전에 매니저와 함께 전동 카트를 타보긴 했어도 여전히 낯설고 불편했다. 처음 시동을 걸 때 특유의 진동이 일었는데 그 때문에 몸이 들썩이는 느낌이 영 이상했다. 제니가 능숙하게 운전했고 태주는 재빠르게 목록을 확인하며 물건을 재깍재깍 담아야 하는 역할을 맡았다. 넓은 공간에 사람도 붐비지 않는 곳에서 굳이 왜 빠르게 담아야 하는지 잘 몰랐지만, 쇼핑몰에 있으면 마음이 답답해진다는 매니저가 피곤하다는 말투로 빠릿빠릿하게 움직이라고 했기 때문에 그런 줄로 알았다.

핸들을 잡은 제니가 콧노래를 흥얼거리기 시작했다. 목록에 적힌 물건을 태주가 똑바로 집어넣었는지 전혀 신경 쓰지 않고서 리듬에 맞춰 전동 카트를 세웠다 멈췄다를 반복했다. 그럴 때마다 태주는 흠칫 놀라 제니를 쳐다봤지만 제니의 정신은 이미 다른 곳을 향해 있는 듯했다. 홀로 정신없는 태주의 눈이 바삐 움직였다. 하나라도 잘못 사 갔다간 이미 훤히 들리는 매니저의 짜증 섞인 목소리를 견뎌야만 했기 때문에 웬만하면 이런 것쯤은 완벽하게 해내고 싶었다. 이런 마음이 들 때마다 언제까지나 겉돌 것만 같던 자신이, 이 세계에 점차 스며들고 있는 것은 아닐까 하며 고개를 세차게 흔들곤 했다.

"제니 언니."

태주가 제니를 불렀다. 그러나 제니는 손목에 찬 시계를 계속해서 들여다보며 발을 동동 구르는 듯 다리를 떨기 시작했다.

"제니 언니!"

"어?"

"채소랑 오리고기는 오리지널이라 쓰여 있는데… 이건….."

"아, 그건 유전자 변형이나 서로 다른 유전자 조합으로 만들지 않은 순수한 걸 사라는 뜻이야. 알잖아, 안전무한지대가 그런 이상한 짓 하는 곳이니까. 오늘 만찬에 오는 동료 부부가 오리지널만 먹는대."

제니가 오리지널 코너를 향해 핸들을 돌렸다. 진동 카트가 부드러운 소리를 내며 움직였다. "좀 웃기지, 본인들이 만들어낸 건데 안 먹는다니. 우리가 실험대상이야 뭐야? 재수 없어."

오리지널 코너에는 그 어떤 요소도 변형되지 않은, 자연에서 자란 채소와 고기들이 진열되어 있었다. 이 오리지널들은 유전자 조합된 것에 비해 서너 배는 비쌌기 때문에 특수하고 깨끗한 공정을 거쳤을 게 분명했다.

빅돔 밖에서도 자연의 것을 먹긴 했지만 태주는 빅돔 안과 밖에서 말하는 '자연'의 의미가 다를 거란 걸 누군가에게 배우지 않아도 알 수 있었다. 태주 본래 세상에서의 자연 재료들은 각종 더러운 수법으로 만들어졌을 거란 집단적 확신이 있어서, 비교적 믿을 수 있는 인공제품을 선택하는 것이 일반적이었다. 그런데 오히려 자연적으로 자란 제품이 최상급이라니. 빅돔의 문화는 여전히 알아갈 것이 태산이었다.

단백질 섭취 효과가 있는 변형 식빵을 마지막으로 카트를 한가득 채우고 나서야 태주는 숨을 돌릴 수 있었다. 단지 내 카드로 계산을 마치자 제니가 말했다.

"너 여기 제대로 구경해본 적 없지? 그렇잖아. 내가 이거 배달 신청하고 올게. 넌 구경 좀 하고 있을래? 1시간, 아니다, 2시간 정도 뒤에 쉼터에서 만나."

"2시간이나요?"

"이 시간대면 배달 신청하려고 기다리는 사람이 많아. 같이 가기엔 너무 복잡하고."

멍하니 제니를 바라보았다.

"알겠지? 이따 봐."

제니는 말을 끝내기가 무섭게 곧바로 전동 카트의 페달을 밟았다.

6

태주는 허무한 얼굴을 하고서 황급히 사라져버린 제니의 뒷모습을 바라보았다. 기대감으로 가득 찬 빠른 걸음의 제니가 금세 저 멀리 나아가고 있었다. 곁에 있던 제니가 사라졌을 때야 비로소 이 거대한 건물의 날것 같은 배경음이 들려오기 시작했다. 떠다니듯 공간을 채우고 있는 소리들은 태주가 이곳에 완전히 스며들지 못한 채, 여전히 빅돔의 모든 것을 낯설게 느껴야 할 이방인이라는 사실을 알리는 듯 태주의 귀를 건드렸다.

바다 위 난파선이 된 듯 지금 당장 무엇을 해야 할지 몰랐다. 다른 층에 가볼 생각은 전혀 하지 못한 채 느린 걸음으로 2층을

공룡이 잠든 도시   275

빙빙 돌아다녔다. 그러다 우연히 택배 신청소 근처를 지나가기도 했는데 그곳에서 제니가 부르던 콧노래의 정체를 발견할 수 있었다. 제니는 택배 신청소 직원의 어깨를 툭 건드리며 손바닥으로 얼굴을 가린 채 웃고 있었다. 오늘 내내 봐야만 했던 미소 머금은 눈빛의 정착지는 건실한 체구의 그 직원이었던 것이다. 태주는 모른 척 고개를 돌리고서 도망치듯 사라졌다. 이 넓은 쇼핑몰 안에서 비밀스러운 관계들이 얼마나 숨을 죽이고 있을지 생각했다. 마치 보이지만 보이지 않는 가면 무도회장에서 남몰래 눈빛을 주고받는 것처럼.

똑같은 유니폼을 입은 가정부들이 쇼핑몰 안을 돌아다녔다. 큰 소리를 내는 사람은 없었다. 작게 소곤댈 뿐이었고 필요한 말이 아니라면 굳이 말을 하지 않는 것 같았다. 가정부들은 다양한 외모를 가지고 있었지만 자세히 들여다보지 않으면 만들어진 복제인간 같았다. 그 안에 있는 사람들은 모두 제각각이었으나 복제된 옷을 입자 우습게도 똑같은 아바타가 되었다. 이 쇼핑몰에서 파는 모든 것들은 그들을 위한 것이 아니었음에도 이 쇼핑몰엔 아바타들만이 서성거렸다.

전동 카트 없이 걸어 다니던 태주의 다리가 굳어가기 시작했다. 다른 집 가정부들이 운전하는 전동 카트들은 사야 할 목록을 해치우기 위해, 누군가의 저녁식사를 위해 태주 주변을 지나 이리저리 돌아다녔다. 태주가 위협적인 거친 움직임들 사이에서 혼란스러워하며 얼쩡대자 어느 한 가정부는 얼른 비키라는 듯 핸들 옆의 종을 건드렸고, 태주는 수많은 카트들을 피해 벽

구석에 붙어 걸었다.

아무 생각 없이 발끝을 따라 걷다가 결국 한 층 위로 올라갔다. 에스컬레이터 옆 간이의자에 앉을 때 태주는 저도 모르게 속이 내려앉는 숨소리를 냈다. 단단히 뭉쳐 있던 하체 매듭이 한순간에 풀리는 걸 느끼면서 다리를 주물렀다.

3층은 미용품을 파는 곳이었다. 캐주얼한 것부터 가격이 꽤 나가는 것까지 다양한 상점이 즐비해 있었는데, 태주가 앉아 있는 구역에는 반짝이는 장신구 상점들이 대부분이었다. 그 가게들을 무심코 바라보던 태주는 호기심에 자리에서 일어나 한 상점 앞으로 천천히 걸어갔다.

보석들은 큰 유리창 너머에 진열되어 있어 상점 밖에서도 구경할 수 있었다. 태주는 그 보석들을 바라보며 얼음 큐브를 떠올렸다. 영롱하게 반짝이는 큐브에 비해 저 보석들은 아름다움이 전해오지 않는, 둔탁하면서도 무언가의 숨통을 죄어 만드는 부산물 같이 느껴졌다. 골짜기를 따라 아래로 흐르는 물의 방향을 억지로 위로 바꾸어내는 쓸데없는 존재 같았다.

호기심은 금세 수그러들었고 흥미 또한 빠른 속도로 증발 되었다. 허리를 숙이고 진열장 안을 들여다보고 있던 태주가 다시 고개를 들어 올렸을 때, 부산물을 장식해 둔 상점 안으로 놀랍게도 유미가 보였다. 가게 직원처럼 보이는 우락부락한 남자가 둔탁하고 두꺼워 보이는 팔로 유미의 허리를 감싸고 있었다. 그 직원을 향해 웃고 있던 유미가 유리창 너머의 태주를 발견한 순간, 유미의 얼굴이 경직된 채로 잿빛이 되어갔다. 태주가 알기로 지금쯤 유미가 있어야 할 곳은 바둑 논리와 글쓰기를 결합한 교습소였기 때문이다.

유미와 태주는 유리를 사이에 두고 시간이 멈춘 듯 서로를 마주했다. 그때 태주가 빠른 걸음으로 도망치기 시작했고, 곧바로 유미가 그런 태주를 쫓아 나왔다. 태주는 스스로도 왜 도망치고 있는지 이유를 알 수 없었다. 봐서는 안 될 걸 봤다는 난감한 상황 속에 놓인 채로, 잿빛이 된 유미가 쏟아낼 말들을 감당하고 싶지 않아서였을까?

태주를 쫓던 유미가 잠깐 멈춰보라며 소리쳤다. 전동 카트를 타고 돌아다니는 다른 가정부들이 흘깃대자 유미는 이를 악문 듯 소란 피우지 말라고 했다.

가슴이 쿵쾅거리는 소리를 들으며, 어떻게 해야 할지 몰라 앞만 보고 도망치듯 걷던 태주가 멈춰 섰다. 그러자마자 유미는 태주 앞으로 뛰어왔고 그런 유미 얼굴에 땀에 젖은 잔머리들이 들러붙어 있었다.

"비밀로 해줘."

유미가 눈을 내리깔며 작은 목소리로 중얼댔다.

"엄마아빠가 알면… 지금보다 더 심해질 거야. 내 약점을 잡은 것 같아서 너네는 재미있겠지만, 나 이제 기숙학원이든 입원이든 하게 될 테니까 그때까지만이라도."

이런 유미의 모습을 마주하기 힘들었던 태주는 못 본 척 고개를 돌렸다.

그때 어깨너머 저편에서 묵직한 발걸음 소리가 들렸다. 주주의 것과는 다른 느낌의 그 무거운 소리는 멈출 줄 모르더니 어느새 태주의 주변까지 다가왔다. 거대한 남자의 몸이 태주의 팔을 스칠 때, 머리끝부터 발끝까지 한순간에 닭살이 돋아났고 순간적으로 몸에 한기가 찾아왔다. 거대한 남자는 태주를 지나쳐 유미의 옆에 섰다. 희미한 미소를 띠고서 자신을 내려다보는 남자의 눈빛에 태주는 당장이라도 뛰어 도망치고 싶은 충동이 일었다. 그 남자는 유미를 껴안고 있던 보석상 직원이었다.

"누구야?"

남자가 물었고, 유미는 머뭇대더니 과한 미소를 지어 보이며 대답했다.

"아무도 아니야. 그냥, 우리 집 가정부."

목소리의 떨림을 감추듯 유미는 한 글자씩 힘을 주어 내뱉었다. 남자는 태주와 유미를 번갈아 보며 본인 나름대로 상황파악을 하기 시작했다. 남자가 태주 앞으로 가까이 다가가려 할 때 유미는 겁먹은 얼굴로 그를 멈춰 세우고자 남자의 팔을 붙잡았다. 그러나 남자는 나아갔다. 유미의 작은 손짓은 언제나 그러듯이 남자를 막아서지 못한 채 허공으로 떨어질 뿐이었다.

남자는 아무 말 없이 태주를 내려다보았다. 아래에서 보니 아까보다도 더 험악한 얼굴이었다. 남자는 거대했고, 태주보다도 나이가 더 많을 것 같았다. 우락부락하면서 큰 덩치가 아카데미 이후 첫 일터였던 쓰레기 고기 레스토랑의 배불뚝이 사장을 떠올리게 했다. 실제로 그와 닮아 보이는 건지 닮아 보인다는 생각이 드는 것인지는 몰라도 존재 자체만으로 불쾌했다.

남자는 아무 말도 내뱉지 않고 눈빛으로 말을 걸고 있었다. 그러더니 자신의 발끝으로 태주의 발끝을 힘주어 밀었다. 태주는 그 힘을 피하지 않기 위해 바닥에 발이 붙은 듯 버텼지만 작은 마찰음을 내며 조금씩 밀려났다. 태주는 소리 없는 남자의 말 뜻을 단번에 알아차릴 수 있었다. 방해하지 마. 그런 의미였다.

"오늘 저녁 식사 때문에 먼저 가볼게."

바닥을 내려다보며 태주가 말했다. 그리고 맹수와 마주한 것처럼 뒷걸음치며 빠른 걸음으로 그곳을 벗어났다.

사 온 물건을 하나씩 확인하던 매니저는 더 없을 말이 없었는지 골라온 채소의 싱싱함 정도를 두고 주절댔다. 옆에서 재료 정리를 하고 있던 태주는 매니저의 입을 한 번이라도 쳐볼 수 있었으면 좋겠다고 생각했다. 그러면서도 잊고 싶은 쇼핑몰에서의 기억이 계속해서 떠올랐다. 남자의 존재 자체도 그랬지만, 더 큰 문제는 유미였다. 처음 목격했을 때를 생각해보면 높은 확률로 그 남자가 유미의 남자친구일 것이다. 그런 관계를 맺고 있는데도 겁먹은 채 아무것도 하지 못하는 유미의 얼굴이 태주를 더욱 공포스럽게 했다.

빅돔은, 더 넓은 세계는 태주가 감당하지 못할 곳이라는 확신이 자라나기에 충분했다. 집으로 돌아가고 싶었다. 겨우 지켜냈던 위협당할 일 없는 일상으로 돌아가 이불을 덮고 잠들고만 싶었다.

부엌이 한창 분주했다. 평소보다 힘을 준 저녁 식사를 만들기 위해 가정부들이 애를 쓰고 있었다. 요리에 재주가 있는 제니가 메인 요리를 담당했고, 윤과 태주가 메인 요리와 함께 곁들일 것들을 한가득 준비하고 있었다. 태주는 윤의 지시를 따라 양파를 썰고 단호박을 쪘다. 매니저는 전체적인 진행 상황을 점검하며 어떤 와인이 적합할지 후보군을 세워두고 있었는데, 부부가 어떤 와인이 남아 있냐고 물었을 때 버벅대지 않고 한 번에 제시하기 위한 준비였다.

태주가 식탁을 차리고 있을 때 누군가 현관문으로 들어오는 인기척이 났다. 그쪽을 향해 돌아보자, 유미가 동료 부부의 딸인 보리와 함께 신발을 벗고 있었다. 태주와 유미는 서로 눈이 마주치자 약속이라도 한 듯 모두 황급히 눈을 피했다.

과한 음식이 깔린 큰 식탁에 두 부부와 두 아이가 둘러앉았다. 모든 것이 풍요로워 보였다. 두 부부는 그들만 알아들을 법한 어려운 이야기를 하며 웃기도 했고, 유전자 조합물의 껍껍함과 필요성 사이의 모순에 대해서, 그리고 함께 앉아 있는 아이들의 진로에 대해 이야기 나누기도 했다. 두 부부 사이에는 보이지 않는 경쟁과 긴장감이 흘렀다.

'유미는 최고입시반 시험 봤어?'라고 물으면 '최고입시반 보내려고 했는데 혼자 집중하고 싶다고 해서 기숙학원을 알아보는 중이야.'라고 답했고, '보리는 엄마아빠 따라 우리 쪽으로 오려나?'라고 농담인 척 물으면 '애는 그런다고 하는데 내가 다른 쪽으로 설득하고 있지.' 하고 답했다.

유미가 최고입시반은커녕 지능향상 뇌 치료를 받는다는 건 기밀이었고, 보리 또한 그들이 다니고 있는 엘리트 기업은 꿈도

꿀 수 없었다. 부모들이 그런 말들을 주고받는 동안 유미와 보리는 말없이 입안으로 음식을 집어넣었다.

한창이던 대화 사이에 잠시 여유가 찾아왔을 때 식탁 아래로 누군가가 유미의 정강이를 건드렸다. 보리 엄마였다. 흠칫 놀란 유미가 보리 엄마를 응시했고, 보리 엄마 또한 자신의 실수에 적잖이 당황한 기색이었다. 놀란 것도 잠시 유미는 이 상황의 모든 의미를 한순간에 파악할 수 있었다. 오래전부터 유미의 부모와 보리의 부모가 서로 바람을 피우고 있다는 사실을 온몸으로 습득해왔기 때문이다. 유미는 이 사실을 손쉽게 떠벌려 양쪽 집안을 시끄럽게 만들고 싶지 않았다. 이 사실을 밝힘으로써 지금 당장 유미가 얻을 수 있는 것은 아무것도 없었고, 오히려 잃을 것이 더 컸다. 유미는 이 폭탄을 고이 간직하고 있다가 가장 효과적으로 사용할 수 있을 때쯤 터뜨릴 생각이었다. 혹은 터뜨리지 않을 수도 있었다. 보리는 아무것도 모르는 눈치였고, 자신만 눈감으면 안 그래도 요란한 마음속에 스스로 기름을 붓게 될 일은 없을 터였다.

식사자리를 정리하고 빨래를 개는 등 모든 할 일을 끝내자 이미 깜깜한 밤이 되어 있었다. 태주는 침실로 돌아가는 길에 가정부들에게는 먼저 들어가라는 말을 남기고 별채 뒤 언덕을 올랐다. 별채와 그리 멀지 않은 곳이었지만 꽤 높은 언덕이라 아무도 올라오지 않을 거라는 안정감이 있어 발길이 닿는 곳이었다.

이 풀잎 언덕 위를 빼곡히 수놓은 정돈함을 방해하는 건 아무것도 없었다. 하늘의 시야를 가리는 그 무엇도 없이, 검은 하늘이 높은 곳에서부터 잔디 아래까지 내려앉아 태주를 삼켜버릴 것만 같았다. 이곳은 이미 까마득한 옛날이 된 것만 같은, 큐브를 캐던 때에 갈 수 있었던 우물이 놓인 평야를 떠올리게 했다. 어느 날 태주는 어디에 숨었는지 모를 주주를 찾다가 이 언덕을 발견했는데, 날이 지날수록 자신의 터를 찾았다는 확신이 생겼다. 보육원과 아카데미에 있을 때도, 쓰레기 고기 레스토랑에서 일할 때도 태주는 어떻게든 자신만의 공간을 찾곤 했다. 예진을 제외하고는 그 누구에게도 말한 적 없었지만 태주만이 알고 있는 사소한 재능이었다.

하늘과 땅의 경계에 앉아 가을밤의 공기를 천천히 들이마셨다. 저 아래로 깊게 내려앉아 끝없이 펼쳐지는 공터가 보였다. 밤하늘의 빛을 받은 어두운 공터는 한 순간에 푸른 달의 표면처럼 보였다. 멀리서 흘러오는 옅은 풀벌레 소리를 들으며 태주는 눈을 감았다. 그러자 아무것도 보이지 않는 어둠이 무(無)의 공간을 채우다가 미세한 푸른빛이 그 안을 파고 들어와 차가운 강이 되었고, 그 물결을 따라가보니 태주가 지금까지 걸어온 길이 보였다. 발자취를 돌이켜보며 한 번쯤 승리하고 싶다는 마음을 간직했던 걸 문득 떠올렸으나, 승리가 대체 무엇인지 여전히 알수 없었고 그 마음은 이내 잡힐 듯 잡히지 않는 뿌연 안개 속으로 사라졌다. 어디로 도망치든 과거의 공포가 평생을 쫓아다닐지도 모른다는 예감에, 지친 마음이 가루처럼 흘러내리고 몸이 무겁게 내려앉는 것 같았다. 남자의 발을 맞닥뜨렸을 때 왜 밀려날 수밖에 없었는지, 왜 또다시 도망칠 수밖에 없었는지 생각했다.

다시 눈을 떴을 때 태주 가까이에 주주가 앉아 있었다. 무슨 감정을 느끼고 있는지 잘 알 수 없는 표정의 주주가 가만히 태주 곁을 지켰다. 지금 어떤 생각을 하고 있냐고, 지금 나의 어디를 바라보고 있는 거냐고 묻고 싶었다. 공룡의 언어를 할 수 있었다면 너는 어떤 피로함으로 이곳을 찾았는지 묻고 싶었다.

태주는 용기를 내어 주주의 몸을 쓸어내렸다. 손길을 따라 전해오는 딱딱하면서도 유연한 촉감을 느꼈다. 그러고는 주주에게 머리를 기댔다. 어떻게 반응할지 몰라 콩닥거리는 가슴으로 슬쩍 주주를 쳐다보았지만, 태주가 그랬듯 공터와 하늘의 경계를 바라보고 있을 뿐이었다. 태주는 무거우면서도 따뜻한 존재와 체온을 나누고 있다는 사실에 울음을 터뜨렸다. 쏟아져 나오는 눈물에 얼굴이 일그러지고 콧물이 흘러나올 동안 주주는 움직임 하나 없이 그대로 멈춰 있었다.

태주의 울음소리가 점차 잦아들기 시작하자 주주는 반쯤 몸을 일으켰다. 그리고 보란 듯 머리로 자신의 등을 가리켰다. 처음으로 무언가 메시지를 전하는 것 같은 주주의 행동에 놀라 멍하니 그를 바라보고 있을 때, 주주는 꼬리로 태주를 감싸 안고 자신의 몸 위로 밀어 올렸다. 갑작스러운 상황에 얼떨떨한 태주가 이끌리듯 주주에게 올라탔다. 주주는 고개를 돌려 등 위를 확인하더니 천천히 걷기 시작했다.

몸을 받치고 있는 것이 움직이기 시작하자 깜짝 놀란 태주가 떨어지지 않기 위해 주주를 감싸 안았다. 태주의 안착을 확인한 듯 주주는 걸음 속도를 점점 올렸고 얼마 지나지 않아 달려 나아갔다.

겁에 질린 태주는 주주의 등 위로 얼굴을 묻었다. 공터를 가로지르는 태주와 주주 위로 시원하면서도 편안한 바람이 불어왔다. 그런 바람과의 만남에 살짝 긴장이 풀린 듯 조심스럽게 고개를 들어 올렸다. 달이 된 공터 표면이 보였다. 주주의 높이와 속도에서 바라보는 공터는 자신이 보던 것과는 다르게 눈이 부시구나 하고 생각했다. 주주는 항상 이런 반짝임을 발견하며 살아왔을까? 주주가 뛸 때마다 쿵쿵거리는 소리와 함께 태주의 몸이 함께 들썩이며 서로가 서로의 용기가 되어가고 있었다.

별에 일렁이는 검은 하늘을 향해 질주했다. 주주를 더 세게 끌어안았다. 그 어떤 곳에서도 느낄 수 없던 공기였다. 주주의 눈을 통해 볼 수 있었던, 주주의 마음 속 사파이어의 세계로 초대받고 있다는 사실에 깊은 행복을 느꼈다. 얼음 동굴과는 다른 차원의 신비함이었다. 작지만 단단한 희망이 가슴속에서 뿜어져 나오기 시작했다. 언제나 연기처럼 빠져나갔던 기쁨을 이번엔 품을 수 있을지도 모르겠다는 소망. 한편으로는 또다시 모든 걸 망쳐버릴까 두렵기도 했지만 이 순간만큼은 그 무엇도 생각하지 않기로 했다.

태주와 주주는 하나가 되어 그들의 길을 달려갔다. 그동안 태주의 눈가 사이로 흘러내린 눈물방울들이 바람을 타고 저 멀리 날아갔다.

7

이른 아침부터 부엌이 시끌벅적했다. 집주인 부부는 또 한 번 지방 연구소 출장을 떠났는데, 매니저가 부부 없는 사이에 청과 잼을 만들고 찻잎을 말려내자고 했기 때문이다. 점심을 먹고 나서 다 같이 만들어야 하니 꼼수 부리지 말고 그대로 모이라고 했다. 제니는 부부가 없으면 쉬어가면서 하나둘씩 하면 될 것을 그들에게 잘 보이기 위해 굳이 일을 벌인다고 투덜댔다. 그러면서도 요리를 좋아하는 제니는 이런저런 수다를 떨며 큰 소리로 웃기도 했다. 부부가 없을 때만 볼 수 있는 풍경이었다.

점심을 먹고 난 태주는 다른 가정부들과 함께 포도 손질을 하고 있었다. 그때 현관문 바깥쪽에서 소란스러운 소리가 들렸다. 매니저가 앞치마에 손을 닦고서 통로를 지나 현관문으로 향했고, 궁금한 나머지도 매니저를 뒤따라 갔다.

남자 목소리였다. 그 불길한 목소리가 태주의 뒤통수를 친 듯 얼얼한 이명 소리가 들렸고 작은 번개가 온몸을 스쳐 지나간 듯 짜릿했다. 기둥 뒤에 반쯤 몸을 숨기고 입구를 바라보고 있는 가정부들을 뒤늦게 따라나섰다. 태주는 그 뒤에 숨은 채로 서서 가정부들의 어깨너머로 소리를 쫓았는데… 그 정체는 어색한 듯 웃고 있는 유미, 그리고 쇼핑몰에서 보았던 보석상 남자였다.

유미와 남자는 거실에서 놀고 있었다. 남자가 거실 장식장에 있는 물건들을 하나씩 살펴보다가 서로를 마주 보며 웃기도 했는데, 그럴 때면 이상하게 태주의 마음이 복잡해졌다. 마음이 놓이면서도 유미가 저 웃음을 받아주지 않기를 바랐다. 유미는 남자와 이야기를 나누다 가정부들과 눈이 마주치자 민망하다는 듯한 표정을 지으며 시선을 피했고, 태주를 발견한 남자는 입꼬리 한쪽을 올리며 희미한 미소를 보였다.

가정부들은 다시 부엌으로 돌아와 작은 식탁에 둘러앉았다. 과일 껍질을 까고 꼭지를 따면서 약속이라도 한 듯 자연스럽게 속닥거리기 시작했다. 거실에서부터 그 둘의 목소리가 희미한 들려왔다. 제니가 물었다.

"단지 사람은 아닌 것 같지 않아요?"

"그러니까. 어디서 깡패를 만나가지고."

"왜, 우락부락한 게 멋있는데요. 젊고 말이야."

매니저가 손에 쥐고 있던 포도를 내려놓더니 핀잔 주는 소리를 냈다. 그러자 제니를 포함한 가정부들이 숨죽여 웃었다.

"뭐가 그렇게 재밌어?"

예상치 못한 침입처럼 파고들어 온 목소리는 유미였다. 유미의 등장으로 라디오 전원을 끈 듯 갑작스러운 정적이 찾아왔다.

"친구 데려온 거 처음 봐? 학원 친구야. 내 손님이 왔는데 아무것도 안 내주고 뒤에서 훔쳐보기나 할 거야? 창피하게."

가정부들은 멍한 얼굴로 유미를 올려다봤다. 잠시 멈칫하던 유미는 그들의 고요한 시선이 민망하기라도 한 듯 태주에게 괜한 핀잔을 줬다.

"뭐해… 안 움직이고. 그리고 호철 오빠 너무 단 건 안 좋아해."

태주가 뒤늦게 정신차린 듯 자리에서 주섬주섬 일어나는 걸 보고나서야 유미는 다시 호철에게로 돌아갔다.

화려한 금박무늬로 장식된 소형 쟁반 위에 얼음을 넣은 두 잔의 아이스티와 그 옆에 비스킷을 채워 넣었다. 유미는 보리 같은 학교 친구를 종종 집에 데려오곤 했었는데 그 틈으로 정체 모를 의무감이 엿보였다. 친구를 데려와 함께 시간 보내는 일에 큰 의미를 부여하거나 실제로 즐거워하는 것 같지 않았다. 가정부들은 형식적으로 간식을 챙겨 주려 했지만 유미는 그런 것 필요 없으니 방문만 열지 말라고 했다. 그 이후로는 유미가 누굴 데려오던지 가정부들은 크게 신경 쓰지 않았다. 유미도 그걸 원했고 누구보다도 스스로가 잘 아는 습관이었다. 그럼에도 굳이 가정부들이 모여 있는 부엌까지 들어와 간식 운운하는 것은 다른 목적이 있던 게 분명했다. 가정부들의 반응이나 태주의 표정을 확인하고 싶었기 때문일 수도 있고 괜히 마음에 찔려서일 수도 있고 혹은… 호철에게서 잠시나마 벗어나고 싶은 것일지도 몰랐다. 태주는 아주 작은 확률로 그럴지도 모른다고 생각했다.

쟁반을 들고 거실로 향했지만 유미와 호철이 보이지 않았다. 쟁반을 거실 탁자 위에 올려놓고 조심스럽게 주변을 두리번거렸다. 그때 뒷마당 쪽에서 호철이 호탕하게 웃는 소리가 들렸다. 태주는 발끝을 세우고 그 소리를 따라가기 시작했다.

호철이 활시위를 당겨 주주를 겨누고 있었다. 뒷마당 구석에 활과 화살 그리고 낡은 과녁을 본 기억이 있긴 했지만 실제로 언제나 그 자리에 있는 장식품이라 여겼을 뿐, 누군가 사용할 것이라고는 생각지 못했는데. 쇠고랑에 발목이 묶인 채로 주주는 불안해하고 있었다. 그 옆에서 두 손으로 입을 막은 채 어찌할 줄 모르고 있는 유미의 눈가가 촉촉했고, 호철의 얼굴에 나 있는 진한 상처가 호철의 미소를 따라 꿈틀거렸다.

그때 호철이 당기고 있던 활시위를 놓았고, 유미가 오빠! 하고 소리치며 주저앉았다. 화살이 주주 근처 잔디에 아슬아슬하게 꽂히자 주주가 낑낑대는 소리를 냈다.

"유미야, 귀여워서 그냥 장난치는 거야. 왜 이렇게 무서워해."

호철이 유미의 머리를 슬쩍 쓰다듬으며 웃었다. 그 말에 유미는 조금이나마 안도한 표정으로 울먹이며 말했다.

"그치, 그런 거지?"

태주는 뒷마당으로 향하는 유리창 베란다 문을 열고 맨발로 뛰쳐나갔다. 주주의 곁으로 달려가 쇠고랑을 풀어주려고 했지만, 열쇠가 필요했다. 그동안 주주의 발목은 단단하고 두꺼운 쇠고랑에 계속해서 쓸려가고 있었다.

"이게 필요한가 봐."

손가락에 쇠고랑 열쇠를 쥐고 있는 호철이었다. 유미는 호철 앞에 나선 태주를 놀란 얼굴로 쳐다보았다.

"내가 말했을 텐데. 방해하지 말라고."

태주가 주주를 감싸 안은 채 호철을 노려봤다. 태주의 귓가로 주주의 심장 박동 같은 것이 들렸다. 그것이 긴장인지 평온인지 알 수 없었지만, 귀를 기울이게 하는 일정 속도의 움직임이었다.

유미가 애원하듯 말했다.

"그만하고 이제 들어가자."

유미가 호철의 팔을 잡아끌었지만, 꿈쩍도 하지 않았다. 태주는 호철의 얼굴을 바라볼 때면 배불뚝이 사장에게 맞았던 갈비뼈가 차갑게 아려왔다. 그와 동시에 배불뚝이 사장에게 끝내 하지 못했던 복수를 해보고 싶다는 욕망이 피어오르는 것을 느꼈다.

태주가 질 생각을 하지 않자 호철은 한 번 더 활시위를 당겨 조준했다. 태주와 주주 그 사이 어딘가를 겨냥하고 있었다. 그리곤 태주의 얼굴 정중앙에 조준하더니 중얼댔다.

"눈, 코, 입, 귀…."

유미가 제발 좀 그만하라며 매달렸고, 호철은 그런 유미에게 나오라며 소리쳤다.

주주를 지키고 선 태주는 그 모습을 지켜보며 쓰레기를 합쳐 놓은 폭발물이 호철임을 느꼈고, 어렸을 때부터 오랜 시간 염원하던 승리의 소망을 떠올렸다. 안개 너머 속에 잡힐 듯 잡히지 않는 승리란 어쩌면 호철과 배불뚝이 사장만큼, 아니 그보다 더 강해지는 것일지도 몰랐다. 거대한 몸을 갖고 싶었다. 태주는 자신이 티라노사우르스가 될 수 있다면 강한 턱 힘으로 호철을 물어뜯고 싶었다.

유미의 방해로 호철이 결국 화살을 놓았고, 그 화살은 주주의 발에 박혔다. 주주는 고개를 높이 들고 울부짖었다. 주주가 큰 몸을 움직이며 발악하는 바람에 주주를 안고 있던 태주가 내동댕이쳐졌다. 그러나 곧바로 정신을 차리고 주주를 진정시키기 위해 애를 쓰며, 화살이 꽂혀 있는 발로 다가갔다. 호철 또한 실제로 쏠 생각은 없었는지 잠깐 당황한 기색이었으나 가만히 태주를 지켜보고 있었다. 태주는 조금만 참으라고 말했다. 그러더니 이를 악물고는 화살을 도로 뽑아냈고 주주의 몸짓을 간신히 피해 유미 쪽으로 도망치며 바닥으로 쓰러졌다.

태주가 몸을 일으켰다. 그 옆에 화살집이 보였다. 태주는 화살집 안에 있는 화살 하나를 집어 호철을 찍어 누르기 위해 양손을 머리 뒤로 높게 쳐들었다. 그러나 배불뚝이 사장이 그랬듯 호철 또한 두꺼운 손으로 태주의 팔목을 움켜쥐었다. 호철이 손에 힘을 주자 태주의 팔목이 아려왔고 금세 부러질 것만 같았다. 태주는 발버둥쳤으나 호철이 단숨에 태주를 들어 올려 바닥으로 내리쳤다. 그리고 화살을 뺏어 태주의 목 위를 짓누르려 했고 태주는 온 힘을 다해 그 화살을 막아내고 있었다. 화살이 점점 태주의 목 위로 내려앉기 시작했다. 태주의 눈가로 눈물이 흘러내렸다.

그때 요란한 소리를 들은 가정부들이 온갖 주방용품들을 손에 쥐고 뒷마당으로 뛰쳐 나왔다. 모두가 매달려 호철을 잡아당겼고 손에 쥔 물건으로 머리를 내려치기도 했다. 호철은 귀찮은 파리들이라도 붙은 양 팔을 휘젓더니 그들을 매섭게 노려보았다. 짜증 가득한 표정이었다. 호철은 입안에서 혓바닥을 천천히 움직이며 망가진 머리를 매만졌다. 호철이 유미를 응시하더니 품하고 웃음을 터뜨렸다. 그리곤 그 집을 떠나며 말했다.

"유미야, 또 보자."

*

아무도 없는 빅돔의 도로 위, 전력을 다해 뛰는 태주의 입안에서 거친 숨소리가 뿜어져 나왔다. 그 뒤로 맹수가 질주하며 쫓아왔다. 괴물 형상의 맹수는 당장이라도 눈까지 솟은 두꺼운 송곳니로 태주의 복부를 찍어누를 태세였다.

네 발로 달려오는 맹수보다 더 빠르게 뛸 방법이 없었다. 괴물은 무서운 속도로 태주를 추격하고 있었다.

"태주야."

귀에 꽂혀 들어온 자신을 부르는 누군가의 목소리에 순간 놀라 멈칫하고 섰다. 다시 한 번 자신을 불러주길 바라며 그 소리의 근원지를 쫓았다. 이름을 부르는 목소리, 그러니까 예진의 목소리를 따라 뛰어보니 그곳은 유미의 집이었다. 태주는 단 한 치의 망설임도 없이 빠른 몸짓으로 현관문을 열고 들어갔다. 현관문을 닫자마자 맹수가 머리로 들이받았고 뾰족한 송곳니와 날카롭게 선 뿔로 현관문을 내리꽂았다.

태주는 그 틈에 2층으로 뛰어 올라갔다. 금지되어 있는 공간이었으나 어떤 고민도 할 시간이 없었다. 복도 맨 끝에 있는 방으로 달려가 문고리를 잡고 밀었지만, 문은 굳건히 잠긴 듯 열릴 생각을 안 했다. 쿵, 쿵, 쿵. 맹수가 계속해서 현관문을 들이박았고 점차 버티기 힘들어진 현관문이 조금씩 갈라지는 소리가 들렸다. 태주는 잠긴 2층 문을 주먹으로 있는 힘껏 내리쳤다. 여전히 어떤 반응도 없었다.

문이 부서지는 소리가 들렸다. 맹수가 아래에 가만히 서서 2층 난간의 태주를 올려다보고 있었다. 맹수는 그르렁대며 한 걸음씩 2층을 향해 걸어오기 시작했다. 뒷걸음질 칠 곳이 더는 없었던 태주는 문에 달라붙어 그대로 주저앉았다.

2층 복도 끝에 서 있는 맹수의 두꺼운 송곳니 사이로 침이 질 질 흘러내렸다. 태주와 맹수 사이로 고도의 긴장감이 흐른 것도 잠시, 맹수가 달려들기 시작했다.

✳

한순간에 눈을 번쩍 떴다. 침대에서 몸을 일으켜 앉은 태주는 식은땀에 잔뜩 젖어 있었다. 제니가 코를 고는 소리가 들렸다. 시계를 확인해보니 새벽 3시가 조금 넘은 시각이었다. 태주는 다시 잠들기 위해 몇 번이나 노력했지만, 어느 때보다 눈이 말 짱했고 머릿속은 잠들려는 의지가 전혀 없어 보였다.

결국 얇은 겉옷을 걸치고 별채 밖으로 나왔다. 선선한 바람 공기가 절실한 순간이었다. 주주와 만났던 언덕으로 향하기 위 해 걸음을 뗀 순간, 본채 쪽에서 작은 인기척이 들렸다. 못 들은 척하고서 몸을 돌렸을 때 무언가 박히는 소리가 태주의 귓속으 로 강하게 파고들었다. 이내 발길을 돌리고는 본채가 있는 쪽을 향해 천천히 걸어갔다.

본채 뒷마당에 도착해보니 유미가 과녁을 세워놓고 활을 쏘 고 있었다. 태주가 걸음을 내디딜 때마다 잔디가 밟히는 소리가 들렸고 유미가 흠칫하며 고개를 돌렸다. 태주를 발견한 유미의 표정에는 복잡한 것 그 이상이 담겨 있었다.

과녁을 조준하던 유미가 그대로 몸을 돌리자 태주를 조준하는 모양새가 됐다. 그러나 태주는 전혀 개의치 않았다. 유미 뒤에 세워진 과녁을 보기 위해 몸을 살짝 옆으로 빼자, 모든 화살이 일제히 과녁의 정가운데에 몰려든 것이 보였다.

"네가 한 거야?"

태주가 물었다.

유미는 대답하지 않고서 계속해서 태주를 조준했다. 많은 생각에 잠식당하고 있는 듯 보이는 유미가 촉촉한 눈으로 태주를 응시했다. 거리를 두고 선 둘 사이에 고요한 새벽공기가 흘렀다.

"이런 것도 할 줄 아는지 몰랐어."

"왜 무서워하지 않는 거야?"

"뭐를?"

"내가 널 쏘려고 하고 있잖아."

태주가 어깨를 살짝 들썩이더니 말했다.

"안 쏠 걸 아니까."

"아니. 쏠 거야."

"넌 네 남자친구랑은 다르잖아."

유미가 말문을 잃고 가만히 서 있었다. 그러더니 겨냥하고 있던 활과 화살을 힘없이 바닥에 떨어뜨렸다.

"재미없게."

태주가 유미에게로 천천히 다가갔다. 그리고는 유미가 떨어뜨린 활과 화살을 집어 들었다.

"해봐도 돼?"

"할 줄도 모르면서."

어설픈 몸짓으로 활시위를 당기고는 과녁을 향해 조준했다. 태주가 화살을 놓자, 화살이 힘없이 날아가다 바닥으로 툭하고 쓰러졌다. 유미가 어이없다는 듯 코웃음 치더니 말했다.

"그렇게 하는 거 아닌데."

태주가 몇 번을 더 혼자서 해보다가 고개를 갸우뚱하며 포기했다. 그러자 유미는 답답하다는 듯 태주에게 다가왔다. 막상 태주 옆으로 왔지만 한참을 쭈뼛대다가 태주에게 활 쏘는 방법을 알려주었다. 유미는 목표물을 바라보는 법, 팔 힘을 다루는 법, 숨을 쉬는 법, 자세를 잡는 법에 대해 천천히 설명해주었다.

"이런 걸 다 어떻게 아는 거야?"

"할머니가 알려줬어."

친구처럼 지내던 할머니가 얼마 전에 돌아가셨다고 했다. 할머니는 언제나 불쑥 나타나 유미에게 활 쏘는 방법을 알려주었고, 지프차에 유미를 태워 가상 사냥터에 데려가기도 했다. 유미는 숲속에 있었지만, 동물들은 실제가 아니었다. 가상 사냥터에서 숨을 죽인 채 바람의 방향을 파악했고 지나가다 나뭇잎 냄새를 맡는 가상의 사슴을 발견하면 활을 쏘았다. 화살이 날아가 사슴에게 박히면, 사슴을 이루고 있던 디지털 신호가 자글거리며 뭉개지더니 이내 공중으로 분해되어 사라졌다. 목표물에 집중하고 성취해내는 것에 재미를 느끼기도 했지만, 유미는 이상한 죄책감이 들어 첫 방문 이후 할머니에게 더는 사냥터에 가지 않겠다고 말했다.

활을 내려놓은 태주와 유미는 잔디밭에 앉았다. 유미는 하고 싶은 말이 있는 듯, 태주가 이만 자러 간다고 할 것 같은지 조금씩 눈치를 보기 시작했다. 그러더니 태주의 집은 어디에 있는지, 이곳에 오기 전엔 무엇을 하며 지냈는지, 어떤 학교에 다녔는지, 어쩌다 여기까지 오게 되었는지 쏟아내듯 물었다. 사뭇 놀란 태주가 한참을 멍하니 있다가 답했다.

"큐브를 캤어. 공룡 큐브."

급격히 들어찬 강한 호기심으로 유미의 입이 살짝 벌어졌다. 유미는 동공이 확장된 채 태주를 바라보았고, 그런 태주는 당황한 듯 시선을 피했다. 그때 유미가 말했다.

"나도 거기 데려가 줘."

8

"뭐? 안 돼."

태주의 단호한 거절에 살짝 들떠 있던 유미가 한순간에 사그라들었다. 찰나에 반짝이던 눈동자는 언제 그랬냐는 듯 초점을 잃었고, 유미의 몸 전체에 아쉬움이 차오르는 것을 느낄 수 있었다.

태주는 죽어가는 풀잎처럼 푹 내려앉은 유미를 바라보았다. 이 단순한 거절이 태주의 생각 이상으로 큰 무게를 지니고 있을

지도 모른다는 예감에 괜시리 두려워졌다. 그럼에도 제안을 쉽게 받아들일 수는 없었다. 단지 고민하는 시늉이라도 했으면 좋았을걸 하고 생각할 뿐이었다.

"난 이제 거기 직원이 아니니까. 들키면 어떻게 될지 몰라."

"만약 무슨 일이 생기면 내가 엄마한테 잘 해결해달라고 말해볼게."

태주는 가만히 유미를 응시했다. 부모에게 사소한 의사도 표현하지 못하는 유미가 그런 부탁을 할 수 있을 리가 없었다. 유미는 태주의 다음 휴일 때 함께 내려가면 안 되겠느냐고, 부모가 출장 가 있는 동안만이 유일한 기회라고 말했다. 누가 쫓아오기라도 하는 듯 쏘아붙이는 유미의 모습이 태주를 혼란스럽게 했다. 얼음 동굴을 사랑할 이유가 많은 태주에 비해, 애원하는 유미는 그곳에 대해 아는 것이 전혀 없었기 때문이다.

"왜 가고 싶은 건데?"

유미는 당장 무엇이라도 말해야 하는 듯 급한 숨을 내뱉으며 답을 찾아 헤맸지만, 결국 답하지 못했다. 어쩌면 태주가 일하던 곳이 물속이 되었든 위태로운 절벽 아래가 되었든 불구덩이가 되었든 애초에 상관없던 걸지도 몰랐다.

"그냥… 재미있을 것 같아서."

"난 그렇다 치고 넌 어떻게 단지를 나가려고."

"택시 타면 되지. 단지 밖에 있는 이모네 집에 간다고 하면 돼."

문득 이 순간, 태주는 대체 왜 호철을 곁에 두는 건지 묻고 싶었다. 단지 안에 갇혀 물속이나 위태로운 절벽의 대안으로 고작 호철을 선택한 거냐고 묻고 싶었다. 유미가 단 한 번이라도 빅돔을 떠나 얼음 동굴에 가볼 수 있다면, 또 다른 세계를 맛볼 수 있다면 괴물의 품을 벗어날 수 있을지도 모르겠다는 생각을 했다.

다음 휴일은 바로 이틀 뒤였다. 기차역에서 만나 출발했다가 조용히 돌아온다면 아무도 모르지 않을까? 들통 났을 때 다시는 그 우물에 접근하지 못한다 해도, 어차피 지금도 그곳에 가지 못하는데 어떻게 되든 매한가지 아닐까? 얼음 동굴을 훼손하는 것도, 무언가를 훔치는 것도 아닌데 그렇게 큰 문제가 될까? 지역에 있는 모든 우물이 대기업에 인수될지도 모른다는 소문이 자자하던데, 어쩌면 보안이 철저해지기 전에 우물을 다녀올 수 있는 마지막 기회이진 않을까? 태주는 자신도 모르게 계속해서 가야 할 이유를 찾았다.

결국 숨을 크게 내쉬고는 이틀 뒤 중앙 기차역에서 만나자고 유미와 약속했다. 말하면서도 큰 실수라는 걸 직감했지만, 불안한 모습으로 애원하는 유미를 막을 힘이 없었다. 어쩌면 유미가 호철을 벗어날 계기가 될 수도 있겠다는 기대를 하기도 했다. 그럼 자신 또한 다시는 호철을 보지 않아도 될 것이고, 갈비뼈가 시릴 일도 없을 것이다.

유미는 기쁨에 찬 얼굴로 태주를 빤히 바라보았다. 죽은 이파리가 다시금 피어나고 반짝임을 되찾은 것 같았지만, 조금 전에는 없던 긴장이 엿보였다.

"빅돔을 처음 나가보는 건 아니지?"

"나도 나가본 적 있어. 아니 그러니까, 경계선까지는…"

유미는 민망한 일이라도 되는 듯 말끝을 흐렸다. 그러더니 이만 들어가 봐야겠다며 태주로부터 등 돌려 일어났다. 본채 쪽으로 걸어가려던 찰나, 무언가 생각난 것처럼 그대로 잠시 멈춰 섰다.

"그리고…"

흘러 내려온 머리칼에 얼굴을 가린 유미가 허공 어딘가를 응시하며 말했다.

"네가 정말 주주랑 이야길 할 수 있다면… 미안하다고 전해줘."

＊

기차역은 여전히 북적거렸다. 그 혼란 속 벤치에 앉은 태주는 이곳에 처음으로 발을 디뎠을 때를 떠올렸다. 그때까지만 해도 이 많은 사람에 잠식당해 숨을 쉬지 못할 것 같았는데, 이제는 천천히 주변을 둘러볼 수 있을 정도로 여유가 생겼다는 점이 시간의 속도를 실감케 했다.

태주는 지나가다 거울만 보이면 느리게 걷는 척하며 반사된 자신을 힐끗 쳐다봤다. 오랜만에 유니폼이 아닌 사복을 입은 모습이 괜히 어색했기 때문이었는데, 그 순간 태주는 빅돔에서 일하면서도 사복 입은 자신의 모습을 종종 떠올려야겠다고 다짐했다. 자신의 겉모습을 규정하던 본래의 옷에 다시 익숙해지고 싶었다. 유니폼이 더 편하고 익숙해지는 상황이 찾아온다면 언젠가는 크게 슬퍼할 것을 알았다.

무릎에 작은 가방을 올려둔 태주가 손목시계를 확인했다. 약속 시각인 2시까지 아직 15분 정도 남아 있었다. 태주는 유미가 혼자서 잘 빠져나올 수 있을지 걱정됐다. 평소라면 절대 하지 않았을 선택에 요동치는 마음을 진정시키는 것이 어려웠다. 태주는 언제나 얼음 동굴이 그리웠다. 어쩌면 그리운 곳으로 돌아가기 위해 유미의 부탁을 못 이기는 척 받아들인 걸지도, 혼자라면 절대 하지 못했을 행동을 유미로 인해 떠밀리듯하고 싶었는지도 몰랐다.

수많은 경로와 연결된 중앙 기차역엔 다양한 목적을 가진 사람들이 방문했다. 여행을 앞두고 들떠 있는 가족들, 아닌 척 열심히 노력해도 불륜인 게 티가 나는 사람들, 피로함이 누적된 직원들, 아픈 친척을 방문하려는 사람들. 태주는 지나다니는 사람들을 구경하며 자신만의 이야기를 만들어보곤 했다.

기차역 매점에 들어가 냉장고에서 휴대용 물 하나를 집었다. 오래된 낡은 지갑 속에서 지폐를 꺼내 직원에게 건네던 태주는 무심코 매점 밖을 바라보았다. 그리고….

그곳에 예진이 있었다. 예진도 놀란 얼굴을 하고서 멍하니 태주를 바라보았다. 길게 땋았던 머리를 짧게 자르고 과장된 깔끔함을 강조하는 듯한 이상한 옷을 입고 있어도 단번에 예진이라는 걸 알 수 있었다. 태주에게 만남과 이별을 동시에 가져다주었던 예진의 갈색 눈빛은 잊을 수 없으니까.

"저기요. 거스름돈이요."

태주는 거스름돈을 받으라는 직원의 말을 몇 차례나 듣지 못하고 넋이 나간 채로 예진을 응시했다. 성질내는 직원에게 거스름돈은 됐다는 말을 흘리며 천천히 매점 밖으로 나갔다. 보이지 않는 실이 태주를 끌어당기는 것처럼 혼이 나간 듯 보였다.

예진이 황급히 고개를 돌려 모른 척 했다. 예진은 다양한 연령대로 이루어진 무리에 속해 있는지 그들과 함께였다. 가을이라도 꽤 더울 법한 두꺼운 재질의 온통 하얀 옷을 입고 있었는데, 분명 어떤 집단의 유니폼인 것 같다는 추측을 했다.

조심스럽게 예진을 향해 다가갔다. 다시 보게 될 거라고 단 한 순간도 예상치 못한 사람을 발견한 듯 예진은 얼음처럼 굳어 있었다. 태주가 점점 더 가까이 다가가자, 예진이 살짝 붉어진 얼굴로 아예 돌아섰다.

태주가 그 뒷모습에 예진아 하고 불렀다. 예진은 더 이상 피할 곳 없는 막다른 길에 선 것처럼 침을 꿀꺽 삼켰다. 고민하는 듯 보이더니 이내 마음을 먹고서 태주의 얼굴을 마주했다.

태주는 믿을 수가 없었다. 아카데미에서 예진과의 마지막이 변할 수 없는 완전한 끝이라고 생각했다. 재회는 물론 예진이라는 사람 자체가 저 멀리 어딘가에서 어렴풋이 전해오는 동화일 뿐, 다시 실재가 되어 눈앞에 나타날 줄은 몰랐다. 믿고 있던 안전한 불변에 균열이 생겨버린 것이다.

"태주야."

예진의 목소리가 귓가에 스며들자, 점차 이 순간이 꿈이 아니라는 걸 인지할 수 있었다. 그 사실을 깨닫게 되자 태주의 얼굴에 눈물 어린 미소가 번지려 했다. 그러나 있는 힘껏 참았다. 지금까지 애써 유지해 온 태주 머릿속의 평화로운 이별을 지켜내기 위해선 예진과의 마지막 순간을 의도적으로 떠올려야만 했다.

멀리서 봤을 땐 전부 흰색이라 통으로 된 유니폼인 줄 알았는데, 가까이서 보니 예진의 팔이 흰 천 같은 것으로 둘러싸여 있었다. 이상하게도 예진은 흰 천이 싸인 한쪽 팔을 계속해서 숨기려 들었고 그런 움직임이 태주를 건드렸다. 자신의 팔에 태주의 시선이 닿자, 예진은 팔을 완전히 가리려는 듯 몸을 살짝 돌리며 피곤한 숨을 내쉬었다. 팔을 감싼 천 사이로 기계 부품 같은 것 그러니까 아마도 호스 같은 것이 얼핏 보였지만, 태주는 잘못 봤다고 생각하기로 했다. 태주가 말했다.

"여기서 볼 수 있을 줄은 몰랐어."

"그러게."

정적이 흘렀다.

"미안한데, 내 팔 좀 그만 볼래?"

태주는 뺨을 한 대 맞은 기분이었다. 좀 전의 '그것'이 잘못 본 게 아니라는 사실에 마음이 요동치기 시작했다. 가만히 있는데도 누군가가 태주를 세게 밀어 몸이 휘청이는 것 같았다. 떨리는 목소리로 물었다.

"대체 그게 뭐야?"

"내가 자원한 거야."

"뭘?"

"실험. 별 건 아냐. 깊은 잠에 들었다가 깨어나기면 하면 돼. 주사 맞으면 알아서 다 꿰매주니까. 나 이제 안전무한지대 센터

302

건물에서 일하게 됐거든. 청소분데, 특별한 청소부야."

예진은 청소부라고 운을 뗀 후 태주가 어떤 반응을 보이기도 전에 특별한 청소부라는 말을 잽싸게 덧붙였다.

"그니까 그 실험이란 게… 팔이… 청소기 호스라는 거야?"

그러자 예진이 답답하다는 듯한 표정으로 한숨을 쉬며 말했다.

"청소기 호스가 아니라 내 몸 그 자체야. 능력치를 올렸다고 보면 돼. 그만큼 대우를 받는 거고. 언제까지 사람이 우위일 것 같니? 기계든 뭐든 자리 뺏기는 건 한순간이야."

멍한 얼굴로 예진을 바라보던 태주는 주변 일행들을 둘러보았다. 제각각 다른 부위를 흰 천으로 둘러싸고 있었는데, 그들 또한 천 아래에 예진의 팔 같은 것들을 가지고 있을 터였다.

"그렇구나. 난 네가 뭐든 상관없어. 그냥 반가울 뿐이야."

"꼭 내가 이상한 사람이 된 것처럼 말하지 마."

그때 잠시 자리를 비웠던 안전무한지대 직원이 돌아와 예진의 일행을 인솔하기 시작했다. 실험 대상이자 청소부로 취직할 그들은 빅돔에 왔다는 것 때문인지, 안전무한지대에 취직한다는 사실 때문인지, 그게 아니라면 능력치를 올렸다는 것 때문인지… 어쨌든 들떠 보였다. 예진이 직원을 따라 걸어가는 청소부들을 뒤로한 채 말했다.

"태주야. 나도 이렇게 널 볼 수 있어서 반가운데…."

소용없는 걸 알면서도 가지 않으면 안 되는 거냐고 묻고 싶었다.

"더는 나타나지 말아주라. 부탁할게."

예진은 마지막을 담기 위해 눈으로 사진이라도 찍는 것처럼 한동안 태주를 가만히 바라보았다.

"잘 지내야 해."

＊

유미는 기차 창문에 코끝을 대고서 그 너머를 바라보았다. 그러다 빅돔과 도시 경계 부근을 통과할 때쯤 어떤 추억이 떠올랐는지 수다스러워지기 시작했다.

어렸을 때 경계에 자리한 낡은 도서관으로 몰래 도망쳤던 이야기였다. 저급함, 잔인함, 욕설, 자극적인 것들이 난무하는 만화와 글을 읽을 때면 시간 가는 줄을 몰랐다. 학원을 빼먹는 건 아마추어일 뿐 일상과 일탈의 균형을 맞추는 것이 프로다운 행동이라고 했다. 유미는 자유시간이 주어질 때마다 단지 내 공원에서 두뇌관리바둑을 한다는 명목 하에 외출했고, 곧장 경계의 도서관으로 향했다.

그 도서관에서 우연히 만난 또래 친구는 보따리장수였다. 그 친구는 보따리 안에 유전자변형믹서기, 귓구멍뱀, 체모억제물약, 주름조작에너지링거, 컬러눈물샘키트, 개구리혈관크림 등을 가지고 다니며 팔았다. 친구는 아무에게도 관심 받지 못하는 쓰레기들뿐이라고 했지만, 유미는 그중에서도 컬러눈물샘키트를 사용해보고 싶었다. 얇고 유연한 바늘이 눈 사이로 들어가 눈물샘에 색소를 집어넣으면 매일 원하는 색깔의 눈물을 흘릴 수 있다고 친구가 말했기 때문이다. 부작용이 무엇인지 본인도 모르기 때문에 보따리장수만 팔 수 있는 물건이라고도 했다.

그러나 태주의 귀에 뭉친 솜이라도 껴 있는 것처럼 유미의 그 어떤 말도 들어오지 못한 채 금세 튕겨 나갔다. 그저 빠른 기차가 움직이는 소리를 들으며 회색빛 어둠으로 빨려 들어가고 있었다. 지우려고 노력해도 계속해서 좀 전의 순간이 떠올랐다. 그토록 빅돔에 가고 싶어 했던 예진이 꿈을 이뤘으니 기뻐해야만 하는 것이 맞는데, 심장 부근이 이상하게 저려왔다. 예진에게 하고 싶은 이야기와 묻고 싶은 질문들이 한가득이었지만, 막상 만나서 한다는 게 고작 팔을 훔쳐보며 말을 더듬는 거였다고 생각하니 당장에라도 무언가를 때리고만 싶었다.

그러면서도 여전히 궁금했다. 아직까지도 빅돔에 소속되는 것이 가장 큰 소망인지, 예진이 빨아들인 먼지들은 어디로 흘러가버리는 것인지.

평생의 목표에 점차 다가가고 있는 예진이 빅돔에서 가정을 꾸려 행복할 수 있도록, 예진의 마음 속에 쌓인 먼지들 때문에 마지막으로 찍은 태주의 사진이 바래지지 않도록 매일 밤 기도하기로 했다.

✳

태주는 상자 속에서 털 달린 두꺼운 겨울옷과 보온용 물품들을 꺼내어 유미에게 건넸다. 오랜만에 사람 손을 탄 장비들에서 퀴퀴한 냄새가 났다. 유미가 이 좋은 날씨에 굳이 이런 걸 입어야 하는지 묻자, 태주는 후회하지나 말라고 했다. 쭈뼛대던 유미는 살짝 겁을 먹었는지 어설픈 몸짓으로 털옷을 껴입었다.

오두막은 여전히 잘 버텨주고 있었다. 나아가기 위해선 오두막 문을 열고 밖으로 나가야 했으나 태주는 고개를 제대로 들 수가 없었다. 자신이 그토록 아껴왔던 절벽 아래의 바다 풍경을 마주할 용기가 나지 않았다. 혹시라도 그 풍경을 마주하게 되면, 나타나지 말아달라는 마지막 부탁조차 들어주지 못하는 거냐고 예진이 나무랄 것만 같았다. 차라리 그 매점을 가지 않았더라면, 맛도 없는 휴대용 물을 마시고 싶지만 않았더라면, 유미와 2시가 아닌 3시에 만나기로 했었더라면 이 풍경은 태주의 마음속에서 여전히 아름다운 채로 살아 숨쉴 수 있었을 텐데.

큐브 작업자가 이미 떠났을 만한 시각인 이른 새벽 아침에 얼음 동굴을 찾아가기로 했다. 유미는 긴장 가득한 얼굴로 입술에 침을 바르면서도 기뻐 보였다. 태주는 그런 유미를 바라보며 여전히 개척하지 못한 곳이 있고 그곳에 대한 설렘이 남아 있다는 사실에 내심 부러웠다.

어둠도, 빛도 아닌 그 사이 어딘가에서 태주와 유미가 우물과 마주했다. 태주는 오랜만에 다루는 작업 도구들을 손끝으로 천천히 쓸어내리며 그것들의 촉감을 느꼈다. 능숙했던 몸짓을 잠시라도 되돌려달라는 인사 같은 것이었다.

혹시라도 일어날 사고를 대비하기 위해 유미와 함께 내려가도 줄이 단단히 버틸 수 있도록 몇 번이나 확인하고 또 확인했다. 유미는 처음 보는 노련한 모습에 깊은 인상을 받은 듯 태주를 빤히 쳐다보았다.

줄이 매달린 장치를 우물 바깥에 단단히 걸어두었다. 유미의 안전띠가 잘 장착될 수 있도록 점검했고, 그 후에 자신의 안전 띠를 확인했다. 태주는 한 다리를 우물 위에 걸치고 다른 한쪽 다리를 이용해 내려갈 준비를 했다. 태주에게 업힌 유미의 겁먹은 숨소리가 적나라하게 들렸다. 유미는 뒤에 매달려 어설픈 모양새로 태주의 옷깃을 잡았다. 유미의 불안한 마음이 심장을 타고 가까이 붙어선 태주에게로 전달됐다. 태주는 난생 처음으로 이 우물을 내려가던 순간을 떠올리며, 자신이 느꼈던 첫 황홀함을 유미 또한 느낄 수 있기를 바랐다. 모든 준비가 완료됐다.

"괜찮을 거야. 꽉 잡기만 하면 돼."

태주가 나머지 한쪽 발도 우물 아래로 집어넣고서 밧줄을 이용해 내려가기 시작했다. 하나가 된 그들은 우물 아래로 천천히 사라져갔다.

9

반쯤 내려왔을 때 찬 기운이 느껴지기 시작하자, 태주는 지금 저지르고 있는 일의 의미를 비로소 체감하기 시작했다. 작업자가 이미 떠났을 시간이었지만 무언가를 놓고 왔거나 확인하기 위해서 다시 돌아올 수도 있었다. 다시 돌아와서 이 상황을 발견했을 때 눈감아준다면 다행이겠지만 그러지 않을 최악의 경우엔… 태주는 그저 아무 일 일어나지 않기만을 바랐다.

얼음 동굴이 보이기 시작했다. 단 한 번도 누군가와 함께 이 곳에 와본 적이 없어서, 유미가 자신의 마음속으로 들어와 구석구석을 파헤쳐보는 것만 같아 긴장되면서 부끄럽기까지 했다. 이곳은 언제나 혼자여야만 하는 공간이었기 때문에 올 때마다 생각 깊은 곳까지 다다를 수 있었고, 그런 일상이 오래 지속되자 얼음 동굴은 태주의 마음이 되곤 했다. 지금은 다른 작업자의 마음으로 변했지만, 한때 자신의 마음이었던 곳을 유미와 함께 향하고 있었다.

어둠이 끝나자 푸른빛이 반사되기 시작했다. 드디어 고개를 숙이면 얼음 동굴이 내려다보이는 위치에 있었다. 감탄사를 내뱉는 유미의 작은 목소리가 태주 귀 가까이에 들려왔다. 직접 만들어낸 것도, 더는 자신에게 속한 것도, 표면적으로 어떤 관련이 있는 것도 아니었지만 유미의 감탄사에 태주는 자신의 작품을 내보이는 것처럼 뿌듯하면서 두근거렸다.

태주가 먼저 조심스럽게 바닥으로 착지했고, 유미를 매달고 있는 줄을 잡으며 유미가 안전하게 내려올 수 있도록 도왔다.

"미끄러지지 않으려면 발걸음을 하나하나 정확히 밟아야 해. 보이는 것보다 얼음이 훨씬 날카로워."

유미는 잔뜩 긴장한 얼굴로 고개를 끄덕였다. 숨을 내뱉을 때마다 태주와 유미 주변에 뿌연 입김이 나타났다 사라지는 것을 반복했다.

태주가 앞장서 걸었고 유미는 태주가 밟은 곳을 그대로 밟으며 천천히 뒤따라갔다. 유미는 성큼성큼 노련하게 나아가는 작지만 듬직한 태주의 뒷모습을 바라보았다. 이곳이 주주의 고향이구나, 유미는 경이로움을 느꼈다. 주주가 고향을 기억하고 있을지 궁금했지만 어렴풋이나마 기억한다 하더라도 이곳이 공룡에게는 마음대로 움직이지 못하는 감옥일 수도 있겠다고 생각하니 슬퍼졌다. 가능성 없는 희망이 익숙한 유미는 차라리 기억을 지우고 다른 희망을 찾아나서는 편이 나은 일이라는 걸 알았다.

동굴 속을 파고 들어가는 둘의 움직임 외에 어떤 소리도 들리지 않았다. 날카로운 밑창이 달린 신발이 얼음을 스치고, 두꺼운 옷들이 부비적댔다. 유미는 추운지 몸을 끌어안고 양 손으로 팔을 비볐다.

태주는 오랜만에 찾아온 차가운 온기에 평화를 느꼈다. 마치 주주의 눈망울 속에 있는 사파이어에 둘러싸인 기분이었지만, 이 순간은 지금이 마지막일 것이다. 큰일이 일어나지 않는 한 마지막일 게 분명했다. 어쩌면 급하게 해고당할 때 하지 못한 작별인사를 남길 수 있는 기회일지 몰랐다. 그래서 어디까지 파고들어 갈 수 있는지 한계를 시험하고, 새로운 지도를 만들고 싶었다. 그 당시엔 발견하지 못했던 무한한 길을 마음껏 그려넣고 싶었다.

하지만 무시하려고 해도 유미의 숨소리가 점차 가빠지는 것이 느껴졌다. 모른 척 계속해서 들어가다가 결국 걸음을 멈춰설 수밖에 없었다. 발자국을 따라가던 유미는 갑자기 멈춰선 태주를 따라 멈칫했다.

"그만 돌아갈까?"

낮은 온도에 볼이 빨개진 유미가 태주의 예상과는 달리 슬며시 웃으며 고개를 저었다.

유미에게 보여주기 위해 작은 초식 공룡 큐브라도 발견하길 바랐다. 작업자와 공방에겐 흔해 빠진 것이었지만 모든 것이 처음인 유미에게 반짝이는 큐브를 보여주고 싶었다. 호철이 팔던 가공된 보석과는 전혀 다른 차원의 존재라는 것을 유미 또한 알아주어야만 했다.

"어?"

유미의 목소리였다. 태주가 뒤를 돌자, 유미는 신기한 듯 얼굴을 가까이 대고 얼음벽을 보고 있었다. 얼음 속에 잠들어 있는 큐브를 발견한 것이다. 옆으로 다가간 태주가 큐브를 가만히 살펴보더니 굳어진 얼굴로 짧은 탄식소리를 냈다.

"아….."

그건 초식 공룡도, 가끔 볼 수 있었던 흔한 육식 공룡도 아닌… 티라노사우르스 큐브였다. 작업할 권한이 삭제된 지금에서야 그토록 바라던 강한 육식 공룡 큐브가 눈앞에 나타나고야 말았다.

꿈만 같은 일이 하루에 연속적으로 찾아오는 바람에 버거운 태주의 시야가 잠시 어지러웠다. 강한 슬픔이 몰려오면, 또 다른 벅찬 기쁨이 찾아오는 것이 삶이라고 어디선가 얼핏 들은 말이 떠올랐다. 태주는 자신의 것도 어디선가 말하는 삶이 될 수 있다는 걸 처음으로 알게 되었다.

하지만 태주의 것이 될 수 없었다. 지금 태주는 작업자도, 관리자도, 그 무엇도 아닌 빅돔 가정부였다. 태주는 동요하지 않은 척하며, 이런 식으로 큐브를 찾으면 가지고 온 도구로 캔 후 가방에 넣어 올라가면 된다고 유미에게 설명했다.

티라노사우르스 큐브를 바라보고 있지 않아도 눈에 아른거리는 듯했다. 이렇게 놔두면 내일 밤 작업자가 이 큐브를 발견해 공방에 넘기거나 암시장에 팔기 위해 훔칠 텐데…. 새로 온 작업자는 운이 좋다고 생각했다.

그때 유미가 물었다.

"이거 캐면 안 돼?"

"어?"

악의 없는 유미의 질문에 태주는 멈칫하고 할 말을 찾았다. 절대 안 된다고 단호하게 말해야 하는데, 선뜻 입 밖으로 나오질 않았다.

"어차피 가져가도 모르는 거 아냐?"

태주는 벽에 달라붙은 티라노사우르스 큐브를 가만히 내려다보았다. 많은 사람들에게 공방 보안이 철두철미한 것처럼 알려져 있었지만, 사실 그렇진 않았다. 웬만한 우물들은 깊은 산속에 있어서 찾기도 힘들었고, 우물을 발견한다 하더라도 이 우물 아래에 얼음 동굴이 있는지 실제 물로 차 있는지 구분할 방법이 없었기 때문에 예측불가한 위험으로 가득했다.

얼음 동굴을 품고 있는 우물이 세상에 등장한 초기, 많은 사람이 우물 속 탐험을 시도했다. 그러나 대부분이 얼음 동굴 없는 우물 바닥에 갇히거나, 도중에 떨어져 뾰족하게 솟아 있는 얼음에 찔려 죽거나, 얼음 동굴 안에서 길을 잃다 즉사했다. 큐브를 캔다 하더라도 이 큐브를 활성화할 기술이 없다면 장식품 그 이상 그 이하도 아니었기 때문에, 암시장에서도 점차 흥미를 거뒀다.

태주는 결심한 듯 눈을 지그시 감았다. 숨을 천천히 내쉬며 이성적 논리를 욕망으로 덮어버리고는, 허리춤에 끼워둔 곡괭이 비슷하게 생긴 날카로운 도구를 꺼내 들었다. 머뭇대던 것도 잠시, 몸에 밴 능숙한 손놀림과 예리한 눈빛으로 얼음 속에 박힌 티라노사우르스 큐브의 잠을 깨우기 시작했다.

✳

태주는 티라노사우르스 큐브가 담긴 짐 가방을 별채 침대 아래에 보관해두었다. 오두막에 두고 올까 하는 생각도 했지만, 아무래도 곁에 두는 것이 훨씬 마음이 놓일 것 같았다. 태주는 뒷마당에서 흰 빨래를 널면서도, 요리재료 손질을 하면서도, 가구를 닦으면서도 온 마음은 침대 아래 큐브에게 향해 있었다. 누군가가 그 큐브를 발견할까 두렵기도 했고 무엇보다 어떻게 해야 할지 전혀 몰라서 혼란스러웠다.

큐브를 캐서 공방에 반납하면, 큐브는 아마도 상온에 있으면 안 되기 때문에 냉동고에 들어갔고 그러고나서…. 도움이 될까 싶어 채굴하던 시절을 떠올리며 장면을 곱씹기도 했다. 그러나 큐브를 캐서 가져다주는 일 외에 공방은 어떤 정보도 태주에게 주려 하지 않았으므로 태주는 더는 알 길이 없었다.

지금 당장 생각나는 이 큐브의 운명은 두 가지였다. 공방에서 하듯 어떤 공정을 거쳐 티라노사우르스가 되거나, 혹은 파기되는 것이었다. 이 큐브가 티라노사우르스가 되어 모든 것을 짓밟고 먹어치우면, 사람들은 곧 티라노사우르스의 탄생 근원지를 찾을 것이고 태주가 큐브를 훔친 사실이 드러나 감옥에 가야 할 게 분명했다. 그렇다고 파기된다고 생각하면 아쉬움만 가득해졌다.

그에 반해 유미는 큐브에 대한 걱정을 전혀 하지 않는 듯했다. 다시 일상으로 돌아와 짜인 일정을 따르느라 바빴지만, 얼음 동굴에 다녀온 이후로 태주를 우연히 마주칠 때마다 가끔 미소를 짓기도 했다.

태주는 고급나무로 만들어진 바닥을 닦으면서, 유미의 제안을 애초에 거절하고 얼음 동굴에 가지 말았어야 했다는 쓸모없는 후회를 했다. 건드려선 안 될, 가만히 있어야 할 무언가를 건드린 기분이었다. 예진과의 만남부터 시작해 누군가가 만들어낸 연극 속에 들어와 있는 것 같았다.

길을 찾지 못한 태주는 시끄러운 마음으로 마대 걸레를 쥐고서 바닥을 닦았다. 어떻게 해야 할지 몰랐다. 태주의 손길마저 다른 생각으로 가득 찬 마음을 따라 방황했다. 그때 걸레가 모서리 기둥에 부딪혔고, 그 순간 저릿한 번개를 맞은 듯 매니저와 제니의 목소리가 문득 떠올랐다.

"2층은 절대 올라갈 생각도 하지 마. 특히 복도 끝에 있는 방."

"알잖아, 안전무한지대가 그런 이상한 짓 하는 곳이니까."

유전자 변형, 그리고 서로 다른 존재를 합체하려는 안전무한 지대를 통해 이 큐브를 망치지 않을 수 있는 힌트를 얻을지도 몰랐다. 마대 걸레를 쥔 채 고개를 들어 올려 금지된 2층 방을 바라보았다.

태주는 일하면서도 끊임없이 시계를 바라보며 유미가 집에 올 저녁 시간을 기다렸다. 그리고 유미가 돌아오자마자 이미 낮에 정리하고도 남았을 차곡차곡 갠 빨래를 안고서 유미의 방문 앞으로 걸어갔다. 똑똑 문을 두드린 태주는 답이 오기도 전에 잠시 갠 빨래를 정리하겠다며 무작정 안으로 들어갔다. 깜짝 놀란 유미가 영문 모를 얼굴로 태주를 쳐다봤다. 가정부들은 집주인이 없는 틈을 타 모든 정돈을 다 끝내놓았기 때문에 유미는 뭔가 이상하다는 생각을 했다.

"뭐야?"

"2층 가봤어?"

"갑자기 그건 왜?"

"2층 방에 대해서 아는 거 있으면 말해봐."

유미가 이해 못하겠다는 표정으로 태주를 응시했다. 태주는 방문을 열어 복도를 확인하더니 도로 닫고서 숨죽여 말했다.

"얼음 동굴에서 가져온 큐브, 이대로 놔두면 어떻게 될지 나도 몰라."

"녹기라도 한다는 거야? 근데 그게 2층이랑은 무슨 상관인데?"

"2층이 너희 부모님이 일하시는 곳이라며."

"응. 하도 비밀스럽게 굴어서 이미 내가 다 들어가봤어. 어렸을 때 열쇠도 다 복사해놨는데, 진짜 별거 없어. 알아보기 힘든 것들뿐이야."

"그럼 나 좀 도와줄래? 2층 방에 들어가고 싶어."

"도움 될 만한 게 없다니까."

"너희 부모님, 무슨 일을 하는지는 알아?"

"그냥… 복잡한 거."

유미를 바라보던 태주가 고개를 숙였다. 역시나 괜한 망상일지 몰랐다. 금지된 방이라고 해서 그 안에 특수 기계나 신비한 물약이라도 있다고 생각한 걸까? 마음이 급해져 괜히 어린아이 같은 모습을 보였다는 생각에 부끄러웠다. 2층 방이 아니라면 어떻게 해야 하는지 알 수 없는 건 여전했지만.

태주가 고개를 끄덕이고는 방문 손잡이를 잡으려 할 때였다.

"근데 알겠어. 나도 빚진 게 있으니까."

✳

작은 가로등이 그 주변을 겨우 비추는 어두운 밤, 별채 안에 누워 있던 태주는 다른 가정부들이 잠에서 깨지 않도록 천천히 몸을 일으켰다. 티라노사우르스 큐브는 잠옷 위에 걸칠 카디건 주머니에 미리 넣어두었기 때문에 바로 나가기만 하면 됐다. 끼익거리는 소리가 나지 않도록 입술을 깨물며 별채 문을 여는 순간이었다.

"어디 가?"

심장 박동이 빠르게 뛰는 것을 느꼈다. 제니였다.

"목이 말라서요."

"저기 물 남았어."

식은땀이 흐르는 것 같았지만 아닌 척 굴었다.

"아."

가만히 서서 머뭇대던 태주는 작은 테이블 위 물병 하나를 챙기고서 문을 나섰다.

"저 바람 좀 쐬고 올게요. 잠이 안 와서."

겨우 빠져나온 태주는 숨을 크게 들이쉬었다 내쉬었다. 집주인 부부는 내일 저녁에 돌아올 예정이라고 유미가 알려주었다. 그러니 오늘 밤이 절호의 기회였다. 자신의 뒷모습을 지켜보고 있을지 모를 제니를 대비해 최대한 자연스럽게 뒷마당을 걸었다. 뒷마당 한 바퀴를 크게 돌며 괜히 자는 주주의 모습을 확인했을 때 그제야 본채로 향했다.

약속했던 2층 계단 입구에 도착하자, 이미 와 있던 유미는 입 찢어질 듯 하품을 하고 있었다. 유미가 툴툴대듯 뭐하다 이제 왔냐 물었고 태주는 미안하다고 했다.

그들은 바로 2층을 향해 올라갔다. 부부는 집에 없고 다른 가정부들은 별채에서 자고 있었지만, 조용한 몸짓으로 조심스럽게 행동했다.

2층 복도 맨 끝 방에 다다랐을 때 유미가 열쇠를 꺼냈다. 문 구멍에 열쇠를 집어넣고 돌리자 툭 하고 손쉽게 열리는 소리가 났다. 먼저 유미가 문을 열고 안으로 들어가 얼른 오라는 듯 시선을 던졌다. 이번엔 태주가 긴장한 얼굴로 침을 꿀꺽 삼켰고,

태주를 마지막으로 2층 방문이 굳게 닫혔다.

혹시 몰라 형광등이 아닌 책상 위 스탠드를 켰다. 출입이 금지된 2층 방은 특별할 게 전혀 없어 보이는 평범한 서재였다. 유미 말 그대로였다. 다만 상자들이 기둥처럼 여기저기 쌓여 있고 책상과 책꽂이들이 한둘이 아니라 어디까지가 방의 끝인지 한번에 알 수 없다는 것이 조금 달랐다.

"거봐. 재밌는 건 전혀 없을 거랬잖아."

태주는 생각했던 것 이상으로 큰 방 안으로 더 깊숙이 들어갔다. 그러자 투명한 장식장이 보였다. 동물의 가죽을 바닥에 깔고 머리를 벽에 붙여 놓는 것처럼, 화려한 모양새의 장식용 큐브들이 진열되어 있었다. 그 밑으로 글자가 간략히 적힌 메모지가 붙어 있었는데, 아마도 어떤 실험의 결과인 것 같았다. 박제된 큐브들을 바라보며 땀에 젖은 손으로 카디건 주머니 속 큐브를 만지작댔다.

태주는 무엇부터 봐야 할지 몰랐다. 산처럼 쌓인 종이들 중 하나를 집어 살펴보아도 외계어 같은 전문용어와 외국어로 가득했다. 책꽂이 옆에 주저앉아 알아보지도 못하는 아무 서류를 꺼내 펼쳤지만, 이걸 들여다보는 게 무슨 의미가 있을지 찾지 못해 힘이 축 빠졌다. 이 많은 종이들이 갑옷으로 무장한 채 나뭇가지를 칼처럼 쥔 태주를 놀리는 것만 같았.

책꽂이에 머리를 기대고 숨을 내쉴 때였다. 맞은편에 놓인 책상 맨 밑 서랍에 번호형 자물쇠가 채워져 있는 것이 눈에 띄었다. 태주가 다른 책상서랍을 뒤지던 유미를 불렀지만, 유미도 그 서랍을 처음 본다는 얼굴이었다.

함께 잠긴 서랍으로 다가갔다. 태주는 여러 번호를 시도해보았지만 당연하게도 열릴 생각을 안 했다.

"네가 해봐."

그러자 유미는 잠시 머뭇거리는 듯 하더니 결국 자물쇠 앞에 앉았다. 첫 번째, 두 번째, 세 번째도 아니었다. 유미는 자물쇠에서 손을 떼더니 눈을 감았다. 곰곰이 생각하는 눈썹이 꿈틀댔다. 다시 눈을 뜬 유미의 얼굴에 여전히 확신이 없었다. 영 모르겠다는 듯 고개를 갸우뚱하며 네 번째 번호를 눌렀을 때… 툭하는 소리가 났다. 자물쇠가 열린 것이다.

태주와 유미는 놀란 마음에 손으로 입을 막았다. 서로 눈을 마주친 채 침을 꿀꺽 삼킨 둘은 마지막 서랍을 천천히 당겨 열었다.

그 안엔 일정량의 푸른 액체가 들어 있는 주사기들이 열을 맞춰 가득 담겨 있었다. 태주는 무엇을 위한 건지 모를 액체가 담긴 주사기들 중 하나를 집어 들어 가만히 살펴보았다.

반려 공룡, 오리지널, 유전자 결합, 안전무한지대, 예진…. 예진은 자신이 실험을 당할 때 주사를 맞았고 그 뒤 간단한 봉합수술을 받았다고 했다. 그렇게 청소기이면서 청소기가 아닌 존재가 되어버린 예진이 떠올랐다. 태주는 유전자니 뭐니 하는 것들을 전혀 몰랐지만, 어쨌든 이 주사기를 통해 티라노사우르스 큐브가 무언가와 합쳐질 수 있을지도 모르겠다는 생각을 했다.

자리에서 일어난 유미가 그 책상 위에 있는 보고서를 집어 들고는 살펴보기 시작했다. 태주가 물었다.

"알아볼 수 있겠어?"

"그냥 단어 몇 개만. 경쟁력을 갖춘, 인간, 개조…?"

유미는 그 보고서 내용을 좀 더 읽어주었다. 이 주사기가 어떤 역할을 하는지 조금은 더 명확해진 기분이었다. 인간이면서 인간이 아닌, 공룡이면서 공룡이 아닌 존재가 될 수 있다니. 유미도 놀란 듯 보였지만 어느 정도는 빠르게 받아들이는 눈치였다. 헛웃음 소리를 내며 참 대단한 일을 하고 있었다고 비아냥댔다.

"나도 개조당하고 있던 거네."

피식거리는 유미의 목소리가 슬프게 들렸다.

누군가가 화염을 뿜는 공룡, 장식품이 될 공룡, 청소하는 공룡, 군인을 대신해 방패막이 되어줄 공룡이 될 수도 있다고 상상하자 기분이 이상했다. 공룡인간이라고 해야 하는 건가? 아니, 인간공룡인 건가? 무엇이 됐든 지금껏 공방에 반납했던 수많은 육식공룡 큐브들은 안전무한지대 또는 그 경쟁사들에 비밀스럽게 납품되어왔던 것이 분명했다.

그때 조용한 집 안으로 현관문 열리는 소리가 울려 퍼졌다. 깜짝 놀란 태주와 유미가 일제히 행동을 멈췄다. 내일 밤 돌아오기로 했던 집주인 부부의 목소리였다.

10

태주와 유미는 복도 맨 끝 어둠 속에 쪼그려 앉아 숨을 죽였
다. 피곤함에 잠긴 집주인 부부가 신발 벗는 모습을 바라보며
조금만이라도 운이 따라주길 바랐다. 부부의 침실은 1층에 있었
다. 부부가 2층 계단을 지나쳐 곧바로 침실에 들어가기만 한다
면, 그 틈을 타 각자의 방으로 돌아갈 생각이었다.

부부는 실랑이를 했다. 보리 부모에 관한 이야기였는데, 서로
바람피우는 사실을 알고 있었고 사전에 입을 맞춘 약속이라도
있는 듯했다. 유미 엄마가 말했다.

"직원들 앞에서는 바보같이 티 안 내기로 합의한 거 아니었어?"

"어쩔 수 없는 상황이었다니까 그래. 앞으로 더 조심한다고
했잖아."

"직원들 입방아에 오르내리고 모양새 꼴 사나워지면 그대로
거기까지인 거야. 멍청하게 굴지 마."

엄마가 먼저 방으로 들어갔다.

태주가 유미의 눈치를 살폈지만, 표정을 읽을 수가 없었다.
유미 아빠가 보드카 한 잔을 따르더니 팔을 넓게 벌리고 소파에
걸터앉았다. 유미 아빠의 큰 한숨 소리가 들렸다. 2층 복도 끝에
숨어 있는 둘은 난감한 듯 서로의 눈을 마주쳤다.

시간이 꽤 흐르자 유미가 앓는 소리를 냈다. 한참을 쪼그려야
했던 자세가 점점 버거워지기 시작했다. 다리가 저려와 주무르

기도 하고 이리저리 각도를 바꿔보기도 했다. 태주는 부산스러운 유미의 움직임에 그만하라는 듯 눈치를 줬지만, 유미는 일그러진 표정으로 자글거림을 내쫓기 바빴다. 그 순간 통 하는 소리가 났다. 다리와 벽이 부딪힌 것이다.

태주와 유미는 기겁한 얼굴로 숨을 죽였다. 심장이 조이고 식은땀이 났다. 태주는 정면에서 결말이 걸어오는 것만 같아 눈을 질끈 감았다.

보드카를 마시던 유미 아빠가 멈칫하고 2층을 올려다보았다. 그러더니 계단으로 향하려는 듯 몸을 일으켜 세웠다. 집 안에 흐르는 고요한 긴장에 숨이 막혀와 태주와 유미는 저들도 모르게 떨리는 두 손을 꽉 쥐었다. 괜히 유미를 끌어들여 공범을 만든 것 같아 죄책감이 생기기도 했다.

그러나 아빠는 피곤하다는 듯 신경질적으로 머리를 긁고는 보드카를 병째로 챙겨 목욕실로 들어갔다. 곧 욕조에 따뜻한 물을 가득 채우는 소리가 들렸다.

태주와 유미는 이 틈을 타 잽싼 쥐처럼 계단을 내려갔다. 유미는 1층 방으로, 태주는 별채로 향해야 했다. 그 갈림길에서 태주가 멈춰 서더니 물었다.

"아, 그런데… 아까 서랍 비밀번호 뭐였어?"

머뭇대는 유미의 등 뒤로 공터 입구에서 스며들어오는 가로등 빛이 아른거렸다. 유미는 시선을 회피한 채 말했다.

"…내 생일."

별채로 돌아간 태주는 주머니에서 훔친 주사기를 꺼냈다. 투

명한 푸른 용액이 그 안에서 흔들거렸다. 어떻게 보관할지 고민
하던 끝에 입구를 조일 수 있는 주머니에 큐브와 주사기를 함께
넣어 유니폼 안쪽에 바느질하기로 했다. 이들과 항상 함께여야
마음이 놓일 것 같았기 때문이다. 그러나 태주는 2층을 다녀오
는 위험한 선택을 했음에도 불구하고 이 큐브를 어떻게 해야 할
지 여전히 알 수 없었다.

✻

포도와 무화과, 유자, 매실로 담근 잼과 청이 어느 정도 완성
되었다. 태주는 제니, 윤과 함께 그것들을 예쁜 병에 옮겨 담는
일을 했다. 생각 이상으로 양이 많아서 제니는 다 옮겨 담으면
우리 것도 하나씩 챙기고 주변 가정부들에게도 나누어주자고
했다.

시원한 바람이 불어오는 늦가을이었다. 작은 티스푼으로 포
도청을 한술 떠 맛보았다. 즐거운 일이 찾아올 것만 같은 맛이
었다. 진흙처럼 생긴 덩어리가 반려 공룡의 음식이라고 누가 결
정했을까? 주주도 이런 맛있는 과일청을 맛볼 수 있었다면 좋
을 텐데. 오늘 점심에는 주주를 위한 요리를 도전해봐야겠다고
결심했다.

초인종 벨이 울렸다. 소파에 앉아 자수를 놓던 매니저가 일어
나 현관문으로 향했다. 매니저는 집주인 부부와 유미가 없을 때
면 소파에 앉아 무언가를 했다. 어떤 행위를 하느냐보다는 이
집 한가운데에 놓인 그들의 소파에 앉아 있다는 사실이 중요한

듯 보였다.

그때 매니저가 다급한 목소리로 제니와 가정부들을 불렀다. 영문 모르는 가정부들은 서로 시선을 주고받는 것도 잠시 빠른 걸음으로 부엌을 나섰다.

호철이었다. 그때의 사건으로 난 상처인지는 모르겠지만, 어쨌든 호철의 얼굴에 밴드가 붙어 있어 한층 더 험악해 보였다. 평소 매니저는 쉽게 짜증을 내곤 했지만 사실 겁이 많은 여자여서, 호철을 보자마자 소스라치게 놀라며 가정부들을 불렀던 것이다.

매니저는 가정부들 뒤로 몸을 숨겼다. 아마 매니저의 머릿속도 복잡했을 것이다. 매니저는 본인에 대한 부부의 신뢰를 망가뜨리지 않기 위해, 발생한 문제를 자신의 선에서 처리하려고 했다. 유미 문제일 경우에도 혹시 모를 화살에 맞을까 웬만하면 부부에게 얘기하지 않았다. 그런데 호철이 또다시 찾아온 것이다. 호철을 마주한 매니저는 자신이 어떤 처리를 할 수 있을지 도무지 모르겠다는 듯 안절부절못했다.

호철이 웃는 얼굴로 포도 한 상자를 들고 있었다. 저번에 무례하게 군 것에 대한 사과의 의미라고 했다. 이미 이 집엔 오리지널부터 안전무한지대의 변형 포도까지 넘쳐났는데, 그 많은 것들을 처리하기 위해 선택한 방법이 과일청이었다. 무언가 어긋나는 듯했다. 사과의 의미는 가정부들에게 스며들지 못한 채 또 하나의 과제가 되었다.

가정부들 뒤에 숨어 있던 매니저가 튀어나와 매의 눈으로 상자 안을 살펴보기 시작했다. 진짜 포도가 맞는 건지, 아니면 포도 상태라도 확인하는 걸까? 매니저는 의외라는 표정을 짓고는 살짝 어깨가 선 듯 행동했다. 제니가 저런 깡패 같은 애가 사과하겠답시고 이곳을 찾아올 리 없다고 하자, 매니저는 사람 마음을 그렇게 왜곡해서야 되겠느냐고 했다. 태주는 알 수 없는 기시감과 소름 끼치는 기분에 당장이라도 호철을 내쫓고 싶었다. 삐에로 같은 얼굴을 하고선 이 집을 헤집는 것 같았다. 호철은 안으로 들어가도 되는지 물었으나 상대방의 답을 듣기도 전에 거대한 몸을 들이밀었다.

"주주를 만나 봐도 되나요?"

호철이 물었다.

태주는 뒷마당으로 향하는 유리창 문 앞으로 허겁지겁 달려가 호철을 막아섰다. 그러자 호철이 살짝 부러진 이빨을 내보이며 괴이한 마술쇼하는 사람처럼 씨익 웃었다.

"사과하고 싶어서요. 제가 간식도 가져왔거든요."

포도 상자 한쪽에서 간식 봉투를 꺼내 보였다.

매니저는 이제 모든 걸 끝내자며 유리창 앞을 막고 있는 태주에게 나오라고 손짓했다. 호철의 사과를 받고 아예 없었던 일로 한다면 충분히 깔끔할 거라면서.

"저 사람 사과하는 거 아니에요."

태주가 말했다.

그럼에도 호철은 기분 나쁜 미소를 지으며 유리창을 향해 천천히 걸었다. 유리창문 앞을 막아선 태주 앞에 멈춰서더니 두꺼운 손으로 태주의 어깨를 잡았다. 힘이 잔뜩 들어간 무거운 손의 압력이 고스란히 느껴졌다. 태주는 어깨뼈가 부서질 것 같은 아픔에 눈물이 핑 돌아 눈을 질끈 감았다. 결국 힘에 밀린 태주가 발을 버벅대며 밀려날 때 매니저가 팔을 잡아당겨 완전히 비켜날 수 밖에 없었다.

태주는 당장에라도 뛰어나갈 준비가 되어 있는 것처럼 가정부들과 함께 그 근처에 서서 호철을 지켜보았다. 호철이 주주 앞으로 걸어가더니 잔디 위에 간식을 부었다. 호철을 기억하는지 아닌지 전혀 모르겠는 주주가 호철과 간식의 냄새를 맡았다. 그러더니 간식을 허겁지겁 먹기 시작했다. 그 모습을 확인한 매니저는 다들 일하던 자리로 돌아가라며 가정부들을 본채 내부로 들여보냈다.

태주는 가정부들과 함께 부엌으로 돌아가 다시 과일청을 옮겨 담았지만, 계속해서 주주가 신경 쓰여 한숨이 절로 나왔다. 그 모습을 지켜보던 제니가 말했다.

"땅 꺼지겠어. 슬쩍 보니까 괜찮은 것 같던데, 진정해."

제니의 말대로 신경을 끄려고 노력했다. 그러나 그것도 잠시, 뒷마당 쪽에서 잔디를 밟는 무거운 발걸음 소리가 태주의 귀에 꽂혀 들어왔다. 태주는 그 소리가 주주라는 것을 단번에 알았다. 좋지 않은 예감에 넓은 거실을 가로질러 헐레벌떡 뛰어갈 때, 호철과 주주의 비명이 동시에 울려 퍼졌다.

얼굴과 팔에 피가 철철 흐르는 호철과 그 옆에 서 있는 주주의 모습이 보였다. 눈이 반쯤 뒤집힌 호철이 숨을 거칠게 몰아쉬고 있었다.

＊

　주주 사건은 안전무한지대 단지를 비롯한 반려 공룡을 키우는 모든 사람에게 큰 충격을 안겼다. 장안의 화제가 되어 TV 뉴스와 신문에 자주 등장했고, 반려 공룡을 중고시장에 내놓는 사람들이 줄을 지었다. 반려 공룡의 존재에 대한 근본적인 이야기가 화두로 올라오기 시작했다. 어떻게 처리할지 결정되기 전까지 주주를 쇠사슬에 묶어 뒷마당에 두기로 했고, 뉴스를 통해 들리는 소식으로는 호철이 병원에 입원해 심각한 치료를 받고 있다고 했다.

　태주는 혼란스러웠다. 주주가 호철을 먼저 공격할 리 없었다. 공격했다 하더라도 호철이 그 전처럼 먼저 시비를 걸고는 혼신의 연기를 하고 있는 것이 분명하다고 생각했다. 그러나 아주 작은 확률로 그게 아니라면, 만약 호철이 먼저 도발한 게 아니라고 한다면 태주는 어떻게 해야 할지 몰랐다. 마음속 깊은 곳에 숨어 있는 작은 의심을 발견할 때면 한없이 괴로웠다.

　집주인 부부는 주주 사건에 대해 별다른 언급을 하지 않았다. 기자들이 찾아와 인터뷰를 요청하면 평소 주주는 공격적인 성향을 보이지 않았다는 사실만을 말할 뿐이었다. 모든 가족과 가정부들이 한 데 모여, 오늘 방문하기로 한 지두원의 공룡 안전 요원을 기다렸다. 태주는 지두원이라는 기업이 큐브 공방을 모조리 인수한다는 이야기만 들었을 뿐 그 이상은 잘 알지 못했다.

일곱 명의 사람들이 정적 속에서 한참을 기다렸다. 이 상황을 아는지 모르는지 주주는 뒷마당에서 몸을 수그리고 얌전히 앉아 있었다. 호철이 누구이고 이 집에 왜 찾아왔는지 매니저가 그럴듯하게 둘러댔고, 부부는 더는 캐묻지 않았다. 유미는 몸을 웅크린 채 소파 위에 앉아 등 쿠션에 머리를 기댔다. 지친 마음 가득한 얼굴이었다.

그때 초인종이 울렸다. 매니저가 총총거리며 다가가 문을 열었고, 검은 양복을 입은 세 명의 남자들이 집 안으로 들어왔다. 유미 아빠가 그중 리더로 보이는 사람과 악수를 했다. 요원 리더는 임판곤이라며 자신을 소개했다. 그는 이 모든 상황이 재미있다는 듯 앞니를 내보이며 미소 지었다.

임판곤의 목소리가 등 돌려 앉아 있던 태주 귀에 꽂혀 들어왔다. 태주는 한기가 드는 몸을 꿋꿋이 참아 내며 천천히 고개를 돌렸고, 임판곤과 서로 눈이 마주쳤다. 거대한 몸, 튀어나온 배, 악랄한 눈빛, 울긋불긋한 얼굴 뼈, 더러운 냄새… 쓰레기 고기 레스토랑의 사장이었다.

임판곤 또한 놀란 눈치였다. 살짝 입을 벌린 채로 멍하니 태주를 쳐다보더니, 흥미롭다는 듯 그의 한쪽 입꼬리가 스르르 올라갔다. 태주로부터 시선을 거두고는 유미 아빠에게 말했다.

"마음 참 심란하시겠습니다."

그에 아빠가 적당히 맞장구를 치자, 임판곤이 다시 말했다.

"이번에 저 공룡한테 당한 녀석이 제 아들놈이거든요."

태주는 닮은 분위기와 생김새에서 오는 자신의 촉이 확실하다는 것을 비로소 이 자리에서 직접 확인할 수 있었다. 그리고 예전과는 다르게 사회인인 척 노력하는 저 사람의 모습을 보며 섣불리 감정적으로 굴지 않기로 했다. 지금 쓰레기 레스토랑의 사장은 그때와는 다른 전략을 취하고 있는 것이다. 쉽게 휘말리지 않을 작정이었다.

"어디 그놈 한번 봅시다."

임판곤의 말에 매니저가 이쪽이라며 유리창을 향해 걸어갔다. 임판곤 양옆에 서 있던 양복 입은 남자 중 한 명이 자연스럽게 먼저 나서려고 하자, 임판곤은 그의 어깨를 잡고는 눈빛으로 자신의 권력을 과시했다. 양복 입은 남자는 임판곤의 눈빛을 어쩔 수 없이 받아들이는 시늉을 하며 길을 내어주었다.

쓰레기 고기 레스토랑을 운영하던 임판곤이 지두원이라는 대기업 부서의 높은 자리를 한 번에 차지할 수 있었던 것은, 어렸을 적 함께 조폭 흉내 내던 지두원 최고 임원과 동창이기 때문이라는 소문이 이미 회사 내에 퍼져 있다고 했다. 임판곤 밑의 직원들은 낙하산 입사에 권위적이기까지 한 그의 태도에 이를 가는 듯 보였다.

임판곤은 단단히 묶인 채 가만히 웅크리고 있는 주주를 천천히 지켜보았다. 신난다는 표정으로 말했다.

"통통하군요. 평균보다 훨씬 더 큰 사이즈입니다. 이놈을 데려갈 배달원을 조만간 보내겠습니다. 크기가 커서 트럭 상태를 봐야 정확히 알 것 같은데 이틀 정도 생각하시면 될 것 같고. 불편하겠지만 조금만 기다리세요. 다시 안전할 수 있을 겁니다."

11

이틀 뒤면 주주를 떠나보내야 했다. 주주는 여전히 뒷마당 한쪽 구석에 두꺼운 사슬로 묶여 있었다. 그 사실 때문인지 집주인 부부와 가정부들은 최대한 큰 소리 내지 않으며 조용한 분위기를 유지하려고 애썼다. 태주는 평소처럼 이른 아침 일어나 아침을 준비했고 빨래와 청소를 하며 시간을 보냈다. 얼음에 도로 갇힌 것처럼 사슬 속에 굳어 있는 주주 앞을 지나칠 때면 최대한 쳐다보지 않으려고 노력했다. 밥을 줄 때도 가정부들이 주주에 대해 이야기할 때도 태주는 의도적으로 거리를 두었다.

주주 사건으로 인해 반려 공룡 문제가 수면 위로 올라오자, 어떤 사람들은 지두원이 공룡 사업을 싼값에 인수하기 위해 꾸민 연극이라고 했다. 지두원이 모든 우물을 인수하면, 반려 공룡이 아닌 공룡 고기 사업으로 바꾼다는 소문이 돌았다. 고기가 아니더라도 공룡의 유전자는 어느 방식으로든 쓸모가 많다고 했다.

주주와의 이별을 하루 남겨둔 새벽, 태주는 본채 근처에 있던 창고에 준비해둔 뭉툭한 절단기를 꺼냈다. 계획을 세울 이성적인 정신과 여유가 없었고 이것만이 마지막 방법이라는 생각뿐이었다. 임판곤의 주먹질에 더는 당하고만 있을 수 없었다. 아직도 해주지 못한 요리를 선물해야만 했다. 주주야. 조금만 기다려 하고 마음 속으로 중얼거렸다.

태주는 주주를 옭아매던 쇠사슬을 모조리 잘라냈다. 쇠사슬이 흘러내려 놀란 주주가 낑낑대는 소리를 냈고 태주는 부드럽게 주주를 안고서 진정시켰다. 부서질 뻔했던 자신의 갈비뼈를 매만지며 전보다 더 넓은 숲을 뛰어다닐 주주를 상상했다.

　어두운 밤, 태주는 손바닥을 작게 부딪쳐가며 주주를 천천히 유인했다. 그러나 주주는 멀뚱한 표정으로 일어날 생각을 안 했다. 조바심으로 가득 찬 태주가 본채와 별채를 번갈아 가며 살폈다. 지금이 아니면 안 돼! 하고 이를 악물었다.

　그때 유미가 살며시 뒷문으로 나왔다. 주주에게 애원하던 태주는 유미를 발견하고는 무겁게 뭉쳐 있던 마음이 놓이는 듯 했다. 이 작전을 함께하기로 한 태주와의 약속을 지킨 유미가 겁먹은 듯 잠시 멈춰 서 있었다. 태주는 유미와 눈을 마주친 후 고개를 끄덕였고 그렇게 서로를 확인했다.

　"움직일 생각을 안 해."

　태주가 말했다.

　침을 꿀꺽 삼킨 유미가 있는 힘을 다해 주주를 밀었지만, 돌덩이 같아 오히려 유미가 뒤로 밀려났다. 태주가 난감한 얼굴로 머리를 쓸어 올릴 때 별채 안에서 누군가가 움직이는 듯했다.

　태주는 그 소리에 쫓기듯 주주에게 작은 목소리로 소리쳤다.

　"주주야, 얼른 가자니까!"

　바닥에 앉은 주주는 잔디밭에 코를 박고 그 냄새를 맡고 있었다. 주주의 몸을 껴안아 밀어봐도 여전히 소용없었다.

　그때 별채 문이 열렸고, 소란스러운 소리에 자다 깬 얼굴을 한 매니저가 걸어 나왔다.

"너 지금 거기서 뭐 하는 거야?"

매니저는 이해할 수 없다는 표정이었다.

태주는 모든 것을 포기하고 그대로 주저앉고 싶었다. 어쩔 줄 몰라 하던 유미가 답답함에 주주 등 위로 올라탔고 가자고 소리쳤다. 그 모습을 본 태주는 별채 뒤 언덕, 하늘과 땅이 만나는 곳을 함께 달렸던 순간을 떠올렸다. 태주가 무언가를 깨달은 듯 주주 등 뒤에 올라 유미 뒷자리에 안착했다. 매니저가 전화기 번호를 누르며 주주를 향해 다급히 걸어오고 있었다.

태주가 주주를 껴안고서 울먹이며 말했다. 주주야.

쌀쌀한 밤공기가 주변을 얼린 것처럼 순간적인 정적이 찾아왔다. 태주의 눈가로 눈물이 흘러내렸다.

그때 주주가 기지개 펴듯 웅크린 몸을 천천히 일으키기 시작했다. 지진이 난 것처럼 몸이 들썩이는 태주와 유미는 밑으로 떨어지지 않기 위해 서로를 꽉 잡았다. 네 다리로 온전히 선 주주는 하늘을 향해 울부짖고서 숲속으로 질주하기 시작했다.

쇠사슬에 묶이지 않고 살아가길 바랐다. 그들의 터전에서, 화살에 맞지 않고 살아가길 바랐다. 새벽의 밤하늘 아래에서 달리고 또 달렸다. 주주가 익룡이 되어 그대로 날아갈 수 있다면 얼마나 좋았을까 하고 생각했다. 유미와 함께 주주가 바라보는 곳으로 향해가고 있었다.

넓은 공터를 지나 나무가 우거진 숲속에 다다랐다. 많은 것들이 그 안을 채우고 있어서 시야와 움직임의 자유가 끝이 나 느려질 수밖에 없었다. 한참 동안 그 숲을 헤맸고 그러다가도 다른 곳에 흥미를 빼앗긴 주주를 설득하는 일을 반복하며 조금씩 나아갔다.

태양이 떠오르는 빛의 시작 아래에 그들이 있었다. 눈송이 하나가 주주의 시야 앞으로 바람을 타고 내려왔다. 첫눈이었다. 주주는 느리게 내려오는 눈꽃 사이에서 손을 휘저으며 뽀얀 눈들이 장난감이라도 되는 양 바삐 움직였다. 그러더니 눈송이가 주주의 코 위에 내려앉았고, 주주는 깜짝 놀란 듯 코에 스며드는 흰 눈송이를 바라보기 위해 두 눈을 모았다.

그 옆으로 땀에 흠뻑 젖은 태주와 유미가 주저앉아 있었다. 진이 다 빠져버린 물미역처럼 몸을 늘어뜨리고서 주주에게 머리를 기댄 채 서로를 바라보았다. 등 뒤로 쏟아져 내리는 햇빛을 받아내는 유미의 지칠 대로 지친 얼굴에 해방감이 엿보였다. 모든 힘을 소진한 듯한 태주가 유미를 향해 옅은 미소를 짓자, 유미도 따라 웃었다.

바람이 불었다. 젖은 땀을 말리기라도 하듯 차가우면서도 기분 좋은 바람이었다.

태주는 겨울을 좋아하고 싶었다. 무언가의 시작이자 마지막이기도 한 겨울이 가져다주는 냄새를 좋아하고 싶었다. 그러나 태주가 마음을 열 때마다 겨울바람은 냉기가 되어 그 문을 꽁꽁 얼렸고 그곳에서 벗어나기 위해서는 돌덩이가 되어버린 마음을 부술 수밖에 없었다. 왜 슬픔은 항상 아름다움 속에 존재하는 것인지 알지 못했지만, 이 순간만큼은 겨울의 시작에서 기쁨을 발견할 수 있었다. 빛나기 때문에 두려운, 겨울이 찾아오고 있는데도 태주의 마음속에 또 한 번의 희망이 피어올랐다.

빅돔에서 벗어나기 위해서는 더 멀리 떠나야 했다. 이제 앞으로 어떻게 해야 하는지 고민해야 했지만, 너무 피로해 어떤 생각도 떠올릴 수 없었다. 더 나아가야 할 것을 알면서도 잠시만이라도 이렇게 주주의 온기를 느끼며 유미를 바라보고 싶었다. 이 순간만큼은 증발한 땀방울을 따라 얼음 동굴도 오두막도 마음속에서 떠나보낼 수 있을 것만 같았다. 그들 사이로 파고드는 주주의 심장 박동 소리를 온전히 받아들이고 싶은 마음뿐이었다.

✳

얇고 긴 막대로 촘촘히 짜인 어두운 철창 너머에 태주가 있었다. 구석에 쭈그리고 앉아 고개를 푹 숙인 탓에 잔뜩 내려온 머리칼이 태주의 얼굴을 가렸다.

어떤 숲에서 주주가 살아갈 수 있었던 걸까? 새로 발견한 행성이 아닌 이상, 그 어디를 향하더라도 애초에 닿을 수 없었던 일일까? 탈출조차도 온전한 터전이 있어야 가능한 것이었다. 더 나은 삶을 위해 나아가는 행위조차도 부여된 공간이 필요한 것이었다.

주주는 숨을 거두었다. 임판곤은 승리를 만끽하며 또 한 번 자신의 자리를 굳건히 유지할 수 있을 것이다.

고개 숙인 채로 귀를 틀어막았다. 그 순간 들렸던 헬기 프로

펠러와 무장한 지두원 요원들이 들이닥치는 발걸음 소리가 태주의 머릿속에서 맴돌았다. 얼마만큼을 더 갔을 때였는지조차 기억나지 않았다. 주주를 잃고 유미의 손을 놓치는 그 장면이 망가진 필름처럼 군데군데 마모되어 있었다.

태주는 곧 이 유치장을 떠나 교도소로 향하는 버스를 타야 했다. 경찰이 철창을 두드리고는 잠시 후 나가야 하니 슬슬 준비하라고 했다. 유니폼 안쪽에 꿰매두었던 주머니에 티라노사우루스 큐브와 주사기의 형태가 느껴졌다. 겨울이 끝나고 여름이 찾아오면 이 큐브가 폭발하든 그대로 녹아내려 피부를 썩게 하든 지금처럼 얌전히 있을 것 같지 않았지만, 남은 힘이 없었다.

지시를 따라 느린 걸음으로 경찰 뒤를 따라갔다. 유치장 앞에는 교도소로 향하는 큰 버스가 서 있었다. 태주는 뜨거운 태양 아래에서 광을 내는 버스 계단을 하나둘 올라섰다.

창가 자리에 앉아 밖을 내다보았다. 그 너머로 유미와의 기억이 엿보였다. 부모 옆에 서서 아무 말도 하지 못하는 유미를 생각하자 가슴 깊은 곳이 저렸다. 이 사건을 계기로 유미는 지능 향상 뇌 치료 센터에 입원하게 될 거라는 이야길 들었다. 임판곤은 자신의 입지를 다질 수 있는 이 기회를 쉽게 놓치려 하지 않았다. 집주인 부부는 유미를 지켜내기 위해 분명 큰돈을 썼을 것이고, 연달아 일어나는 피곤 가득한 상황에 서로에게 상처 주며 보드카를 들이부었을 것이다. 그 과정에서 공공의 안전을 위협하고 안전무한지대 고위직 자녀를 납치한 범죄자 태주가 완성되었다.

버스가 출발했다. 유치장 앞의 넓은 주차장을 빠져나가 한적한 고속도로를 달리기 시작했다. 앞쪽 자리에 두세 명이 듬성듬성 앉아 있을 뿐 버스는 고요했다.

한참을 달리고 있을 때, 태주는 문득 생각난 듯 안주머니에 들어있던 큐브와 주사기를 꺼내 들었다. 그것들을 가만히 보고 있자니 허락되지 않은 얼음동굴 안으로 줄을 타고 내려가던, 금지된 2층 복도 끝에 숨어 몸을 떨던 무모한 행동에 쓴 웃음이 나왔다. 유미 그리고 주주와의 마지막이 되어 버린 동이 트는 순간에서, 오두막을 잠시 떠나보내고 싶어 했던 마음을 떠올렸다. 오두막을 완전히 잃게 될 줄도 모른 채.

아무것도 남은 것이 없으니 더는 잃을 것 또한 없다는 생각을 했다. 태주는 일말의 망설임 없이 주사기 피스톤을 당기고는 팔의 혈관으로 푹 꽂아 넣었다. 그리고 푸른 용액을 어느 정도 주입했다. 몸속으로 용액을 집어넣고 나서도 어떻게 그런 생각을 했는지 스스로도 놀랐다.

태주는 기다렸다. 무언가 변화가 있기를 바라면서 기다렸다. 그러나 버스가 한참을 달려도 어떤 느낌도 반응도 전혀 일지 않았다. 허무했다. 도대체 어떻게 해야 이 푸른 용액을 제대로 쓸 수 있는 건지 알 도리가 없었다. 푸른 용액 조금을 마셔보기도 하고 얼음 큐브 안에 용액을 주입하기도 했다. 티라노사우루스 큐브를 세게 내리쳐 깨트렸고 얼음을 씹어먹듯 그 조각들을 삼키기도 했다. 입안이 큐브조각에 긁혀 피가 흘렀지만 개의치 않았다. 잠들어 있는 작은 티라노사우루스 씨앗이 태주의 몸속으로 들어갔다.

어떤 짓을 해도 한적한 시골 외곽으로 향하는 버스는 여전히 조용할 뿐이었다. 일정한 속도로 달리는 버스가 덜컹거리는 소리만이 들렸다.

✳

그 이후로는 정확히 기억나질 않았다. 큐브를 씹어 먹는 치아가 부러지며 피가 나는 잔상, 혈관이 꿈틀대다 결국 터져버릴 것만 같아 괴로워하는 잔상, 머리부터 발끝까지 강렬한 혈액이 솟구치다 가득 채워지는 뜨거운 느낌만이 남아 있었다.

무겁고 거대하면서 힘이 차오르는 발걸음으로 바다를, 숲속을, 도로를 달리는 시선의 조각들이 태주의 머릿속을 떠돌아다녔다.

✳

눈을 떴다. 태주의 시야 가까이에 주둥이 같은 것이 들어왔다. 무언가 이상한 기운에 자신의 몸을 둘러보기 시작했다. 단단하고 거칠면서도 유연한 질감의 피부, 강인한 심장, 무엇이라도 짓밟아버릴 수 있을 것만 같은 발이 보였다.

천천히 몸을 일으켰다. 육체는 하늘을 찌를 듯 솟아 있는 나무만큼 거대했고 숲 너머의 저 먼 곳까지 시야를 한 번에 확보할 수 있었다. 티라노사우루스 큐브를 삼킨 태주는 공룡이라는 존재로 새롭게 태어나, 이전에는 맛보지 못했던 나무 위의 공기를 들이마셨다.

현실을 인지하기 시작하자 가슴이 요동치기 시작했다. 불꽃들이 몸속을 가득 채우고 무엇이든 할 수 있는 거대한 에너지를 삼킨 것만 같았다. 태주는 저 멀리의 빅돔을 바라보았다. 썩어 빠진 주변과는 달리 밝은 색으로 화려함을 내뿜고 있는 빅돔을.

태주는 눈을 감았다. 자신의 의지대로 티라노사우르스의 육체가 움직이는 것을 느꼈다. 다시 눈을 뜨더니 그 안에서 잠식당하고 있는 유미와 수많은 공룡들을 향해 달리기 시작했다.

공격적인 사이렌이 울려 퍼졌다. 태주를 본 사람들이 괴성을 지르며 도망치기 시작했다. 어떤 사람은 기겁하면서도 끝내 동영상을 찍었다. 사이렌 소리가 태주의 귀를 있는 힘껏 찌르자, 두려움에 잠시 주춤하다가도 몸속에 한가득 들어차 있는 에너지를 느끼며 끊임없이 앞으로 나아갔다. 태주의 몸짓을 따라 건물이 무너지고 차가 캔처럼 찌그러지며 주저앉았다. 자신을 목격한 모든 사람의 얼굴에 공포가 서려 있는 걸 보면서 태주는 생전 처음 느껴보는 기분에 사로잡혔다.

태주가 쓸고 간 빅돔은 난장판이 되어갔다. 저 멀리서 군인들이 달려오고 있었지만, 태주는 아랑곳하지 않고 반려 공룡들이 있을 고급주택의 벽을 부수었다. 그러면서 자신에게 이런 공격성이 있다는 사실에 놀라기도 했다. 어디서부터 만들어졌을까, 삼키거나 주입된 공룡 큐브로부터였을까? 아니면 이전부터 잠재되어 있었지만 발현되지 못한 것이었을까?

한때, 혹은 여전할지도 모르는 예진의 꿈인 빅돔을 망치고 있었다. 이곳이 예진의 꿈이 아니기를 바랐다. 빅돔 제일 깊은 곳에 자리한 안전무한지대를 바라보며 티라노사우르스를 증오할 예진을 생각했다.

자신도 모르게 공룡들을 향해 소리쳤다. 그러자 마당에 숨죽여 누워 있던 공룡들이 태주의 말을 따라 일제히 각자의 주택에서 빠져나오기 시작했다. 그 순간 태주는 공룡들이 자신의 언어를 이해할 수 있다는 사실을 깨달았다. 동쪽으로 힘껏 뛰어가라는 태주의 목소리를 들은 공룡들이 동시에 숲을 향해 달렸다. 수많은 거대한 움직임에 땅이 흔들리다 못해 부서질 것만 같았다.

떠나간 주주를 떠올렸다. 조금만 더 빨리 공룡이 되었더라면 주주와 함께 이 많은 공룡들을 이끌고 함께 살아갈 터전을 찾을 수 있었을 텐데. 조금만 더 빨리 알았더라면… 하늘과 땅 사이의 언덕에서 주주가 자신을 가만히 바라보았을 때 무슨 생각을 하고 있던 건지 물어볼 수 있었을 텐데.

태주는 지두원 건물을 향해 질주했다. 주변 사람들이 비명을 지르며 도망쳤고 그 사이로 충격 어린 얼굴을 한 임판곤과, 건강해 보이지만 환자복을 입고 있는 호철이 보였다. 태주는 지두원 건물을 막대기 부러뜨리듯 두 동강 내고는 날카로운 이빨로 임판곤과 호철을 물어뜯었다. 어두운 옷장에 숨어 그토록 바랐던 일이 지금 이 순간 이루어지고 있었다.

무아지경으로 무너져 내리고 있는 빅돔 한가운데에서 태주가 멈춰 섰다. 집 대문 앞에 선 유미가 충격 받은 얼굴로 눈물을 흘리며 태주를 향해 활을 겨냥하고 있었던 것이다. 그 뒤에서 집

주인 부부가 주저앉아 유미 이름을 울부짖었고, 제니 그리고 매니저와 윤은 혼이 빠진 얼굴로 몸을 떨고 있었다.

태주는 주체하기 힘든 에너지를 잠시 멈추기 위해 큰 숨을 내쉬었다.

"…나 태주야."

유미가 알아들을 수 있을지 전혀 몰랐지만, 그저 말하는 것밖에는 방법이 없었다. 태주를 겨냥하고 있는 유미의 손이 부들부들 떨렸다. 태주가 낮은 땅 위에 서 있는 유미에게 고개를 숙여 가까이 다가가자, 겁먹은 유미가 당기고 있던 활시위를 놓치고 말았다. 그 활은 태주의 볼을 스쳐 지나갔고 그 자리로 피가 흘러내렸다. 깜짝 놀란 유미는 활을 떨어뜨리고는 양손으로 입을 막았다. 태주가 고통에 앓는 소리를 내며 몸을 웅크렸다.

군인과 헬기들이 점차 태주를 조여 오고 있었다. 태주는 방해받지 않기 위해 헬기를 집어 폐허가 된 구역에 내동댕이쳤다. 그런 식으로 자신을 지켜냈다.

"유미야. 같이 가자고 말해."

유미를 가만히 바라보며 이 목소리가 전달되기를 바랐다. 유미가 거절한다 하더라도 알아들을 수 있기를 바랐다.

눈물로 범벅된 유미가 태주를 올려다볼 때, 군인들이 태주를 총으로 쏘기 시작했다. 두꺼운 가죽 덕에 모든 총알이 태주를 관통하진 않았지만 그 수가 너무나 많았다. 태주가 피를 흘리며 힘겹게 말했다.

"갈래?"

사이렌과 군인들의 움직임 소리로 시끄러웠던 공간에 이명이 찾아들고, 옅은 바람 소리만이 그 안을 채웠다. 유미는 떨리는 눈망울로 여전히 태주를 올려다보고 있었다. 경계 어린 유미의 눈 속에 태주가 담긴 둘만의 순간이었다. 태주는 피가 흘러내리는 몸으로 유미의 답을 기다렸다. 유미가 자신의 목소리를 알아들었는지조차 확실하지 않았지만 가만히 서서 기다렸다. 정신없이 요란한 땅 위에 서로의 숨소리만이 들렸다. 유미가 숨죽은 눈물을 흘리며 고개를 숙였다. 유미의 꽉 쥔 주먹이 요동쳤고 다리에 힘이 빠져 당장에라도 주저앉을 것만 같았다.

다시 태주를 올려다봤을 때, 유미는 자유를 가득 품은 미소를 지어 보였다.

유미가 공룡 언어를 알아들은 것인지, 아니면 눈빛이나 냄새만으로 태주를 받아들인 것인지 정확히 알 수 없었다. 자신 앞에 떡하니 서 있는 거대한 육식공룡이 태주라는 걸 알아챈 것인지 당장이라도 물어보고 싶었다. 그러나 그게 무엇이 됐든 자신의 손길을 뿌리치지 않은 유미의 선택에, 설득하기 위해 무릎 꿇지 않아도 이해받을 수 있다는 사실에 기쁨이 차올랐다. 그 자체만으로 태주는 수면 위에 올라올 수 있었고, 더 이상 겨울을 두려워 할 필요가 없었다.

유미를 업고 달렸다. 먼저 출발한 많은 공룡 뒤를 금세 쫓았고, 그들의 우두머리가 되어 앞장서 질주했다. 자신을 뒤따르는 공룡들과 함께 바람을 가르며, 안전무한지대에 있을 예진을 마음속에 그렸다. 공룡이 되어서라도 빅돔에 살고 싶어 했던 예진을 떠올리자, 당장에라도 뒤를 돌아 예진이 청소할 안전무한지대 건물을 바라보고 싶었다. 모든 이성을 놓고 유혹에 이끌린 채, 그곳으로 달려가 함께하자고 말하고 싶었다.

그러나 참아내야만 했다. 여전히 예진에게 하고 싶은 말이 남았지만 더 많은 것을 망칠 거란 걸 알았다. 이제는 놓아주어야 했다. 예측할 수 없지만 그럼에도 나아갈 길을 위해, 각자의 삶을 위해. 지금 함께하는 이들과 살아갈 터전을 찾고 그 터전을 지키기 위해 해야 할 일을 떠올리기로 했다. 주주를 위해서라도 그래야만 했다.

가슴이 뛰고 발걸음이 가벼웠다. 이전보다 훨씬 더 무거운 발인데도 그저 가볍게 느껴졌다. 그 누구도 알지 못할 미래가 한가득 담겨 있는 숲을 향해 뛰었다. 뛰면 뛸수록 몰려오는 바람에 태주는 몸을 맡겼다. 태주 등 위에 올라타 있는 유미의 머리칼이 휘날렸고 어깨에 멘 활과 화살집이 덜거덕거렸다.

태주의 무리는 하늘과 땅이 만나는 곳을 넘어, 높게 솟은 나무로 가득한 호수를 지나, 태양이 떠오르는 곳을 향해 저 멀리 나아갔다. 태어나 처음으로 이 세상과 맞닿은 자신을 온전히 느낄 수 있었다. 그때 태주는 생각했다.

바람이 부는구나, 살아야겠다.[*]

---

[*] 폴 발레리의 시 〈바람이 분다, 살아야겠다〉 인용

강다연

1994년생. 해남에서 태어나 중앙대학교 영화학과를 졸업했다. 호러 단편영화
〈신에게 보내는 편지〉와 SF 장편영화 〈헝거〉를 연출했고 여러 영화제를 통해
공개되었다. 이상한 이미지와 망상을 좋아해 다양한 형태로의 스토리텔링에 관
심을 가지던 중, 〈공룡이 잠든 도시〉를 쓰게 되었다.

저기 인간의 적이 있다

초판 1쇄 발행   2021년 9월 1일

지은이   천선란, 강다연, 유목연, 이민섭
멘토   천선란
펴낸이   박은주
편집장   최재천
기획   김아린
편집   설재인
디자인   김선예, 서예린, 오유진
마케팅   박동준

발행처   (주)아작
등록   2015년 9월 9일(제2021-000132호)
주소   04050 서울특별시 마포구 양화로 156
                LG팰리스빌딩 1428호
전화   02.324.3945-6   **팩스**   02.324.3947
이메일   decomma@gmail.com
홈페이지   www.arzak.co.kr

ISBN   979-11-6668-625-2 03810